Von Georg R. Kristan ist bereits im Goldmann Verlag erschienen:

Ein Staatsgeheimnis am Rhein · 5019
Das Jagdhaus in der Eifel · 5650
Spekulation in Bonn · 5050
Schnee im Regierungsviertel · 5068

GEORG R.

# KRISTAN

# Fehltritt im Siebengebirge

Originalausgabe

GOLDMANN VERLAG

Der Goldmann Verlag
ist ein Unternehmen der Verlagsgruppe Bertelsmann

Made in Germany · 12/89 · 5. Auflage

Umschlagentwurf: Design Team München
Umschlagillustration: Design Team München
Satz: IBV Satz- und Datentechnik GmbH, Berlin
Druck: Elsnerdruck, Berlin
Krimi 5003
Lektorat: Annemarie Bruhns/Ge · Herstellung: Gisela Ernst/AS
ISBN 3-442-05003-0

# Die Hauptpersonen

| | |
|---|---|
| Hartmut Erlenborn | Chef der Destille Erlenborn – mit ehrgeizigen Plänen |
| Marianne Richter | seine rechte Hand – und nicht minder ehrgeizig |
| Guido Siemann | leichtsinniger Junior der Firma Spedimpex |
| Barbara Siemann | seine Schwester |
| Werner Klatte | allzu neugieriger Zollamtmann in Bonn-Beuel |
| Walter Freiberg | Kriminalhauptkommissar und Leiter des 1. K. in Bonn – mit vielen Überstunden |
| Wolfgang Müller, genannt »Lupus« | Kriminalhauptmeister, der allzeit ein fröhliches Lied auf den Lippen hat |

Der Roman spielt in Bonn und im Siebengebirge

# Kapitel 1

Mit seiner Versetzung nach Bonn hatte Werner Klatte nicht gerechnet. Nach einigen Jahren Knochendienst am DDR-Grenzübergang »Helmstedt-Autobahn« war ihm das Hauptzollamt Aachen schon als eine willkommene Bereicherung im dienstlichen wie auch im privaten Bereich erschienen. Und nun, ein paar Monate später, Bonn.

Leider noch nicht das Ministerium, sondern das Zollamt Bonn-Beuel. Kein großes Amt, aber eine selbständige Dienststelle zum Angewöhnen, als deren Chef es sich leben ließ.

Ob hinter dieser dienstlichen Wanderbewegung eine fürsorgliche Personal- und Karriereplanung stand oder ob andere Überlegungen den Ortswechsel bewirkt hatten – das verursachte ihm kein Kopfzerbrechen. Ihn freute die damit verbundene Beförderung. Im Gegensatz zu den Kollegen, die irgendwo an der 5430 Kilometer langen Grenze der Bundesrepublik Deutschland durch den obersten Dienstherrn in Bonn bis an ihr selig Ende festgenagelt zu sein schienen, hatte er nur dienstliche Glückslose gezogen.

In Helmstedt hatte Werner Klatte schon als Oberinspektor erfolgreich mitgewirkt, einen raffiniert angelegten Embargoschmuggel mit elektronisch-optischen Zielgeräten aufzudecken. Das mußte den Brüdern der anderen Seite mächtig an die Nieren gegangen sein. Um nicht selbst zur Zielscheibe zu werden – wie der Bundesnachrichtendienst gehört haben wollte –, war Klatte zunächst an das Hauptzollamt Aachen versetzt worden. Kaum dort, hatte er mit den Zollfahndern und den Spezialisten vom Zollkriminalinstitut in Köln einen Großschmuggel mit Dieselkraftstoff auffliegen lassen. Eine ganze Firma war dabei hops gegangen. Alle Tankfahrzeuge beschlagnahmt, Steuern und Abgaben in Millionenhöhe nachgefordert, gut vierzig Arbeitslose mehr – und ein wohlhabend gewordener Unternehmer genoß die Sonnenseite des Lebens auf Barbados.

Seither war die Tüchtigkeit des Beamten Klatte aktenkundig. Die Stichworte in seiner Beurteilung ließen eine steile Karriere erwarten. Wie hieß es dort: schlanke, sportliche Erscheinung, ausgeprägte Persönlichkeit, umfassende Allgemeinbildung, kontaktfreudig, gute, wenn auch legere Umgangsformen, überragendes Fachwissen, ausgezeichnetes Verständnis für wirtschaftliche Zusammenhänge, arbeitsfreudig, gründlich, schnell und zuverlässig. Vorbild für Gleichgestellte und Untergebene, geeignet für den Aufstieg in den höheren Dienst. Gesamtnote: Tritt erheblich hervor. Für den berühmten Einser mit »ausgezeichnet« war er mit seinen gut dreißig Jahren noch zu jung. »Tritt erheblich hervor« war für die Beförderung zum Zollamtmann genau richtig.

Seit etwas mehr als einem Monat leitete Werner Klatte das Zollamt in Bonn-Beuel und hatte sich inzwischen mit seinen neuen Aufgaben vertraut gemacht. Das besitzergreifende »meine Dienststelle« ging ihm schon glatt von der Zunge. Ein Dutzend Mitarbeiter war dabei, sich an ihn und seine lässige Art zu gewöhnen. Er kannte ihre Namen und gewann langsam ein Bild von den Menschen, mit denen er zu arbeiten hatte.

In der nächsten Woche wollte er in seiner Eigenschaft als Steueraufsichtsbeamter die Firma Erlenborn-Spirituosen, Fabrikation und Großhandel, auf der anderen Rheinseite in Kessenich aufsuchen. Er sah dieser Betriebsprüfung mit einiger Spannung entgegen, denn dort würde er Marianne Richter, seine flotte Beziehung aus der Aachener Zeit, antreffen, diese Traumfrau, die ihm schon entglitten war, als er noch glaubte, sie gehöre nur ihm. Wie hatte sie sich in seinen Armen gestreckt, erst beim Tanz, dann bei der Liebe. Wie hatte er sie begehrt, die dunkle Schöne mit den grau-braunen Augen, deren Körper alles hielt, was er versprach. Und dann das böse Erwachen, als er erfahren hatte, daß auch sein Amtschef ihre Gunst genoß. Sie hatte keine Sekunde gezögert, ihm die Wahrheit über ihre Gefühle ins Gesicht zu sagen: »... was ich suche, kannst du mir nicht bieten. Ich will reich werden. Noch ist mein Körper mein Kapital, und ich werde ihn gewinnbringend einsetzen. Du kannst mitspielen, wenn du willst.« Auf ein solches Spiel hatte er sich damals nicht eingelassen. Der Job bei Erlenborn hatte sie offensichtlich einen Schritt in ihre Richtung weitergebracht.

Um das Terrain zu sondieren und bei der ersten Kontrolle nicht gar zu überraschend hereinzuplatzen, griff Klatte zum Telefon.

»Firma Erlenborn-Spirituosen, guten Tag, was kann ich bitte für Sie tun?« meldete sich eine routiniert freundliche Stimme. Sie hatte sich nicht verändert.

»Marianne?«
»Wer ist dort?« wurde vorsichtig zurückgefragt.
»Ich spreche doch mit Marianne Richter?« Leiser fügte er hinzu: »Printe!«
Das war der Moment des gegenseitigen Erkennens.
»Werner, du?«
»Ja, der abservierte Werner Klatte aus Aachen.«
Erst nach einiger Zeit kam die Frage: »Von wo sprichst du?«
»Aus Bonn.«
»Und?«
»Wie geht es dir?«
»Gut.«
»Denkst du noch manchmal an Aachen?«
Die Antwort ließ eine Weile auf sich warten. »Ja, du Dummkopf. Doch damals schienst du froh zu sein, daß ich von dort verschwand.«
»Aber...«
»So war es doch. Deine kleinbürgerliche Eifersucht hat mich weggenervt.«
»Wie recht du hast. Aber schön war er doch, unser – wie sagen wir zollgerecht – unser gelegentlicher grenzüberschreitender Verkehr!«
Er hörte, wie sie leise lachte. »Du bist immer noch der alte Stromer, auf den die Mädchen fliegen. Erst zart anmachen, dann heftig fahnden, und schließlich die Erwartungen nur unvollkommen erfüllen.«
»Du verkennst mich schon wieder.«
»Werner, im Ernst, was bedeutet deine Stimme in meinem Ohr? Alte Liebe oder neue Anmache?«
»Zunächst einmal Dienst. Du scheinst also noch nicht zu wissen, daß ich in Bonn bin – dienstlich und privat.«
»Wieso das?«
»Ich habe das Zollamt Bonn-Beuel übernommen und wollte meinen ersten Besuch bei der Firma Erlenborn nicht ohne geziemende Anmeldung vornehmen. Und welche Freude, gleich dich am Telefon zu haben. Hoffentlich ist Erlenborns Verwalter des Steuerlagers für Alkohol von meinem Erscheinen ebenso beglückt wie du.«
»Himmel, das wird kompliziert«, seufzte Marianne überrascht.
»Wie darf ich das verstehen?«
»Genau wie ich es sage. Ich gebe dir's im Klartext: Den ganzen

Zoll- und Verbrauchssteuerkram hat früher die Frau vom Chef erledigt. Das war auch der Grund, warum Erlenborn nach ihrem Tod eine erste Kraft mit Verbrauchssteuerkenntnissen gesucht hat und ein gutes Gehalt bot. So bin ich hergekommen. Die Firma macht einen Bombenumsatz, Kommanditgesellschaft mit über hundert Beschäftigten. Du kennst vom Fernsehen die Bandenwerbung Erlenborn-Doppelkorn. Alkohol ist nun mal eine hoch steuerbare Ware, von der man etwas verstehen muß, wenn die Erlöse nicht zu sehr von der Kostenseite her aufgezehrt werden sollen.«

»Marianne, halt an. Aus dir spricht die geborene Geschäftsfrau, die kleine Klare aus dem Westen. – Sag mal, wie alt ist der denn?«

»Wer bitte?«

»Na, der Chef ohne Frau?«

»Mitte Dreißig, keine Kinder.«

Werner Klatte seufzte auf: »O Nachtigall, ick hör' dir trapsen!«

»Also, mein Fahnder, jetzt darfst du dir deinen Kopf darüber zerbrechen, wie man eine Zollgetreue dienstlich überwachen und außerdienstlich mit ihr ohne Grenzüberschreitung verkehren kann.«

»Das ist ja stark!« stöhnte Klatte, eher besorgt als belustigt. »Ich kann doch nicht einen anderen Beamten meiner Dienststelle zu unserem größten und interessantesten Betrieb schicken und meine Befangenheit erklären – wegen gehabter oder beabsichtigter Kontakte mit der auf Zolltreue verpflichteten Dame von Erlenborn.«

»Das Gelächter möchte ich hören«, kicherte Marianne Richter. »Da kannst du dich gleich zurückversetzen lassen, am besten in die Rhön oder in den Bayerischen Wald. Aber das mit den amourösen Wiederbelebungsversuchen – dazu gehören doch wohl zwei.«

»Sicherlich – der andere wäre ich.« Klatte gab sich locker, fühlte sich aber verunsichert. »Oder bist du... hast du dich anderweitig, sozusagen chefseitig orientiert?«

Marianne blieb die Antwort schuldig und fragte kurz: »Was ist nun? Bleibt es bei der Voranmeldung, Herr Steueraufsichtsbeamter?«

Werner Klatte überlegte nicht lange. »Ja, es bleibt dabei! Empfehlung an den Herrn Unternehmer Erlenborn: Prüfung des Steuerlagers wird auf Dienstag zehn Uhr festgesetzt.«

»Sehr wohl, Herr Zollamtmann! Und im gegenseitigen Interesse legt die auf Zolltreue verpflichtete Person der Firma Erlenborn-Spirituosen größten Wert darauf, mit *Sie* angesprochen zu werden. Sie wird dem flüchtigen Bekannten aus der Aachener Zeit in sehr distanzierter Weise gegenübertreten. Die beiden werden sich begegnen wie Fremde in der Nacht.«

»Sehen wir uns wenigstens am Wochenende? Ich habe mich in den letzten Tagen rechtsrheinisch orientiert. Jetzt wäre mir eine führende Hand im linksrheinischen Dschungel der Bundeshauptstadt sehr willkommen.«

»Langsam, ganz langsam, nur keine schnellen Vertraulichkeiten vor der Amtshandlung. Sonst quält dich die Befangenheit noch mehr. Wir kennen doch beide die Strenge der Erlasse über die Annahme von Belohnungen und Geschenken.«

»Also später. Ich werde inzwischen meinen Körper stählen, um auch der krossesten Printe gewachsen zu sein. – Im Judo bist du doch noch fit?«

»Aber klar. Das Vereinsniveau ist hier besser als in Aachen. Und wann holst du dir deinen nächsten Muskelriß?«

»Man wird vernünftiger – keine zu hohen Sprünge oder Sprints, nur der tägliche Trimmkurs auf dem Rheinhöhenweg im Siebengebirge.«

»Na, dann trab mal schön ab. Wir begegnen uns am Dienstag. – Die Firma Erlenborn dankt für den Anruf und empfiehlt ihre Erzeugnisse für fröhliche Stunden.«

»Du Printe, du«, sagte Klatte und legte mit einem süßsauren Lächeln den Hörer zurück.

Mit »ausgezeichnetem Verständnis für wirtschaftliche Zusammenhänge, gründlich, schnell und zuverlässig«, so ging Klatte daran, seinen Besuch bei Erlenborn vorzubereiten.

Das von ihm erstellte Dossier war beeindruckend: Die Firma Erlenborn-Spirituosen, Fabrikation und Großhandel, konnte in einigen Tagen ihr hundertjähriges Betriebsjubiläum feiern – hundert Jahre deutsch-jüdisches Unternehmerschicksal. Erlenborn – das war die alte »Feindestille Samson«, die in den dreißiger Jahren der Arisierung entgangen war, weil Samson Senior in Erlenborn Senior einen Freund hatte, der es schaffte, das Familienvermögen dem Zugriff der braunen Machthaber zu entziehen.

Die Samsons hatten in England eine neue Heimat gefunden. Hier wurden auch ihre Töchter Wally und Sonja geboren, die, als sie alt genug waren, in das Land ihrer Eltern zurückkehrten, um in Bonn seßhaft zu werden.

Wally Samson, die ältere der Töchter, heiratete den Speditionsunternehmer Siemann in Bonn-Beuel. Aus dieser Ehe gingen zwei Kinder hervor, der Sohn Guido und die Tochter Barbara, beide im elterlichen Betrieb beschäftigt.

Sonja Samson, die jüngere Tochter, ging die Ehe mit Erlenborns Sohn Hartmut ein. – Kurz war das Glück, denn auch die teuersten Sanatoriumsaufenthalte hatten Sonja nicht über das 32. Lebensjahr hinweghelfen können.

Junior Hartmut hatte es sich in den Kopf gesetzt, Erlenborn-Spirituosen zur führenden Marke der Europäischen Gemeinschaft zu machen. Er wollte beweisen, daß seine unternehmerische Kraft mehr vermochte, als ein ererbtes Vermögen. In Bonn war es ein offenes Geheimnis, daß Hartmut Erlenborn sich nach dem Tode seiner Frau mit seinen fünfunddreißig Jahren keineswegs zu alt fühlte, seine einundzwanzigjährige Nichte Barbara Siemann, Guidos Schwester, zu heiraten, zumal die kinderlos verstorbene Sonja nicht ihn, ihren Mann, sondern ihre Nichte Barbara als Erbin eingesetzt hatte. Die Ehe würde helfen, den Betrieb zu konsolidieren, denn durch die Expansion war die Kapitaldecke kürzer geworden. Es entsprach Sonjas Familiensinn, die Vermögenswerte der ehemaligen Feindestille Samson im Blutsband der Sippe zu halten. Den Siemanns war diese Lösung nur recht. Damit war Barbara versorgt, und Guido konnte eines Tages Spedimpex Siemann und Co. allein übernehmen.

Werner Klatte ging in das Nachbarzimmer, um mit seinem Vertreter, Zolloberinspektor Wernitz, die »Recherchen Erlenborn« noch einmal durchzusprechen.

»Stimmt es wirklich, daß Erlenborn seine Nichte Barbara heiraten will?«

Wernitz nickte. »Aber ja, das weiß doch jeder hier. Er soll sie schon verführt haben, als seine Frau noch lebte.«

»Woran ist Sonja Erlenborn eigentlich gestorben?«

»Aqua ardens – hat sich totgesoffen«, erläuterte Wernitz ungerührt.

»Gibt's da noch mehr pikante Geschichten?«

»Jetzt versucht die Neue aus Aachen auch noch mitzumischen; aber wenn die auf eine Ehe mit Erlenborn spekuliert, liegt sie falsch – Barbara hat das Geld. Übrigens – war Frau Richter nicht eine Kollegin von Ihnen beim Hauptzollamt?«

»Ich kenne sie nur flüchtig. War ja nur kurze Zeit dort und bin gar nicht richtig warm geworden.« Klatte wollte das Thema nicht vertiefen. »Ist sonst noch was Besonderes?«

»Nicht daß ich wüßte. Mit der Firma hatten wir noch nie Ärger oder Probleme wegen der Verbrauchssteuern.«

Wernitz sah keinen Anlaß, darauf hinzuweisen, daß so manche Beförderungsfeier in den Ministerien mit den Elixieren von Erlenborn und mit einem schönen »Behördenrabatt« über die Bühne gegangen war.

## Kapitel 2

Der Mann auf dem Beifahrersitz war nach hundert Kilometern Fahrt auf der Autobahn kurz vor der Maas oder Meuse, wie der Fluß hier in Belgien heißt, eingeschlafen. Guido Siemann hatte das Radio leiser gestellt. Er wollte den pennenden Tramper nicht wecken, denn das unentwegte Gerede über die Mängel dieser Welt und die Zwänge der Gesellschaft, die man nur mit Hasch oder härteren Sachen ertragen könne, sagte Guido nichts. Seine Fäuste und seine bärenstarken Arme führten das Lenkrad des 16-Tonner-Sattelschleppers mit einer Leichtigkeit, die der vollendeten Technik zu danken war. Der 1638 S brummte die Autobahnstrecke herunter, als sei der aufgesattelte Großcontainer keine Last, sondern eine Spielzeugkiste. Gute alte 375 PS brachte der Dieseleinspritzmotor mit Abgasturbolader und Ladeluftkühlung auf die Räder. Auch die jüngeren Fahrer hatten mit der Leistungsumrechnung auf Kilowatt nicht viel im Sinn. Sie fühlten sich schließlich nicht als Elektriker und blieben bei den satten PS. 375 Pferde unter dem Hintern – diese Vorstellung gab Kraft.

Im Fahrerhaus roch es nach frischer Farbe und neuen Kunststoffen, noch nicht nach Öl und Schweiß von Tausenden Kilometern Fahrtstrecke. Ein neuer Benz, strahlende, blinkende Kraft des internationalen Fernverkehrs. Guido Siemann genoß die erste Fahrt mit dem neuen Fahrzeug. Er bewunderte den Chef seines Unternehmens, der auf den wirtschaftlichen Aufschwung setzte und zielstrebig den Fahrzeugpark modernisierte. Dieser Chef war sein Vater. Der hatte aus der Spedition Siemann und Co., Import-Export, mit der Telexadresse Spedimpex Bonn 3, einen straff organisierten leistungsfähigen Betrieb gemacht, der jeder Konkurrenz gewachsen war. Nach dem Willen des Vaters hätte Guido Betriebswirtschaft studieren sollen, doch den Sohn zog es seit seiner Kindheit mit magischer Kraft ans Lenkrad. Die unvermeidbare Büroarbeit war ihm eine Qual, und er überließ sie gern seiner um zwei Jahre jüngeren Schwester Barbara. Vater und Sohn hatten sich arrangiert. So ganz zufrieden war Guido allerdings nicht. Er hatte, wie er meinte, zuwenig Bargeld auf der Hand. Daher hielt er sich schon frühzeitig an die überlieferte Weisheit alter Kapitäne der Landstraße, daß – wenn es richtig läuft – immer ein Rad für den Fahrer läuft.

»Nehmen wir noch einen Joint vor der Grenze?«

Guido wurde durch die Stimme seines wachgewordenen Mitfahrers aus seinen Überlegungen gerissen.

»Sag mal, bist du total bescheuert? Stoff hier im Wagen? Da brauchen die Zöllner nicht einmal einen Haschhund, um uns hochgehen zu lassen. Wenn die den Zug beschlagnahmen, ist eine Viertelmillion im Eimer. Du fliegst bei voller Fahrt aus dem Fahrzeug, wenn du das Dreckszeug nicht sofort aus dem Fenster wirfst. Los, die Scheibe runter, das ist mein Ernst!«

»Nun mal sachte, war doch nur ein Angebot«, versuchte der Tramper abzuwiegeln. »Und dann bei voller Fahrt, diese Drohung kann ja wohl nicht ganz wahr sein.«

»Ich sage dir – raus damit, sofort, oder du bist draußen! Das hätte mir gerade noch gefehlt, durch dich Pimpf in den Zollcomputer zu kommen. Also, wird's jetzt?!«

Der Tramper kramte in seiner neuen großen Schultertasche herum, die aus einem Dritte-Welt-Laden zu stammen schien, nahm ein paar Selbstgedrehte heraus und warf sie aus dem Fenster.

»Alles draußen? Bau hier ja keinen Türken, sonst... Mann, wie konnte ich nur so dämlich sein, ausgerechnet dich mitzunehmen.«

»Na, dir fehlt doch der Beifahrer, und das hat die Polizei gar nicht gern.«

»Scheißkerl! Wenn du aussteigen willst, fahre ich den nächsten Parkplatz an. Ansonsten bist du spätestens beim ersten Halt hinter der deutschen Grenze von Deck.«

»Sachte, sachte, starker Mann. Ich bleibe demütig, bis Mutter Heimat mich wiederhat.«

Bei Lüttich ragten die Kegel der Abraumhalden der Bergwerke fremd und unmotiviert aus der Landschaft. Sie schienen sich am Horizont zu verschieben, während der Sattelzug die Kilometer fraß. Guido Siemann überlegte, ob er bei Barchon den 300-Liter-Tank noch einmal vollaufen lassen sollte. Bis zur deutschen Grenze waren es dann nur noch dreißig Kilometer. Die Preisdifferenz beim Dieselkraftstoff wurde auch bei kurzen Fahrten ins Ausland ausgenutzt, soweit sich das mit den Freimengen vereinbaren ließ. Doch jetzt hatte ihn der Tramper aus dem Konzept gebracht. Der Fuß ruhte bleischwer auf dem Gaspedal.

»He, starker Mann, merkst du gar nicht, daß du viel zu schnell fährst? Die haben hier Geschwindigkeitsbegrenzung und kontrollieren scharf zwischen Liège und Lichtenbusch. Ich meine es ja gut mit dir!«

Guido nahm das Gas zurück. Dieser verhaschte Spinner auf dem Beifahrersitz hatte ihn vergessen lassen, daß es der neuen Maschine gar nicht guttat, so getreten zu werden. Und das mit den Kontrollen stimmte auch.

»Woher hast du eigentlich deine Weisheiten?«

»Den Kurs kenne ich. Köln-Antwerpen und dann rauf nach Amsterdam oder den kürzeren Striemel über Eindhoven. Kommt ganz drauf an, wie lange Zeit man hat und wie das Wetter ist.«

»Und wozu das?«

»Zwei-, dreimal im Jahr einen Husch für den Hasch. Nicht für die harten Sachen. Von den zehntausend Fixern gehen jedes Jahr in Amsterdam an die fünfzig drauf. Mir reicht die weiche Welle. So 'n Pot ist immerhin sechsmal stärker als Marihuana. Pi-Mädchen drehen da leicht durch. Aber sonst alles klasse Typen da oben. Stoff die Menge, und reden kannst du mit jedem – wenn du Laune hast. Das rückt das Weltbild zurecht. Man braucht das in unserer beschissenen Gesellschaft.«

»Mensch, deine Sorgen möchte ich haben«, knurrte Guido. »Und wovon lebst du?«

»So ganz lala. Das Studium ist schon seit einem Jahr passé. Bringt nichts. Ich bin noch in Köln immatrikuliert, wegen der Sozialversicherung. Das elterliche Friedhofsgemüse schaut da sowieso nicht ganz durch – und zahlt schön weiter. Chirurgen sind keine armen Leute, und Muttchen liebt ihren Bubi. Kompensation dafür, daß sie ein Kindlein in die Welt gesetzt hat.«

»Und wir rackern uns die Knochen kaputt, damit es euch gutgeht!« Guido mußte aufpassen, daß er nicht wieder mit Bleifuß fuhr.

»Hast du dir das noch nicht klargemacht, starker Mann? Du bist doch auch nur ein ausgebeutetes Objekt der Gesellschaft. Die dicken Mäuse macht dein Boß«, sagte der Tramper sanft.

»Mensch, du Spinner – mein Boß ist mein Alter. Das ist unser Laden, und wir ackern Tag und Nacht, damit alles läuft. Da hängen ein paar Dutzend Leute dran, mit Frauen und Kindern. Wie und wovon sollen die denn leben, wenn kein Schwanz mehr malochen will?«

Der Mitfahrer blieb eine Weile stumm und sagte schließlich: »Ach so, darum hattest du Schiß, daß der Zoll dein Spielzeug kassiert. Der Papa hat einen braven Jungen.«

»Der dir gleich die Fresse poliert«, Guidos Hände umklammerten das Lenkrad.

»Sachte, Mann. Die Würde des Menschen ist unantastbar. Wir leben doch in einer Welt der freien Rede. – Irgendwann der goldene Schuß, und das war's dann hienieden. Warum also Zorn und Mühe?«

Der ist kaputt, dachte Guido und war froh, als das Douane-Schild auf die nahe Grenze hinwies. »Ist dein Ausweis in Ordnung?«

»Aber gewiß doch. Meine Weste könnte den weißen Riesen zieren. Ich stehe in keiner Fahndungskartei.«

Am Zollamt Lichtenbusch herrschte der übliche Hochbetrieb. In langen Reihen hinter- und nebeneinander warteten die Lastkraftwagen auf die Abfertigung. Der Pkw-Reiseverkehr lief über eine andere Spur. Die Fernfahrer kletterten mit staksigen Beinen von ihren Sitzen und machten ein paar Kniebeugen, kurze Sprünge oder Ruderbewegungen, um die Steifheit von der langen Fahrt aus ihren Knochen zu schütteln.

An den Abfertigungsschaltern war alles Routine. Guido hatte, wie die meisten anderen auch, eine Ledertasche in der Hand, in der sich die Fahrzeug- und Frachtpapiere befanden. Er hatte zuvor den

Tramper aussteigen lassen, das Fahrerhaus abgeschlossen und ihn zur Paßkontrolle geschickt. »Mach deine Einwanderung klar. Ich ziehe den Wagen dann vor, und du kannst wieder einsteigen. Bis zum nächsten Parkplatz!«

Der Tramper war ohne zu murren ausgestiegen und zur Kontrollstelle vorgegangen.

Der Zöllner am Abfertigungsschalter grüßte kurz und nahm die Frachtpapiere entgegen. Dann haute er einige Stempel auf die Warenbegleitscheine und Ursprungszeugnisse. Nachdem er alles unterzeichnet hatte, reichte er den ganzen Satz Vordrucke an Guido zurück. Der Großcontainer auf dem 16-Tonner enthielt Überseestückgut und lag unter Zollverschluß. Das machte alles einfacher. Er sollte im Verbundverkehr in Bonn-Beuel bei Spedimpex Siemann und Co. vom Transportunternehmen Hammer aus Versmold/Bielefeld, einem Branchenriesen, übernommen werden. Letzter Bestimmungsort war Gießen.

Die Zollverfahren waren schon seit Jahren vereinfacht. Bis auf gelegentliche Stichproben wurde auch bei Einfuhren aus Drittländern von einer Warenkontrolle an der Grenze abgesehen. Die Überführung in den freien Verkehr erfolgte im Sammelzollverfahren bei den Binnenzollstellen. Bei 70 Prozent der Einfuhrgeschäfte brauchten somit die Grenzzollämter die Waren nur papiermäßig zu erfassen.

»Grüß mir den Rhein«, verabschiedete sich der noch junge Zollbeamte. »Sag denen da oben, die sollten entweder den europäischen Papierkrieg einstellen oder uns mehr Leute bewilligen. Wir haben langsam die Schnauze voll. Nur Sprüche und immer neue Vorschriften. Ihr Transporter müßtet auch mal so aufmarschieren wie die französischen Routiers. Dann merken die Bonzen, was los ist.«

Guido winkte mit den gestempelten Einfuhrpapieren. »Lüftet doch einfach den Schlagbaum an. Aktion freundliches Handzeichen, und wir brummen durch. Euer Gehalt wird um die Beträge erhöht, die wir bei der Abfertigung einsparen. Hat mal wer ausgerechnet – über dreißig Milliarden im Jahr kostet der europäische Zirkus an den Grenzen.«

»Okay, ich werde das als Verbesserungsvorschlag einreichen. Ich sehe schon, wir Beamte werden endlich reich.«

Guido holte sich am Kiosk noch zwei Dosen Cola und ging zum Fahrzeug zurück. Er zog den 16-Tonner langsam vor. Dann reichte er den Ausweis aus dem Fenster. Der Beamte vom Grenzschutzeinzeldienst warf nur einen kurzen Blick darauf und gab das Dokument zurück. »Gute Fahrt!«

Guido hob dankend die Hand. Er hatte noch nie Probleme bei der Abfertigung gehabt. Die Papierform mußte eben stimmen. Das durfte man von einem internationalen Speditionsunternehmen auch wohl erwarten. Dreißig bis vierzig Formularblätter waren die Regel für eine Einzelabfertigung.

Der Tramper war wieder zugestiegen. Guido schob ihm eine der Cola-Dosen zu. »Da, sauf! Dann redest du nicht so viel bis zum nächsten Parkplatz.«

»Schön, schön, starker Mann – du bist wirklich Papas liebes Kerlchen.«

Sanfte Gleichmut und eine verschlagene provozierende Lässigkeit. Auf dieses Seelengemisch konnte Guido Siemann sich nur schwer einstellen. Für ihn wäre es eine Erleichterung gewesen, die Verabschiedung seines Fahrgastes mit einem Tritt in den Hintern vorzunehmen. Aber dann wäre der Knabe in der Mitte durchgebrochen.

Guido gab Gas. Der Motor drehte hoch. Acht Kolben stampften in 15 Liter Hubraum. Der Sattelzug wurde schneller, als ob die Pferde den heimischen Stall witterten. Links der Autobahn lag die alte Kaiserstadt Aachen, die schon als Siedlung Aquae Grani mit ihren heißen Quellen den römischen Legionären und den mit der Besatzungsmacht fraternisierenden oberen Zehnhundert manche Erleichterung bei Gicht und Ischias gebracht hatten. Später hatten sich hier dreißig Kaiser und Könige aufs Thrönchen gesetzt. Was konventionelle Kriegsführung bedeutet, durfte dieses Kleinod europäischer Kultur auch erleben. Die Stadt war 1945 ein Trümmerhaufen. Doch jetzt konnte man wieder ein warmes Vollbad nehmen oder sein Glück im Internationalen Spielkasino versuchen. Aber auch der Pferdesport und die Technische Universität mehrten den Ruhm der Bürger.

Ein großes »P – 1000 m« kündigte den Parkplatz an. Guido ließ den Zug langsamer werden und bog auf den Ausfahrtstreifen.

Hier war noch Zollgrenzgebiet. Daher konnte jederzeit mit einer Kontrolle gerechnet werden. Auf dem Parkplatz, etwas verdeckt, stand ein grauer VW-Transporter. Zwei Zöllner der Vier-Mann-Besatzung trafen Vorbereitungen für die Straßenkontrolle. Sie überprüften die Sprechfunkgeräte.

»Stichwort ›Eupen‹, bist du klar?«

»Ja, von mir aus könnt ihr anfangen«, quäkte es zurück. Stichwort ›Eupen‹ war mit seinem Krad einen Kilometer weiter an der Autobahn postiert, um etwa durchbrechende Fahrzeuge abzufangen. Da keine besondere Gefahrenlage bestand, waren die Maschinenpistolen im Waffenschrank der motorisierten Grenzaufsichtsstelle, kurz »GAST-mot« genannt, zurückgeblieben. Die Beamten trugen nur Pistolen. Im Grenzgebiet war auch heute noch eine besondere Vorsicht geboten. Hier versuchte manch entwichener schwerer Junge seine neue Freiheit zu gewinnen – manchmal auch mit Gewalt.

Die beiden anderen Zöllner hatten die rückwärtige Ladeklappe des VW-Transporters hochgestellt und öffneten die Türen von zwei eingebauten Hundeboxen. Aus der linken sprang mit einem vorsichtigen Satz ein schwerer Rottweiler heraus, aus der anderen ein Schäferhund.

»Basko – sitz!« Ohne nur eine Sekunde zu zögern, nahm der Rottweiler den Platz bei seinem Herrn ein. Mit ihm zusammen hatte Basko auf der Zollhundeschule in Bleckede an der Elbe in mehreren Lehrgängen Disziplin, Verteidigung und Angriff gelernt. Aber auch als Suchhund war er erprobt. Er hatte im Zollgrenzgebiet in der Eifel, am »Weißen Stein«, eine Frauenleiche entdeckt und damit zur Aufklärung eines Mordfalles beigetragen.

Der Schäferhund war ein besonders kleines Exemplar seiner Rasse. Auch er hatte in Bleckede seine Ausbildung erhalten, im Leistungswettkampf erste Preise erzielt und im Einsatz seine überragenden Qualitäten als Rauschgift-Spürhund bewiesen.

Diese beiden Spezialisten waren Prachtexemplare der tausendsechshundert Diensthunde und trugen an beiden Seiten des Körpers ihr Zeichen ZOLL mit besonderem Stolz. Sie verfolgten aufmerksam jede Bewegung ihrer Herren, denen sie auf der Zollhundeschule Gehorsam für das ganze Hundeleben »gelobt« hatten. Sie ließen sich auch nicht dadurch ablenken, daß ein Sattelzug an ihrem Standort vorbeizog und auf der rechten Spur anhielt.

Guido nahm den Fuß von der Bremse. »Endstation – aussteigen! Ich gehe pinkeln, und du bist verschwunden, wenn ich wiederkomme.«

»So soll es sein, starker Mann.« Der Tramper streifte sich den Gurt der Tragetasche über den Kopf hinweg auf die linke Schulter und machte Anstalten auszusteigen. Guido sprang von der Fahrerseite auf den Straßenbeton. Er kam hart auf und zog fluchend ein Bein etwas nach, als er am aufgesattelten Container entlang zum Parkplatz-WC ging. Dabei sah er die Zöllner mit den Hunden am VW-Transporter. Das löste die reflexhafte Bewegung aus, zurückzugehen, um das Fahrerhaus abzuschließen. Als er die Tür aufzog, hörte er einen Laut des Erschreckens und sah seine Brieftasche in der Hand des Trampers. Der warf Guido die Lederjacke ins Gesicht, stieß die Beifahrertür auf und verschwand mit langen Sätzen wie der Blitz im Gehölz am Rande des Parkplatzes.

Guido sauste um die stumpfe Kühlernase der Zugmaschine herum und setzte ihm nach. »Ich kriege dich, du Saukerl! Du wirst Hackepeter, wenn ich dich erwische!«

Wie ein Pfeil in den Rücken traf ihn der Ruf: »Halt – stehen bleiben!«

Guido fuhr herum. Am Ende des Fahrzeuges stand ein Zollbeamter mit einem Hund bei Fuß, seine rechte Hand an der Pistolentasche.

Guido schrie erregt: »Mensch, ich bin der Fahrer. Der Kerl da in den Büschen hat meine Brieftasche geklaut. Ich muß ihm nach!«

»Bleiben Sie stehen. Keine Bewegung!« rief der Beamte und hatte die Pistole in der Hand. Guido erstarrte und hob die Hände hoch. Ferner schon waren die Geräusche des durch die Büsche Flüchtenden zu hören. Guido hätte vor Wut heulen können. Dieser übereifrige Beamte hatte alles versaut. Fünftausend Mark waren futsch. »Haltet doch den Richtigen fest!« rief er und wies mit seinen erhobenen Händen in das Gehölz.

Plötzlich erneut der Ruf: »Bleiben Sie stehen – halt, Zoll, halt, Zoll – oder ich setze den Hund ein!« Ein Warnschuß peitschte in die Luft.

Mit zitternden Flanken und mit zum Bersten gespannten Muskeln verharrte der Rottweiler an der Seite seines Herrn. Dann kam der erlösende Befehl: »Basko – los!«

Wie von einem Sprengsatz getrieben fegte das Tier über den Grasstreifen und bohrte sich in das Unterholz.

Der Zöllner kam einige Schritte näher. »Sie können die Hände unten lassen. Den Mann in den Büschen haben wir gleich. Der wird sich freuen.«

Sekunden nur, dann ein angstvoller Schmerzensschrei. »Du verfluchter Hund! Hilfe – Hilfe!«

»Da regt sich jemand auf«, sagte der Hundeführer ganz ruhig und steckte die Pistole zurück. »Wenn einer meinen Kleinen beißen will, muß er schon ein sehr großes Maul haben. Ich werde mal nachsehen.«

Kurz darauf vernahm man den Ruf: »Stehenbleiben, keine Bewegung! Basko – aus!«

Inzwischen waren die anderen Zöllner herbeigeeilt. Der Schäferhund an der kurzen Leine zeigte keine besondere Unruhe. Kamerad Basko würde seinen Teil schon allein erledigen.

So war es auch. Ein völlig aufgelöster und derangierter Tramper, dem die Tränen über die Wangen liefen, wurde von dem Hundeführer aus dem Gehölz in den Kreis der Wartenden geführt. Basko ging vier bis fünf Schritte hinter dem Delinquenten. Von Zeit zu Zeit hörte man ein grollendes Knurren.

»So, hier ist die Brieftasche. Noch alles drin?«

Guido nahm sie entgegen und schaute kurz nach. Das Geld war noch vorhanden. Auch sonst schien nichts zu fehlen. »Danke, stimmt wohl alles. Herzlichen Dank für die Hilfe. Darf ich eine Spende leisten?« Vorsichtig fügte er hinzu: »Für die Gemeinschaftskasse oder für Hundekuchen.«

»Nein, das dürfen Sie nicht, aber Sie dürfen unserem Basko ein Dankeschön sagen.«

»Ja, gern. Dank' dir, Basko.«

Der Hundeführer rief das Tier zu sich heran und strich ihm mit der Hand über Kopf und Widerrist. »Das war brav, Basko. Sehr brav. Ein tapferer Kerl bist du.« Die in der Erregung wie eine Bürste aufstehenden kurzen Nackenhaare glätteten sich. Basko wußte, daß er seine Pflicht getan hatte.

Die Beamten vergewisserten sich, daß der Tramper, von ein paar schmerzhaften Quetschungen am Bein abgesehen, keine ernsthaften Verletzungen erlitten hatte. Die Hose allerdings war vollkommen zerfetzt. »Sie hätten besser nicht nach dem Hund treten sollen. Wir werden Ihre Personalien aufnehmen und Sie der Polizei übergeben. – Was ist in der Tasche? Bitte aufmachen.«

»Hier, das steht alles zu Ihrer Verfügung«, stammelte der Tramper. »Ein zweites Hemd, Unterwäsche, Socken. Alles schmutzig. Ein Rest Schokolade und Maronen. Ich habe Freunde besucht und bin in Köln zu Hause. – Das Geld... Ich hatte nichts mehr...«

»Nun, darum kann sich die Polizei kümmern. Wir werden die Kollegen über Funk herbeirufen.«

Der Schäferhund kratzte leicht mit den Vorderpfoten und ruckte an der Leine.

»Na, was ist Remus? Duft in der Nase?« fragte sein Herr. »Die Tasche bitte. Alles ausleeren! – Such Remus, such!«

Remus bohrte seine Nase in die Schultertasche, gab Laut und begann wieder zu kratzen.

Trotz gründlicher Kontrolle ließ sich kein Haschisch oder anderer Stoff finden. Doch die Hundenase hatte Rückstände gewittert.

»Da war etwas in der Tasche. Der Kerl hat mir unterwegs einen Joint angeboten. Ich habe ihm gesagt, er soll das Zeug aus dem Fenster werfen. Das hat er auch getan«, erklärte Guido.

»Bedroht hat er mich – massiv bedroht«, erwiderte der Tramper, dem langsam der Schock aus den Gliedern wich.

»Ja, hätte ich *den* nur rausgeworfen. Dann wäre mir mancher Ärger erspart geblieben.«

»Na, da wollen wir mal sicherheitshalber im Fahrerhaus nachsehen, wo der Herr Mitreisende gesessen hat. Sein Ausstieg ist ja etwas beschleunigt erfolgt«, meinte der Führer des Spürhundes. Er leinte das Tier ab und ließ es suchen. »Die Beifahrertür ist ziemlich hoch. Die muß ich dir wohl aufmachen, alter Bursche.«

Wie er es hundertmal geübt hatte, kletterte Spürhund Remus über die für Pfoten so unangenehmen Trittroste in das Fahrerhaus und gab sofort Laut. Der Zöllner stieg ihm nach und wandte sich kurz darauf mit einer Aktentasche aus Segeltuch in der Hand den Kollegen zu. »Na, was haben wir denn hier?«

»Wie kommt die da hinein?« fragte Guido Siemann. »Die gehört mir nicht.«

Der Beamte wandte sich an den Tramper. »Reisegepäck, wie? Wohl zu eilig ausgestiegen?«

»Die Tasche kenne ich nicht. Ihr könnt mir doch nicht alles in die Schuhe schieben«, erregte sich der ungeliebte Fahrgast.

Remus ließ sich durch das Gespräch nicht ablenken. Er gab erneut Laut und versuchte mit der rechten Pfote zu kratzen.

Der Griff der Leinentasche war mit einer Hanfkordel umwickelt. Statt metallener Schlösser hielten Knebel und Laschen die Klappe fest. Alles wirkte sehr schlicht, eher billig. Der Inhalt machte keinen verdächtigen Eindruck. Eine Thermosflasche, ein Paket Wurst-Sandwich in Papier mit dem Aufdruck eines Kiosks in Antwerpen und eine Tafel Milchschokolade. Das war schon alles.

»Na, Remus, wolltest du Hungerleider fremd fressen gehen?« fragte sein Herr und hielt dem Hund das Verpflegungspaket vor die Nase. Remus verzog angewidert die Lefzen und schnaubte mißbilligend. Seine Nase stubste gegen die Thermosflasche.

Der Zöllner nahm ein Papiertaschentuch und schraubte vorsichtig den Becher ab. Dann drehte er den inneren Verschluß auf. Der Inhalt: zubereiteter Kaffee. Aber trotz der noch vollständigen Füllung war kein Dampfwölkchen zu sehen. »Nanu, kalter Kaffee in einer Thermosflasche? Hat jemand etwas dagegen, wenn ich das ausleere?« Damit drehte er die Kanne auf den Kopf. Etwa ein Becher voll Kaffee floß auf die Erde. Der Blick in den Isolierglasbehälter ließ ganz eindeutig eine Wachsschicht erkennen. Der Beamte steckte vorsichtig die Spitze seines Kugelschreibers hindurch und hielt sie dann Remus unter die Nase. Der gab freudig Laut und trommelte mit der rechten Pfote. Wenn ein Rauschgift-Spürhund als »Haschhund« Erfolg hat, ist er besonders lebhaft.

»So ist der Remus brav. Guter Hund! – Ja, meine Herren, jetzt wird es wohl ernst«, wandte sich der Beamte an Guido und den Tramper. »Hier wird einiges zu klären sein.« Dann griff er zum Funksprechgerät.

»Hallo Eupen! Bitte kommen.«

»Hier Eupen. Was ist los?«

»Kontrolle abbrechen! Abrücken zu unserem Standort. Wir haben einen Aufgriff. Remus hat wieder zugeschlagen. Achtung Zentrale! Habt ihr mitgehört?«

»Ja, alles verstanden.«

»Zentrale, bitte sofort Zollfahndungsdienst mit Spurensicherung zum Standort Dora-drei.«

»Verstanden, geht klar. Ende.«

Nun begann ein Verfahren zu laufen, an das sich der Tramper, vor allem aber Guido Siemann, noch lange erinnern sollte.

Schon nach wenigen Minuten waren die Beamten des Zollfahndungsdienstes und die zu ihnen gehörenden Spezialisten für die Spurensicherung am Standort Dora-drei. Guido und der Tramper wurden nacheinander im VW-Transporter einer eingehenden Leibesvisitation unterzogen. Kein Stück Papier in der Brieftasche oder Geldbörse blieb ungeprüft, keine Anzugtasche blieb ungeleert.

Der Sattelschlepper wurde fachmännisch untersucht. Frische Farben am Fahrzeug lassen den Verdacht aufkommen, daß an Blechen oder Metallteilen manipuliert worden ist. Doch in diesem Fall war das Fahrzeug neu. Verdächtige Farbabweichungen ließen sich nicht erkennen. Die Sitze wurden herausgenommen, Verkleidungen abgeschraubt, Matten und Isolierungen entfernt.

Die Fahnder überlegten, ob auch der aufgesattelte Container geöffnet werden sollte. Doch das hätte nicht hier auf dem Parkplatz, sondern in der Kontrollhalle geschehen müssen. Eine gründliche Überprüfung ergab keine Anhaltspunkte dafür, daß der Container als Schmuggelversteck diente. Remus wurde vom Hundeführer wiederholt hochgehoben und schnüffelte alle Ritzen ab. Er zeigte aber keine Reaktion.

Die Zollbleie an den Container-Ladeklappen waren in Ordnung. Vorsichtshalber legten die Fahnder mit ihren Plombenzangen zusätzliche Verschlüsse an. Das für Gießen zuständige Binnenzollamt würde die Leerung des Behälters ganz genau überwachen.

Die Untersuchung dauerte Stunden. Wut und Erregung der Betroffenen, die immer wieder betonten, mit der Leinentasche nichts zu tun zu haben, wichen nach und nach einer müden Resignation.

Guido blieb bei der Feststellung: »Der Saukerl hat mich und das Fahrzeug nur benutzt, um sein Haschisch über die Grenze zu bringen. Der ist doch mit der Tasche in der Hand in Antwerpen zugestiegen.«

Der Tramper schien verdrängt zu haben, daß man ihn bei einem Diebstahl auf frischer Tat ertappt hatte und daß er daher weniger glaubwürdig war. Er hatte zu seiner sanften und provozierenden Lässigkeit zurückgefunden. »Dieser starke Mann am Steuer, das liebe Kerlchen da, wollte ganz schlau sein. Er läßt einen Tramper mitreisen, um dem dann alles in die Schuhe schieben zu können, wenn der Zoll fündig wird.«

Trotz aller Vorhalte und zusätzlicher Überprüfungen war die Zollfahndung nicht in der Lage, aufzuklären, wem die Leinentasche gehörte. Sie wurde mit Inhalt sichergestellt. Vielleicht konnte sie im Laufe der weiteren Fahndung noch Bedeutung erlangen. Das Cannabis aus der Thermosflasche würde vernichtet werden. Bei den fünf- bis sechstausend Kilogramm, die jährlich in der Bundesrepublik beschlagnahmt werden, konnte die relativ kleine Menge die Statistik nur geringfügig verändern.

Da bei Guido keine Fluchtgefahr bestand, durfte er seine Fahrt fortsetzen. Der Tramper wurde an die Polizei weitergereicht.

Doch von diesem Tage an war Guido Siemann als eine Verdachtsperson im Informations- und Auskunftssystem des Zollfahndungsdienstes erfaßt. Er war zu einem der vielen Tausend »Fall- und Personendatensätze« geworden, die seit 1975 bei INZOLL elektronisch im Computer gespeichert werden.

Wegen der Besonderheit des Falles erhielt das für den Firmen- und Wohnsitz zuständige Zollamt Bonn-Beuel eine Nachricht über den Fahndungsvorgang.

Sein Leiter, Zollamtmann Klatte, konnte bei Eingabe einer entsprechenden Kenn-Nummer jederzeit alle gespeicherten Informationen abrufen.

## Kapitel 3

Der Rückschritt in die Vergangenheit sollte auf blankem Parkett erfolgen. Die »Scene« der Stadt der rheinischen Fröhlichkeit und der politischen Miniaturskandale lag voll im Trend. Das neu eröffnete Etablissement erstreckte sich über das Parterre eines alten Gemäuers. »Old-Sound-Disco«, darin schwebte etwas von Verklärung und Nostalgie. Hier konnte auch die reifer gewordene Jugend ihre verlorenen Jahre und die unsichere Zukunft vergessen. Das Haus lag zwischen den schönen alten Gebäuden mit ihren gleichmäßigen Gesimshöhen und restaurierten Fassaden im Dreieck Poppelsdorfer Schloß und Bonner Talweg. In Minuten erreichte man hier bürgerliche Wohlstandsstraßen mit hehren Namen zum Ruhm des Königs, der Kurfürsten und eines den Rheinländern so fremd gebliebenen eisernen Kanzlers. Die nach dem Astronomen benannte Argelanderstraße zog ihre leicht gekrümmte Bahn von Nord nach Süd und lenkte die Gedanken auf Vernunft und Wissenschaft, denen Bonn zu einem guten Teil seinen Ruf als Universitätsstadt zu danken hat.

Ohne Studenten lief hier nichts. Wer von ihnen einsam oder zweisam war und über genügend Kleingeld verfügte – und das waren schon einige von den vierzigtausend –, den zog es aus der Bude in eines der zahlreichen Kinos, in die Pinten, in die Discos von Rock bis Jazz oder zu dem neuen bissigen Sound des klassischen Tangos.

In der Eröffnungswoche gastierte im »Old-Sound« das Tango-Sextett »Cabezas Minores« mit dem Bandonion-Virtuosen Menendez aus Barcelona. Coole Wehmutsfetzen im 4/8-Takt, die Klage des scharf gescheitelten pomadigen Sängers über verspieltes Glück, die Ferne der Heimat und ein verlorenes Weib – das traf den Nerv der Zeit.

Die Tanzenden boten noch kein geschlossenes Bild. Einige trugen Jeans oder Cord. Andere bemühten sich, in ihren dunklen Secondhand-Anzügen der Szenerie gerecht zu werden. Der Trend Schenkel an Schenkel und Leib an Leib hatte sich noch nicht voll durchgesetzt.

Marianne Richter, im geschlitzten anthrazitgrauen Rock, mit weitgeschnittener Alcantarabluse, rot paspeliert, versuchte, ihrem Partner die neuen Tanzschritte und Positionen beizubringen. Der Erfolg war gering, denn der Tango verlangte nicht nur den richtigen Rhythmus, sondern auch die Führung durch den Mann.

»Guido, du mußt zufassen, mich halten und biegen, dann wiegend schreiten wie im Traum. Sieh das Paar dort drüben – so!«

Guido Siemann wußte mit der Frau in seinem Arm auf dem Parkett nicht viel anzufangen. Zu anderen Zeiten und Gelegenheiten ging das besser. Er polterte los: »Wie kann man sich so lüstern darstellen! Du weißt doch, ich stehe auf Rock, richtigen harten Driver-Rock. Um diesen Zirkus hier zu ertragen, brauche ich Champagner, eine Magnum mindestens. Komm, wir gehen zur Bar. Schließlich wollen wir meine Rettung aus der Hand der Obrigkeit feiern – dann ziehen wir in Richtung Norden in die Altstadt in einen Beatschuppen und lassen die Wände wackeln.«

Guido stellte abrupt seine linkischen Bewegungen ein, drehte Marianne in Richtung Bar und steuerte mit ihr durch die Tanzenden, als gäbe es keinen *new sound.*

Auf dem Wege durch das Knäuel Menschen griff er sich seine

Schwester Barbara, die mit einem schwarz-seidenen Jüngling auf *Femme fatale* machte. »Auf geht's, Babs, dein Bruderherz läßt Sprudel fließen. Champagner darf nicht warm werden. Also komm!«

Barbara war es gewöhnt, ihrem Bruder zu folgen. Der Jüngling setzte an, den ungehobelten Störer in die Schranken zu weisen, unterließ es dann aber, als er sich des Mißverhältnisses zwischen seiner Figur und der des großen Bruders bewußt wurde. So blieb es bei einer Verbeugung.

»Bis dann.«

»Auf Nimmerwiedersehen«, ergänzte Guido und zog Arm in Arm mit seinen Mädchen zur Bar.

Sie nahmen an einem der kleinen Vierertische Platz, der zwischen zwei Blumensäulen stand.

»Veuve Cliquot bitte«, bestellte Guido mit der Geste eines Mannes von Welt. »Eine Magnum darf's schon sein für diese Girls und mich. Die große Freiheit hat ihren Preis.«

»Magnum führen wir nicht«, erklärte der befrackte Kellner, als er den Eiskübel bereitstellte.

»Na ja, wir können uns ja auch bescheiden. Fangen wir also mit einer Normalflasche an.« Guido beobachtete das Zeremoniell des Flaschenöffnens und wartete auf den Knall des Pfropfens. Doch im »Old-Sound« ging es stilvoll zu. Es machte nur ganz leise »plop«.

»Auf die Freiheit!« Marianne hob das Glas und stieß mit Barbara und Guido an.

»Auf dieselbe und auf euch schöne Frauen«, erwiderte dieser galant, »und auf den Driver-Rock.«

Die drei sahen sich an und lachten.

Damit ja auch die Nachbarn die Kunde vernehmen konnten, hob Guido seine Stimme: »Nun höret die Geschichte vom barmherzigen Ritter der Landstraße: Ein verhaschter Miesling von Tramper wollte ihm alles Hab und Gut rauben. Als der Bursche mit der immensen Beute flüchtete, stürzte ein Höllenhund herbei und fetzte ihm die Hose vom Leibe. Worauf der Miesling laut wimmernd vor dem edlen Ritter auf die Knie fiel und flehte: ›Nehmt alles zurück, edler Herr, doch laßt mir das Leben. Gnade, o Herr, Erbarmen!‹ – Ich Dummkopf habe ihm Gnade gewährt, und als Dank hat er mich an den Zoll verraten wollen, um seine Missetat zu decken. Doch jetzt liegt er in Eisen, und wir bechern Champagner. Prost, Mädchen!«

Mariannes Blick wanderte über das Glas hinweg zur Eingangstür. In der gleichen Sekunde hatte sie Werner Klatte erkannt, der seine Jacke lose über dem Arm trug und offensichtlich mal eben hereinschaute, um gleich wieder zu gehen, wenn ihm das Publikum nicht zusagte. Doch die Atmosphäre schien zu stimmen. Nach einem Bummel vom Bonner Münster über den Kaiserplatz zur Poppelsdorfer Allee mit der Aussicht auf das erleuchtete Schloß, dem Herzstück der Rheinischen Friedrich-Wilhelms-Universität, schien dies endlich der richtige Ort für ihn zu sein.

Hier im »Old-Sound« hatte Werner Klatte die Umgebung gefunden, die er suchte. Er hatte von Aachen aus an manchen dienstfreien Wochenenden in Brüssel und Lüttich der neuen Musik- und Tanzleidenschaft gefrönt. Dabei hatte er auch Marianne Richter aus der gemeinsamen Dienststelle näher kennengelernt und mit ihr schließlich den kleinen Grenzverkehr geprobt.

Er ging zur Bar, um sich einen Cocktail zu gönnen und dabei die Besucher zu sondieren. Als er sich nach rechts wandte, traf sich sein Blick mit dem Mariannes, die überrascht aufsah. Er winkte ihr zu und machte damit den Mann auf sich aufmerksam, der neben ihr saß und laut erzählte, jetzt aber seine Stimme senkte. Marianne schien ihm zu erklären, wer der Ankömmling war. Guidos Miene hellte sich auf, blieb aber skeptisch. Das andere strohblonde Mädchen am Tisch drehte sich um und musterte Klatte von Kopf bis Fuß. Dabei glitt ein intensiver werdendes Lächeln über ihre Züge. Sie beugte sich zu ihrem Begleiter und sprach auf ihn ein. Der richtete sich auf und winkte Klatte zu sich heran. Marianne Richter nickte dazu. Es schien allerdings, als ob sie mit dieser Geste Vorsicht andeuten wollte.

Werner Klatte hangelte sich vom Hocker, nahm seinen Drink und trat zögernd an den Tisch.

Marianne ergriff schnell das Wort: »Darf ich bekannt machen: Herr Klatte, Zollamtmann und Leiter des Amtes in Beuel, den ich aus meiner früheren Tätigkeit in Aachen kenne.« Sie sprach sehr förmlich und schien Wert darauf zu legen, seine amtliche Funktion deutlich zu machen. »Ihnen, Herr Klatte, möchte ich Herrn Guido Siemann von der internationalen Spedition Siemann und Co. vorstellen und - last but not least – seine Schwester Barbara.« Marianne schien auch in dieser lockeren Runde größten Wert darauf zu legen, beim »Sie« zu bleiben.

»Bitte Platz zu nehmen«, dröhnte Guido und wies einladend auf den freien Stuhl. »Ich habe es augenblicklich mit den Zöllnern und Sündern. Seien Sie beim Schampus willkommen, obwohl mich Ihre Kollegen von der Fahndung in Aachen gestern ganz schön in der Mangel gehabt haben. Und das alles, weil so ein trampender Haschbruder in meinem Sechzehn-Tonner seinen Stoff über die Grenze schmuggeln wollte. Ich Idiot habe ihn von Antwerpen mitgenommen.«

»Danke für die Einladung. Wie ich sehe, ist alles glatt gelaufen, und Sie sitzen nicht in finsterer U-Haft«, meinte Werner Klatte leichthin.

»Ja, die Schweinerei ist aufgeklärt. Ihre Kumpels haben den Bubi gleich an die Polizei weitergereicht, und ich durfte die Heimat wiedersehen. Das wird jetzt und hier gefeiert.«

Werner Klatte hatte neben der blonden Barbara Platz genommen. Der Kellner reichte ein Glas nach und goß Champagner ein. Die Runde trank sich zu. Barbara sah Klatte in die Augen, senkte kurz ihr Glas und hob es wieder, so als ob sie andeuten wollte, daß sie ihn schon näher kennenlernen möchte. Marianne verhielt sich neutral.

»Und ein Zollhund hat den Tramper gestellt, als er meinem Bruder die Brieftasche geklaut hatte«, ergänzte Barbara Guidos dramatische Schilderung.

»Das sind ja tolle Burschen. Aber sie scheinen nicht richtig zu beißen. Wie schön wäre es gewesen, wenn der Bello den Tramper so richtig am Arsch gepackt hätte, oder so happ ins Gemächte«, ereiferte sich Guido.

Marianne zuckte zusammen, und Barbara meinte gelassen: »Bruderherz, du bist ein ausgesprochener Menschenfreund.«

Werner Klatte erläuterte der Runde, daß die Tiere nicht auf Beißen, sondern auf das Stellen von Tätern abgerichtet seien. Sobald sie zu unbeherrschten Beißern würden, müßten sie ihre Planstelle räumen.

»Das scheint ja bei den Vierbeinern umgekehrt zu laufen wie bei den Fahndungsbeamten«, frotzelte Guido. »Für so einen Griff an die Brieftasche hätte der Oberzollhund schon mal kräftig zubeißen dürfen. Fünftausend Mark wären futsch gewesen. Der Hundefinderlohn wird heute auf den Kopp gehauen.«

Barbara fuhr hoch. »Was? Fünftausend? Wo hast du die denn her? Du jammerst Vater und mir im Büro dauernd die Ohren voll, daß du nicht Bares genug auf die Hand bekommst.«

»Ach Schwesterlein, du weißt doch, wie sparsam ich bin«, wiegelte Guido ab, als er seinen Fehler bemerkte.

»Laß dich bloß nicht vom alten Herrn erwischen, wenn da ein fünftes Rad für den Fahrer läuft!«

»Ach wo, Sparsamkeit ist aller Laster Anfang. Wie hat es früher mal geheißen: Räder müssen rollen für den Sieg.«

»Und Kinderwagen als Nachschub für den nächsten Krieg«, ergänzte Werner Klatte. »Wen von den Damen darf ich um den nächsten Tango bitten?«

Marianne Richter sah zur Seite. Doch Barbara stand sofort auf. »Wenn Sie ihn können. Ich will es wagen.«

Und er konnte ihn!

Die »Cabezas« spielten – das war schon eine Konzession an den Publikumsgeschmack – auch Tangos aus den dreißiger Jahren, wenn sie den richtigen Sound hatten. Das Bandoneon klagte, und der Sänger schmalzte mit dem Akzent des Fremden: »In Rio de Janeiro – sehnt sich ein Caballero – nach Gold und Liebe – und schönen Frauen.«

Werner Klatte hatte Barbara fest an sich gezogen und den rechten Arm stützend unter ihren Rücken gelegt. Er beugte sie rückwärts und zwang sie in den ekstatischen Rhythmus der Musik. Ihre vollen Formen, der Duft ihrer Haut und ihr schneller Atem ließen ihn das Leben spüren.

Leise summte er den wehmütigen Text: »...verspielt ein Caballero – sein Herz und Gold – in einer Nacht...«

»Gewinnt«, flüsterte sie, »gewinnt ein Caballero...«

Werner Klatte bewegte zweifelnd den Kopf und folgte der Melodie: »...der Zauber ist aus – ein armer Teufel – geht zur Türe hinaus.«

»Bleib, laß die anderen gehen, bitte«, flüsterte Barbara, als der Bann sich löste.

»Ja, lassen wir die anderen gehen. Aber einmal muß ich auch mit der Richter aufs Parkett.«

Guido hatte die Gläser schon neu gefüllt. »Eure Vorstellung war große Klasse. Ich glaube, ich muß mich doch mal umschulen lassen.«

»Ja, das will gelernt sein«, meinte Marianne Richter. »Nicht einfach Turnschuhe an, kleines Fäustchen geballt, mit den Füßen gestampft und auf ins Gewühl – hey, baby hey! Das bleibt den pubertierenden Teenagern überlassen. Jetzt ist Tango-Time. Herr Amtmann, Sie dürfen es mit mir auch einmal wagen.«

»Aber sicher«, stimmte Guido gönnerhaft zu.

Ihm gingen die Augen auf, als er sah, wie Marianne und Klatte übers Parkett schwebten. Barbaras Blick wurde traurig. Sie schien zu fühlen, daß den beiden Aachen mehr bedeutete als nur eine flüchtige Bekanntschaft.

»Hat sie dir gefallen, die blonde Barbara?« fragte Marianne, als Werner mit ihr eine ruhige Figur tanzte. »Die hat Rasse und auch noch was an den Füßen.«

»Woher kennt ihr euch? Warum bist du so förmlich?«

»Siemann und Co. fährt alle Fracht für Erlenborn. Dicke Aufträge. Frau Siemann und die verstorbene Frau Erlenborn waren Schwestern.«

Werner riß Marianne in die gedrehte Beuge. Ihre Art, den Tanz der Halbwelt aus den Kaschemmen von Buenos Aires zu interpretieren, ließ von der gemeinsamen Vergangenheit mehr erkennen, als offenbar werden sollte.

»Große Geschäfte – daher weht der Wind!«

»Nicht nur. Barbara soll den Witwer heiraten – nach dem Trauerjahr. Geld zu Geld.«

Werner Klatte dachte an das Dossier auf seinem Schreibtisch und fragte: »Du gehst mit ihm ins Bett? Oder mit dem Driver?«

Marianne blieb die Antwort schuldig, preßte sich bei Werner in die Beuge und sang: »Adios muchachos.« Sie genoß die wiederentdeckte körperliche Gemeinsamkeit, rhythmisch, hart und cool.

»Du wirkliche Printe, du, wer möchte dich nicht vernaschen«, brummte Klatte an ihrem Ohr.

Als sie zum Tisch an der Bar zurückkehrten, meinte Guido: »Euch darf man nicht allein lassen. Noch einen Turn und das staunende Publikum hätte die Sondernummer des großen Zampano auf dem Parkett bewundern können.«

Barbara sah Marianne forschend an und wandte ihren Blick Werner Klatte zu. Sie schien den letzten Tango richtig zu deuten.

Guido spürte, daß die Strukturen zumindest für diesen Abend neu geordnet werden mußten. »Marianne und ich zwitschern jetzt ab zum Driver-Rock. Babs hat damit nicht viel im Sinn und darf mit dem Repräsentanten der Obrigkeit ihr Vergnügen suchen – oder wollt ihr mitkommen?«

Die Frage war alles andere als eine Einladung.

»Wir bleiben hier im ›Old-Sound‹, nicht wahr?« erwiderte Klatte und bemerkte, wie Barbara sich entspannte.

»Daß du ihn nicht verführst, Schwesterherz«, mahnte Guido. »Ein guter Beamter braucht seine ganze Kraft für den Staat. Haltet euch allzeit bereit und munter«, verabschiedete er sich, nahm Mariannes Hand und zog sie mit langgestrecktem Arm zum Ausgang.

Barbara blickte erleichtert auf.

»So, die sind wir los. Mein Bruder ist mir zu robust in Sachen Zärtlichkeit – und auch sonst.«

»Hat er was mit der Richter?«

»Ich glaube schon. Sie haben geschäftlich miteinander zu tun und sind manchen Abend unterwegs. Doch vielleicht mag sie lieber Erlenborn.«

»Doppelkorn?«

»Nein, sie hängt nicht an der Flasche. Ich meinte es anders.«

»Ach so, ich verstehe – Erlenborn original.«

»Lassen wir's. Da gibt es komplizierte Zusammenhänge und Überlegungen – husch fort damit! Wie sagte Marianne? Heute ist Tango-Time.«

Es wurde eine lange Nacht, eine Nacht für zwei Menschen, die ihren Gefühlen nicht ausweichen wollten.

# Kapitel 4

Seit dem Abend im »Old-Sound« waren gut drei Wochen vergangen. Der Pensionär Wessendorf wanderte mit seinem zwölfjährigen Enkel Mathias über den Rheinhöhenweg.

Der Morgen war mild, und die Sonne suchte ihre Bahn.

Den Passat hatten sie oberhalb des Dornhecken-Sees an der durch den Ennertwald laufenden Straße abgestellt. Sie wollten über die Dollendorfer Hardt zum Kloster Heisterbach und von dort durch die Rosenau den 461 Meter hohen Großen Ölberg besteigen. Oben erwartete sie nicht nur eine der schönsten Aussichten über die vierzig Erhebungen des Siebengebirges, sondern auch das Rasthaus mit seinem kühlen Bier und einer Fanta zu frisch gebackenen Waffeln mit heißen Kirschen.

Die kleinen Bäche waren es, die Siefen oder Siepen, die der Landschaft ihren Namen gegeben hatten. Als aus den Siefen dann die heilige Zahl Sieben geworden war, fand man auch schnell die sieben wichtigsten Höhen, die echte Bonner der Reihe nach aufsagen können.

Der Drachenfels war ohne Zweifel berühmter als der Ölberg, doch die Bonner hielten es so wie die Hamburger mit ihrem Michel. Sie gingen einmal freiwillig zu Fuß hinauf, zum »höchsten Berg Hollands«. Das reichte dann. Nur wer den Bärentreiber für seinen Besuch spielen mußte, plante den Drachenfels mit ein – und nahm die Zahnradbahn oder die Autostraße zum Petersberg.

Der Große Ölberg, die Wolkenburg, der Lohrberg, die Löwenburg und der Nonnenstromberg, das Einsiedlertal oder das Tretschbachtal – das war nicht der Sagen- und Märchenkitsch zum Nepp der Touristen mit Strohhut und Wanderstock. Hier war noch die Stille und die erhabene Schönheit des Siebengebirges. Der Rheinhöhenweg knüpfte das Band von Kuppe zu Kuppe, vorbei an den senkrecht abfallenden Wänden der stillgelegten Basaltsteinbrüche über Aussichtspunkte, wo der Rhein und die fernen Berge der Eifel facettenhaft durch das Blattwerk der Bäume schimmerten.

Mathias war noch in einem Alter, in welchem der Ausflug mit dem munteren »Grand-Père« – wie er den Großvater dank der ersten

Französischkenntnisse aus dem Beethoven-Gymnasium nannte – keine lästige Pflicht, sondern ein kleines Abenteuer bedeutete. Grand-Père hatte ihn nie überfordert. Immer gab es ein Ziel, das zugleich Belohnung war.

Der kleine Exkurs in die Geschichte der ehemaligen Zisterzienserabtei Kloster Heisterbach mit seiner so dramatisch an den Berg angelehnten Ruine des Kirchenchores, den Grand-Père sich für diese Wanderung vorgenommen hatte, blieb Mathias jedoch ebenso versagt wie die duftenden Waffeln auf dem Ölberg.

Diese Wanderung würde für ihn sein Leben lang mit Bildern von Schrecknis und Tod verbunden sein.

Auf nur der Hälfte des Weges zur Rabenlay, hoch über dem Rheintal, in dem endlich die rechtsrheinische Autobahn nach Königswinter fertiggestellt war, wandte Grand-Père sich an Mathias: »Bleib zurück, Junge. Vorsicht! Gleich hinter dem Zaun ist die Steinbruchkante.«

Doch die Neugier war so stark, daß Mathias vorsichtig das an mehreren Stellen aufgeschnittene und niedergetretene Drahtgeflecht des Schutzzaunes auseinanderbog und sich wie ein Pfadfinder auf dem Bauch an die Abbruchkante heranschob. Einen Blick nur, einen einzigen Blick wollte er auf die tief unten liegende Wasserfläche des Blauen Sees werfen. Von früheren Wanderungen wußte er, daß nach vielleicht hundert bis zweihundert Metern Marsch in Richtung Rabenlay und Kuckstein der noch kleinere Märchensee zu sehen sein würde. Doch das war nur ein fast trockener Tümpel mit brackigem Wasser, zugewachsen von Büschen und Bäumen und trotz seines Namens ohne besonderen Reiz. Der Blaue See dagegen, mit seiner mächtigen, von abgebrochenen Basaltsäulen durchsetzten Steilwand, war so schrecklich schön und faszinierend, daß ein Junge ihn einfach sehen mußte.

Grand-Père war ein wenig ängstlich und trat zu Mathias. »Wenn du schon einen Blick riskieren willst, laß mich wenigstens deine Füße festhalten.«

Mathias schob sich weiter vor und stieß einen Schreckensschrei aus: »Da unten liegt einer! Ja, da liegt einer halb im Wasser! Ob der wohl tot ist?«

»Zurück, Junge, komm zurück!« Grand-Père zog Mathias heftig zu sich heran. »Was sagst du?«

»Ja, da unten liegt einer – ganz bestimmt. Vielleicht können wir noch helfen.«

»Komm zurück hinter den Zaun, setz dich auf die Bank dort und paß auf das Fernglas und die Wandertasche auf. Ich muß nachsehen, was los ist!« Damit kletterte Wessendorf wieder durch die Lücke im Drahtzaun, legte sich ohne Rücksicht auf seine Kleidung auf den Waldboden und robbte bäuchlings an die Abbruchkante heran.

»Grand-Père, halt dich fest, bitte, ich kann dich doch nicht halten!« ängstigte sich Mathias.

»Bleib du sitzen. Ich passe schon auf.« Wessendorf fühlte sich mehr als vierzig Jahre zurückversetzt, in die Zeit, als er in den Felsen der Krim auf den Treffer und Absturz wartete. Durch das vom Regen ausgewaschene, frei in der Luft hängende Wurzelwerk erfaßte sein Auge die gegenüberliegende, westliche Seite des Wasserspiegels und mit einem weiteren Recken des Kopfes auch die senkrecht unter ihm liegende Geröllmure, mit der die Steilwand in den See überging. Und dort lag ein Mensch. Ohne Zweifel tot. Kopf und Oberkörper im Wasser.

Grand-Père hatte seine Aufregung abgestreift. Er kroch zurück. Dann griff er zum Fernglas auf der Bank.

»Können wir dem da unten nicht helfen?« fragte Mathias mit weit aufgerissenen Augen. »Wir müssen doch etwas tun.«

»Warte!«

Wessendorf robbte, wie er es in den für immer verlorenen besten Jahren seiner Jugend gelernt hatte, noch einmal zur Steinbruchkante vor. Mit dem Mitteltrieb justierte er das 8 × 30-Glas. Der Mensch dort unten trug einen grünen Trainingsanzug und Turnschuhe. Sein Körper wirkte seltsam verdreht und schien durch den Sturz über die scharfkantigen Säulen der Basaltfelsen schrecklich zugerichtet zu sein. Helfen konnte hier niemand mehr.

Wessendorf schob sich zurück. Er sah, daß Mathias vor Aufregung zitterte.

»Der Mann muß abgestürzt sein – und zwar ungefähr von hier, wo wir stehen. Ja, man kann die Spuren sehen. Direkt auf der anderen Seite des Busches. Der hat seine Neugier mit dem Leben bezahlt.«

»Ist er denn tot?«

»Ja, mein Junge. Wer dort hinunterstürzt, dem kann niemand mehr helfen. Falte die Hände, wir beten für ihn.«

Mathias preßte die Hände zusammen, daß die Knöchel weiß hervortraten.

Grand-Père schlug das Kreuz und sagte nur kurz: »Der Herr sei seiner Seele gnädig. Amen.« Damit hatte er Mathias ein wenig die Angst und Erschütterung genommen. »So, jetzt muß erst überlegt und dann gehandelt werden. Was ist als erstes zu tun?«

»Wir müssen die Polizei holen und dürfen hier nichts verändern«, erwiderte Mathias mit fester Stimme. Er hatte jetzt eine Aufgabe.

»Tag und Uhrzeit?«

»Sonnabend, Viertel vor elf«, antwortete Mathias nach einem Blick auf seine Armbanduhr.

»Spuren oder andere Zeugen?«

Sie sahen sich um. Grand-Père nahm das Fernglas und musterte noch einmal den See, der einen Durchmesser von sechzig bis siebzig Meter haben konnte, sowie die nähere und weitere Umgebung. Dann gab er das Glas an Mathias weiter.

»Kein Mensch außer uns. Doch da vorn, im Efeu, ganz nahe am Rand, das sind Spuren. Da ist der wohl gegangen. Und als er runtersehen wollte, ist er abgerutscht«, sagte Mathias.

»Sehr gut beobachtet«, lobte Grand-Père. »Wir können hier nichts mehr tun. Wir gehen zurück und dann zur Kommende. Von dort können wir die Polizei alarmieren.«

Mit schnellen Schritten hatten sie in wenigen Minuten die Oberkasseler Straße erreicht.

»Es ist zwar nicht weit, aber wir nehmen den Wagen. Das geht schneller, und wir sind beweglich«, erklärte Grand-Père.

Mathias hatte auf dem Beifahrersitz Platz genommen und wartete ungeduldig auf den Start.

»Nicht den Kopf verlieren – anschnallen«, kam die Belehrung. »Wer Pflichten hat, braucht sich nicht aufzuregen. Der muß nur das Notwendige tun.«

Sie fuhren bergab, unter den breitausladenden Brückenteilen des Autobahnkreuzes Bonn-Ost hindurch. Gewaltige Betonmassen waren, zum Entsetzen von Naturfreunden und Ökologen, in den Ennerthang hineingestampft worden.

Aus diesem Gewirr von Zu- und Abfahrten, eingepackt wie in den gordischen Knoten, erhoben sich die Gebäude der ehemaligen Deutschordens-Kommende. Bizarr verbauter Trachyt aus dem Siebengebirge und das Gefühl jener Zeit für Kraft und Proportionen hatten hier schon im 13. Jahrhundert einen Ordenssitz geprägt, der den Herrschaftswillen der Kreuzritter bekundete. Doch ohne die wirtschaftliche Hilfe eines Mäzens im 20. Jahrhundert wäre der Kommende der Abbruch oder eine kümmerliche Zukunft beschieden gewesen. Jetzt bot sie, gründlich restauriert, Raum für das Schloßmuseum, für Antiquitäten, für ein gepflegtes Hotel und ein stilvolles Café mit Blick auf die Stadt und den Rhein.

Das Telefon stand selbstverständlich zur Verfügung. Grand-Père wählte 1-1-0 und gab seine Meldung durch. Knapp und präzise. Mathias stand daneben und hörte aufmerksam zu.

»... Notarzt muß wohl sein. Aber der wird auch nur den Tod feststellen können... richtig, ja, an der Kommende hoch. Der Zugang zum Blauen See ist etwas schwierig... nein, nicht der Dornhecken-See. Am besten nehmen Sie den Rheinhöhenweg und dann vom Rauchlochweg rechts ab an der Autobahn entlang. Sie werden ein Schlauchboot brauchen. Die Stelle, wo der Tote liegt, ist vollkommen unzugänglich... gewiß, ich werde mit meinem Enkel am Rastplatz sein, oberhalb des Blauen Sees. Wir gehen dorthin zurück.«

Wessendorf legte auf und dankte dem Geschäftsführer. »Hier wird es in den nächsten Stunden lebhaft werden. Da liegt ein Toter im Blauen See. Abgestürzt.«

Grand-Père und Mathias waren kaum zwei oder drei Minuten am Rastplatz, als das Martinshorn des Polizeiwagens in der Ferne ertönte und schnell lauter wurde. Dann blinkte das Blaulicht durch die Bäume. UNI 11/22 kam mit schneller Fahrt über den Rheinhöhenweg heran, dicht gefolgt vom rot-weißen Notarztwagen.

Eine kurze Begrüßung; Wessendorf wies die Beamten ein. »Und Vorsicht. Dort, zehn Meter weiter, im Laub und Efeu hat Mathias Spuren entdeckt. Die könnten von dem Mann stammen, der wahrscheinlich dort links neben dem Busch abgestürzt ist.«

»Wir sichern das Gelände ab«, sagte der Streifenführer mit den drei Sternen auf den Schulterklappen. »Verdammter Leichtsinn! Wie oft ist der Zaun schon hergerichtet worden. Immer wieder wird er runtergetreten oder sogar mit der Drahtschere bearbeitet. Alles für einen Blick in dieses schreckliche Loch. Ein Fehltritt – und schon liegt man unten.«

Der Notarzt drückte sich vorsichtig durch die Lücke, durch die

Mathias als erster gekrochen war. »Ich muß ja wohl einen Blick riskieren«, sagte der Arzt, legte eine Decke auf die Erde und schob sich genauso vorsichtig vor, wie die beiden Wanderer es getan hatten.

»Hier, nehmen Sie das Fernglas.«

»Ja, sehr gut, danke.« Der Arzt drehte am Okular und sah eine ganze Weile nach unten.

»Tot«, sagte er. »Wohl schon einige Zeit. Dem hilft niemand mehr. Gräßlich, da hinunterzustürzen.« Er wandte sich an den Polizeibeamten. »Sagt dem Krankenwagen über Funk, daß er abdrehen kann. Wir brauchen den Leichenwagen. Wie weit ist die Feuerwehr mit ihrem Schlauchboot?«

»Unterwegs. Muß gleich hier sein«, antwortete der Polizeihauptmeister.

»Ich werd' mal versuchen, vom Rauchlochweg aus an die Unfallstelle heranzukommen. Seht zu, daß ihr das Schlauchboot und eine Trage runterschaffen könnt.«

Von einem Beamten des Streifenwagens wurde das Feuerwehrfahrzeug gleich am Dornheckensee über den Schotterweg im Tal weitergeleitet. Es dauerte noch eine knappe Viertelstunde, bis der Notarzt mit dem Schlauchboot an den Verunglückten herangerudert werden konnte.

Einige Basaltstücke lösten sich aus der Wand und kollerten in den See. »Hier knallen einem ja die Steine auf den Kopf«, meinte der Arzt. »Der Tote muß rüber an das gegenüberliegende Ufer. Aber wir packen ihn nicht ins Boot – wir ziehen ihn durchs Wasser, das vereinfacht die Sache. Er liegt ja sowieso schon halb drin, der arme Kerl. Drüben bringen wir ihn leichter auf die Trage. Ich will ihn mir dann genauer ansehen.«

Mathias und Grand-Père waren dem Beamten in einigem Abstand gefolgt und die Böschung hinuntergeklettert. Sie standen etwas erhöht in den Büschen am Hohlweg, der zum Ufer führte, und beobachteten die Bergungsaktion.

»Das ist kein schöner Anblick. Komm, wir gehen zurück«, forderte Grand-Père.

Mathias folgte nur einige Schritte. »Nicht so weit. Sonst können wir ja nicht sehen, was die machen. Wir sind doch wichtige Zeugen.«

Der makabre Transport erreichte die wenige Meter breite Landzunge des Ufers, wo die Feuerwehrmänner einen festen Standort für sich und die Trage fanden. Sie hatten gelbe Stulpenhandschuhe übergestreift und mühten sich, nicht den Halt zu verlieren, während sie den Leichnam aus dem Wasser zogen und auf die Trage legten. Der Transport über das Geröll der Uferböschung und durch den matschigen Hohlweg mit seinem Buschwerk war Schwerarbeit.

Es gehörte nicht zur Zuständigkeit des Notarztes, eine Leichenschau vorzunehmen. Doch Dr. Kehlmann sah seine Aufgabe nicht so eng. Er steckte jetzt schon so weit im Wasser und in der Sache, daß er Klarheit haben wollte, ob die Verletzungen des Toten nur durch den Absturz verursacht worden waren oder noch von anderer Art sein konnten. Oben an der Hangkante war nur wenig Erdreich abgebröckelt. Ein Abbruch, der einen Menschen mitreißen konnte, hatte offensichtlich nicht stattgefunden. Daher hatte Dr. Kehlmann instinktiv das Gefühl, hinter die Erklärung »Unfall« zumindest ein Fragezeichen setzen zu müssen.

Ein Feuerwehrmann wies auf den Trainingsanzug. »Das ist bestimmt einer vom Bundesgrenzschutz. Die treiben hier ihren Dienstsport. Die Mannschaftswagen aus Hangelar stehen oft auf dem Parkplatz bei der Forschungsstelle für Jagdkunde.«

»Nein, kann wohl nicht sein«, widersprach ein anderer. »Da fehlt das Hoheitszeichen an der Bluse.«

»Sperr doch deine Augen richtig auf, Sherlock Holmes. Der Pleitegeier ist abgetrennt worden. Tarnung vor dem Sprung ins Ungewisse«, sagte der Einsatzleiter.

Dr. Kehlmann hatte sich neben die abgestellte Trage gekniet und die Einmal-Handschuhe übergestreift. Er untersuchte den starren Körper, soweit es unter den gegebenen Umständen möglich war.

Mathias und Grand-Père standen abseits. Sie sahen, wie sich der Arzt aufrichtete und den Hauptmeister herbeiwinkte. Sie hörten, wie er zu ihm sagte: »Das gefällt mir ganz und gar nicht. Sehen Sie hier, diesen Bluterguß.«

Der Hauptmeister hatte Mühe, seinen Blick nicht abzuwenden und erschauerte vor der Professionalität der ärztlichen Feststellung. Der Leichnam mit seinen Verletzungen bot auch für einen Polizisten, der schon manchen Unfall gesehen und manches Opfer geborgen hatte, keinen Anblick, der lange zu ertragen war.

»Das gefällt mir absolut nicht«, wiederholte Dr. Kehlmann. »Ein Aufprall auf die Basaltsäulen in der Wand hätte offene Wunden hervorgerufen, aber kaum ein Hämatom solcher Art verursacht. Da bin ich aber sehr gespannt, was meine schlauen Kollegen von der Rechtsmedizin dazu sagen werden.«

Der Hauptmeister wußte mit der ärztlichen Deutung nicht viel anzufangen und fragte: »Meinen Sie, daß da einer nachgeholfen haben könnte? Soll ich das 1. K. informieren?«

»Ich weiß nicht so recht – aber besser ist besser. Tun Sie das. Doch bitte mit allem Vorbehalt. Ich will mich hier nicht als Oberverdachtschöpfer präsentieren. Da soll mal jemand von der Kripo herkommen und selbst einen Eindruck gewinnen. Der kann dann an Ort und Stelle entscheiden, wie es weitergehen soll.«

»Was meint der Doktor?« fragte Mathias.

Grand-Père zögerte mit der Antwort. Er hatte nicht alles verstehen können und antwortete vorsichtig: »Der nimmt wohl an, daß das kein richtiger Unfall war.«

»Der Polizist glaubt, daß da einer nachgeholfen hat«, erklärte Mathias nun seinerseits. »Wenn der... wenn die... die Leiche... wenn den da einer runtergestoßen hätte, wäre das doch Mord.«

»Ja, das könnte wohl gemeint sein. Wenn auch nur der geringste Verdacht besteht, muß das die Kriminalpolizei aufklären. Dafür ist dann die Mordkommission zuständig.«

»Und uns brauchen die bestimmt als Zeugen.«

»Nun gewiß, unsere Aussagen braucht die Polizei auch. Ganz richtige Zeugen sind wir ja wohl nicht, denn wir haben nicht gesehen, wie das Unglück passiert ist.«

»Aber ich habe doch Spuren entdeckt, und wir haben alles gemeldet«, maulte Mathias.

»Ja, das stimmt. Und du siehst, durch unsere Meldung haben wir den Rettungsdienst und den ganzen Polizeiapparat in Bewegung gesetzt. Das kommt sicherlich auch in die Zeitung.«

»Na, Grand-Père, da werden die vom Beethoven-Gymnasium aber staunen.«

# Kapitel 5

Die Meldung von UNI 11/22 erreichte Kriminalhauptkommissar Walter Freiberg in der kürzestmöglichen Zeit. Er saß trotz des freien Wochenendes um die Mittagsstunde in seinem Dienstzimmer im Polizeipräsidium am Schreibtisch. Seit drei Stunden las er mit höchster Aufmerksamkeit einen maschinengeschriebenen Text. Das ganze Wochenende war dafür vorgesehen, dem Entwurf der Dissertation den letzten Schliff zu geben und auch den geringsten Schreibfehler auszumerzen.

Walter Freiberg war noch einmal eingetaucht in die Welt des wissenschaftlichen Denkens, in jene Welt, die langsam, aber sicher aus seinem Bewußtsein davondriftete.

Nach dem glatt bestandenen Staatsexamen für das höhere Lehramt in Geschichte und Romanistik und dem Dienst in der Bundeswehr waren die Chancen für den Lehrberuf gleich null gewesen. Die Reservearmee der arbeitslosen Lehrer wuchs. Darum hatte er rechtzeitig umgesattelt, war Polizeibeamter und schließlich Chef des 1. Kommissariats in Bonn geworden. Der kurzgetrimmte Junglehrerbart war die verbliebene Erinnerung an seinen Lebenstraum.

Mit etwas Wehmut im Herzen blätterte Walter Freiberg noch einmal zum Vorblatt zurück:

»Die Heiratsprojekte der jungfräulichen Königin von England, Elisabeth I., als Mittel der Unabhängigkeitspolitik.«

Dissertation zur Erlangung der Doktorwürde der Philosophischen Fakultät der Rheinischen Friedrich-Wilhelms-Universität zu Bonn

vorgelegt von Sabine Heyden.

Sabine hatte sich durch die äußeren Umstände nicht entmutigen lassen und war dem Fach treu geblieben. Ihre ganzen Zukunftshoffnungen hatte sie in die Dissertation hineingearbeitet. Freiberg und sie waren seit Jahren in Freundschaft und in Liebe verbunden. So war es selbstverständlich, daß er für sie in jeder freien Minute Korrektur las. Am Abend wollten sie bei »Fernando« in der Altstadt einen ordentlichen Wein trinken, ein paar Tapas essen und sich dann überlegen, was man weiter miteinander anfangen könnte.

Das unerwartete Schrillen des Telefons hatte etwas Giftiges. Nach der stundenlangen konzentrierten Stille verursachte es bei Freiberg einen Adrenalinstoß und ließ ihn hochfahren. »Verdammt, wer weiß denn, daß ich hier bin?« Er nahm den Hörer ans Ohr und meldete sich.

Es war die Einsatzleitstelle. »Versuch gelungen«, hörte er eine heitere Stimme. »Wir haben den richtigen Mann vom ersten Kommissariat an der Strippe. Der Kommissar vom Dienst hat gesagt, Sie müßten im Hause sein. Hier ist eine Meldung von UNI 11/22 für Sie.«

Für so gelungen hielt Freiberg die Unterbrechung nicht, mochte sich auch dieser »CEBI«, die Computer-unterstützte Einsatzleitung, Bearbeitung und Information, am Glanz ihrer Technik erfreuen. Bis zu elf Funktische waren in drei Schichten rund um die Uhr besetzt. 45 000 Einsätze im Jahr wurden von hier aus gesteuert.

Wenn sich bewahrheiten sollte, was die Meldung besagte, durfte er für die nächste Zeit die Königin von England vergessen.

Er überlegte, ob er erst allein zum Blauen See hinausfahren oder gleich seinem ersten Mitstreiter, Kriminalhauptmeister Wolfgang Müller, das Wochenende verderben sollte. Der half jetzt sicherlich seiner Frau beim Abtrocknen des Mittagsgeschirrs und freute sich auf die Siesta. Damit würde er dem wenig heroischen Bild eines Kriminalbeamten entsprechen, wie es seine inzwischen erwachsen gewordene Tochter in ihrem Plapperalter so treffend gezeichnet hatte: »Mein Papa, der ist ein Kriminalonkel und ein Abtrockner.«

Eine Meinungsumfrage in Ganovenkreisen hätte allerdings eine andere Beurteilung ergeben. Der stämmige Wolfgang Müller war bekannt für seinen festen Biß und wurde auch aus diesem Grunde von den Kollegen nur Lupus genannt. Er war die Seele des Kommissariats, kannte tausend Leute ebensogut wie die Umgebung von Bonn. Darum war es wichtig, ihn von Anfang an bei einer Sache dabeizuhaben, von der niemand wußte, wie sie ausgehen würde.

Schon beim zweiten Läuten war Lupus am Apparat. Sein Entzükken über die Störung hielt sich in Grenzen. »Hoher Chef und Kegelbruder, sag ihr das selbst – dann habe ich ein Alibi.« Damit hatte Freiberg Frau Müller am Ohr. »Bei dem Dienst gehen ja die besten Pferde kaputt. Als Nachtisch schon wieder eine Leiche«, lamentierte sie, ohne ihn zu begrüßen.

»Tut mir wirklich leid... am Wochenende... muß leider sein. Sehr bedauerlich.« Mit diesen und ähnlichen nicht viel hilfreicheren Worten versuchte Freiberg den Haussegen geradezurücken. »Ich schicke einen Wagen vorbei. Vielleicht dauert das alles nicht lange – ist hoffentlich nur ein Unfall.«

»Das Spiel kenne ich«, sagte Frau Müller kurz. Der Hörer war wieder am Ohr von Lupus gelandet. »Alles klar, Chef, meine Frau freut sich, daß ich arbeiten darf. Wir treffen uns am Tatort – oder was immer das für ein Örtchen sein mag.«

Hauptkommissar Freiberg nahm seinen roten R4. Er hoffte, dadurch von Dienstfahrzeugen unabhängig zu sein und nach Belieben in die Stadt zurückfahren zu können. Vom Präsidium aus war der Rheinhöhenweg über die Konrad-Adenauer-Brücke auch mit dürftigen PS schnell zu erreichen.

Der Aufmarsch der neuen Akteure entbehrte nicht einer gewissen Dramaturgie. Als erster kam Freiberg an. Am Rastplatz, oberhalb des Blauen Sees, sperrte ein Streifenbeamter von UNI 11/22 den Weg. »Sie können hier nicht weiterfahren. Wo kommen Sie überhaupt her? Der Rheinhöhenweg ist für Kraftfahrzeuge gesperrt. Das gilt auch für die Presse oder – wer sind Sie eigentlich? Darf ich Ihren Ausweis sehen?«

»Aber gern, bitte«, erwiderte Freiberg und reichte seinen Dienstausweis heraus.

Der junge Beamte zeigte keinen falschen Respekt. »Danke, Herr Hauptkommissar. Wie kann ich wissen, wer Sie sind – mit so einem Wagen. Die Kollegen sind unten am See. Der Verunglückte ist von hier oben abgestürzt. Nur Vorsicht bitte. Da vorn sind vielleicht Spuren, und hinter dem Zaun geht es abwärts – für immer.«

Während Freiberg sich noch einen Überblick verschaffte, preschte als nächster mit Blaulicht und nervtötendem Martinshorn der Kripowagen UNI 81/10 heran. Lupus sprang heraus und winkte dem Fahrer zu. »Der Peters ist gefahren wie eine gesengte Sau«, stellte er anerkennend fest. »Und da geht's abwärts, Chef?«

»Ja, einmal und für die Ewigkeit, wie unser uniformierter Kollege meint.«

»Ist die Leiche schon abtransportiert?«

»Nein, die liegt am Hohlweg. Sie können sie noch ansehen. Der Leichenwagen ist bereits unterwegs«, erklärte der Polizist.

»Chef, das ist zuviel verlangt als Dessert. Du weißt doch, die ganz

Toten liegen mir nicht. Ich habe mich nach dem Essen mit Küßchen den Armen meiner Frau entwunden – die Erinnerung möchte ich nicht trüben. Ich sehe mich hier oben ein wenig um.«

Erheblich langsamer als UNI 81/10 rollte der Leichenwagen an. »Ich fahre mit runter«, rief Freiberg und quetschte sich noch auf den Beifahrersitz. »Wir müssen vierhundert Meter zurück zum Dornhecken-See und dann über den Schotterweg an den Blauen See heran. In Höhe der Fußgängerbrücke über die Autobahn geht links der Hohlweg ab. Da liegt der Tote.«

Kriminalhauptmeister Müller setzte sich auf eine Holzbank des Rastplatzes am Rheinhöhenweg und sah sich in aller Ruhe um. Vor ihm der beschädigte Zaun. Nicht weit davon ließen sich Tritt- oder Schleifspuren wahrnehmen, die auf die zweite Lücke im Drahtgeflecht zuliefen. Müller stand langsam auf und trat einen Schritt vor. Der Lupus in ihm schien Witterung aufzunehmen.

»Da ist ein Elefant gelaufen, aber kein leichtfüßiger Sportsmensch. Die Spur, wenn es eine ist, stinkt.«

Der dagebliebene Beifahrer von UNI 11/22 war hinzugetreten und sah ihn fragend an. Er kannte den Kollegen von der Mordkommission. »Kein Unfall?«

»An Unfälle glaube ich erst dann, wenn die Versicherung abgerechnet hat. So, mein Freund, nun wollen wir einmal so tun, als hätten wir unser Handwerk gelernt: Erstens UNI einundachtzigzehn bleibt hier oben als mobiler Meldekopf mit Funk. UNI elfzweiundzwanzig und die anderen unten am See können sich um die Leiche kümmern. Peters, gib das der Leitstelle durch, CEBI braucht Futter. Zweitens: Vom Weg bis zur Unfallstelle wird alles abgesichert. Das machen bitte meine uniformierten Brüder, klar? Neugierige werden verscheucht. – Es würde allerdings den Dienstpflichten widersprechen, sie in den Steinbruch zu werfen. Drittens: Die Spurensicherung muß her. – Anforderung an die Leitstelle. Viertens: Wir müssen den Wagen finden, mit dem unser Sportsfreund angereist ist. Fünftens: Einigen wir uns auf die Sprachregelung: Unfall. Keinerlei anderen Verdacht äußern. – Das reicht erst einmal.«

Lupus sprach über Funk mit UNI 11/22 am Rauchlochweg.

Hauptkommissar Freiberg war mit den Maßnahmen einverstanden.

»Die Leiche sieht übel aus, Lupus.«

»Warum, meinst du wohl, bin ich hier oben geblieben?«

»Ob alle Verletzungen vom Sturz herrühren, scheint zweifelhaft zu sein. Wir müssen abwarten, was die Pathologen dazu sagen. UNI elfzweiundzwanzig bringt dir einen Schlüsselbund hoch. Sieh mal nach, ob dazu ein Auto paßt. Da stehen einige oberhalb des Dornhecken-Sees.«

11/22 kam mit heulendem Motor den Berg herauf. Lupus stieg ein. »Macht's mal langsam, Jungs. Die Funzel aus und keine Sirene. Wir wollen doch das Wild im Staatswald nicht vergrämen. Uns bleibt viel Zeit. Die Leiche wird inzwischen abtransportiert.«

»Die sieht wirklich schrecklich aus«, meinte der Fahrer.

»Erzählt mir das doch nicht immer wieder! Wer sagt eigentlich, daß ihr alles beäugeln müßt? Ich versuche solche Eindrücke zu vermeiden – mit Erfolg. Ich kann Tote nicht ertragen. Sie stimmen mich traurig.«

»Was, und so spricht der bissige Lupus von der Mordkommission?«

»So ist es. Und der wird seine goldenen Lebensregeln nicht der Neugier opfern. Lupus sucht Täter, nicht Opfer. Jährlich ein reichliches Dutzend vom Leben zum Tode Beförderter im Präsidiumsbereich, das sind mindestens zwölf zuviel. Aber wir erwischen sie fast alle – die Totmacher. Manchmal bedaure ich, daß die Täter nur ›Staatspensionäre‹ werden. Da hat es schon wirksamere Methoden gegeben.«

»Und wir sammeln die Wohlstandsopfer von öffentlichen Straßen und Plätzen auf«, ergänzte der Streifenführer. »Ein Prösterchen hier, ein Töterchen dort. Das läppert sich zusammen. So an die vierzig Tote im Präsidiumsbereich und Jahresverluste von einer kampfstarken Brigade im Bundesgebiet, mit der entsprechenden Zahl von Verwundeten. Eine stolze Bilanz ist das. Deutschland muß einen heben – und wenn wir sterben müssen.«

»Darum fahren wir jetzt ganz schön langsam durch Wald und Flur.«

Ein einsamer Wanderer mit umgehängter Kamera kam ihnen auf dem letzten Stück des Rheinhöhenweges entgegen. UNI 11/22 hielt an.

Der Streifenführer fragte: »Wohin des Weges?«

Lupus unterbrach: »Sieh an, unser lieber Freund Mauser von der vierten Gewalt. Na, hat die Presse wieder den Polizeifunk abgehört? Böse Sache das.«

»Aber, aber. Meldung aus Leserkreisen, Herr Kriminalhauptmeister.«

»Lügen bedienen sich des Fotografen«, stellte Lupus fest.

»Ist wirklich ein Unfall passiert am Blauen See?«

»Ja, ein Sportsfreund ist abgestürzt.«

»Tot?«

»Und ob! Fall du mal die Wand hinunter, da wirst du solche Fragen nicht mehr stellen.«

»Und nun?«

»Trauerfeier, Beerdigung, Kaffeetafel, Butterkuchen, Lebensversicherung. Übrigens, du kommst zu spät. Der Leichenwagen wird sich gleich in Bewegung setzen. Dann gibt's am Blauen See nicht mehr viel zu sehen. Wir prüfen gerade, ob eines der geparkten Autos dem Toten gehört. Ich habe die Schlüssel.«

»Ich komme mit. Erlaubt?«

»Aber immer. Steig ein.« Lupus war froh, den quicken Mauser zunächst festhalten zu können.

Auf dem provisorischen Parkplatz standen vier Fahrzeuge. Ein Passat, ein Kadett, ein Escort und ein alter Taunus. Noch ein paar Tage Sonnenschein und hier würde kein Platz mehr zu bekommen sein.

Mauser, der schnelle Reporter, wieselte als erster an den Autos entlang. »Der muß es sein«, dabei zeigte er auf den Kadett, holte die Kamera vor und schaltete die Automatik ein.

»Müßt ihr Kerle eigentlich immer schneller sein als die Polizei. Nun laß mir bloß die Optik vom Hals.« Lupus legte keinen Wert darauf, konterfeit zu werden. Zuviel Publizität half nur den Gegenspielern.

»Polizei bei der Arbeit – arbeitende Beamte! Das sind Bilder, die die Welt erschüttern.«

Der Schlüssel paßte. Auf dem Beifahrersitz lagen eine leidlich zusammengefaltete Hose, ein Sporthemd und ein Frotteehandtuch.

Die Nikon machte sst-klick, sst-klick. Aus der Hosentasche zog Lupus eine Klarsichthülle mit Dienstausweis. Mauser schoß drei Nahaufnahmen.

»Wenn Personaldaten in eurer Montagsausgabe erscheinen, gibt's

Zoff. Ein Toter hat schließlich auch Angehörige, und die wollen nicht aus der Zeitung bei Frühstücksbrötchen oder Müsli erfahren, daß es den Vater oder Sohn zerschmettert hat.«

»Klar doch – die Diskretion der Presse dürfte amtsbekannt sein. Und wer ist es nun? Oder muß ich die Aufnahmen erst entwickeln?« drängte Mauser.

»Schwarzhören und Daten klauen – das haben wir gern. Der Mann heißt Werner Klatte, Zollamtmann. Seinen dreiunddreißigsten Geburtstag hat er nicht mehr erreicht, das wäre übermorgen. Scheint als Trimmerich etwas zu neugierig gewesen zu sein.«

»Den kenne ich von seiner Amtseinführung. Hat einen guten Eindruck gemacht als neuer Leiter des Zollamtes Beuel. Kommt von Aachen.«

»Was ihr Knaben alles wißt! Und wann war das?«

»Vor etwa einem Monat. Der Finanzpräsident von der OFD war voll des Lobes wegen früherer Fahndungserfolge.«

Sie gingen zu UNI 11/22 zurück.

»Gebt mir meinen Chef«, forderte Lupus. »Der müßte jetzt oben am Rastplatz sein.«

Der Lautsprecher krächzte. Freiberg meldete sich.

»Alles klar, Chef, wir haben den Wagen gefunden. Werner Klatte, dreiunddreißig Jahre, seit etwa einem Monat Leiter des Zollamtes Bonn-Beuel.«

»Jetzt verstehe ich«, sagte Freiberg. »Der trug seinen grünen Trainingsanzug ohne Hoheitsabzeichen, weil er im Innendienst vom Uniformzwang befreit war. Kommt zurück, wir warten hier.«

»Ja, sofort, aber ich habe einen blinden Passagier an Bord. Freund Mauser aus dem Blätterwald.«

»Wie hat's denn den herbeigetrieben?«

Lupus sah Mauser grinsend an. »Kann ich jetzt über Funk nicht sagen. Aber er wird schon noch gestehen, der Waldfrevler. – Ende.« Er machte eine einladende Handbewegung. »Auf geht's – alles einsteigen.«

»Das gibt es doch gar nicht«, wunderte sich Mauser, als der Rastplatz in Sicht kam. »Was für ein Aufmarsch – und ihr haltet mich da unten bei den Autos fest.«

»Großartige Schlagzeile, nicht wahr: Reporter als Hilfs-Sheriff der Kripo entdeckt verborgenes Kraftfahrzeug des Unfallopfers.«

»Herr Lupus...«

»Entweder Herr Müller oder schlicht Lupus. Ein hoch eingebildeter Journalist sollte wissen, daß auch im klassischen Latein ein Wolf nicht mit Herr angesprochen wird – ebenso wenig wie Caesar. Es ist ein Kreuz, daß ich meinen Spitznamen immer selbst erklären muß.«

Hauptkommissar Freiberg begrüßte den Reporter, der sofort loslegte. »Wie sieht es aus mit Informationen? Herr Hauptkommissar Freiberg – die Mordkommission und zwei Streifenwagen hier oben. Feuerwehr und Leichenwagen sind bestimmt schon unten am Steinbruch. Den harmlosen Unfall nehme ich Ihnen nicht ab. Oha! Und wen sieht das Auge der veröffentlichten Meinung da noch heranrauschen? Die Spurensicherung. Also, jetzt mal Butter bei die Fische – was ist los am Blauen See?«

»Schneller Herr Mauser, wir hätten Sie ja eigentlich lieber nicht hier. Polizeifunk abgehört, was?«

Lupus haute in dieselbe Kerbe. »Hat er, Chef, garantiert. Wir sollten uns mal sein Autoradio vornehmen. Mit Daumenschrauben würde es allerdings sehr viel schneller gehen.«

Mauser ließ sich nicht beirren. »Ich habe Ihrem Herrn... ehem... Ihrem Lupus schon gesagt: Anruf aus Leserkreisen.«

»Adresse des Informanten? Ihr zahlt doch Honorar.«

»Wollte ungenannt bleiben, der Anrufer – ganz bescheiden.«

»Chef, halte mich zurück! Die Wahrheit hat viele Gesichter, manchmal auch kurze Beine – dann sieht sie aus wie ein Arsch.«

»Ihr Gespräch hat ein zu hohes Niveau«, stellte der Notarzt fest, der mit seinem Wagen heraufgekommen war, um sich zu verabschieden. »Ich habe noch anderweitig zu tun.«

»Darf ich Ihren Namen haben, Herr Doktor?« fragte Mauser, ohne sich von Lupus beeindrucken zu lassen.

»Kehlmann – mehr ist von mir nicht zu erfahren. Ärztliche Schweigepflicht. Auf Wiedersehen.«

»Und wir unterliegen der kriminellen Schweigepflicht«, belehrte Lupus den Pressemann. »Die Feuerwehrmänner am See unterliegen der lodernden Schweigepflicht und der Abgestürzte der tödlichen... Doch wir wollen keine makabren Scherzchen machen. Wer den Polizeifunk abhört, braucht Daumenschrauben, aber keine Information. Klapaftig läuft er vor die Mauer des Schweigens.«

»Meine Freunde und Helfer sollten wissen und nicht vergessen: Gebraten wird nur, wer sich selbst in die Pfanne haut. Das hier gibt auch ohne euch einen schönen Bericht. Die Tatsachen werden stimmen, und meine Spekulationen schreibe ich ungeniert dazu. Aufmacher der ersten Lokalseite, vier Spalten, drei Bilder. Und tröstliche Worte über die Mordkommission, so richtig menschenfreundlich.«

Kommissar Freiberg bremste den Eifer der beiden. »Genug der frommen Sprüche. Wir werden mal ernsthaft miteinander reden.«

Grand-Père Wessendorf und Mathias waren den Rauchlochweg heraufgestapft und unterhielten sich mit den Uniformierten vom Streifenwagen.

»Wenn ihr über Funk sprecht, kann doch jeder mithören – die Verbrecher auch? Wie könnt ihr die dann fangen?« wollte Mathias wissen und schob seinen Kopf neugierig in UNI 11/22 hinein.

»Ganz so einfach ist das nicht«, erklärte der Beamte. »Es gibt da Vorrichtungen und Deckworte. Die UKW-Radios müssen alle so konstruiert sein, daß unsere Frequenzen nicht empfangen werden können. Aber manche basteln an ihren Geräten herum und hören uns ab.«

»Und ihr merkt das nicht?«

»Wenn einer mithört? – Nein, das können wir nicht merken. Wer allerdings dabei erwischt wird, muß hohe Strafe bezahlen, und das Gerät wird beschlagnahmt.«

»Mich würdet ihr bestimmt nicht erwischen«, meinte Mathias verschmitzt. »Ich hätte immer zwei Geräte. Eins zum Vorzeigen, das andere für den Polizeifunk.«

»Einfach und raffiniert, die Methode. Du bist ganz schön clever.«

Am Holztisch des Rastplatzes steckten Hauptkommissar Freiberg, Lupus und Mauser die Köpfe zusammen. Freiberg gab die gewünschten Informationen so vollständig, daß sein Kollege aus dem Staunen nicht mehr herauskam. – Wie der Junge mit dem Großvater die Leiche entdeckt hatte, den Hinweis auf noch ungeklärte Spuren, was dem Notarzt seltsam vorgekommen war, daß aber Ermittlungen noch nicht angelaufen seien.

Mauser notierte mit flinkem Stift.

»So, und jetzt habe ich eine Bitte«, fügte Freiberg hinzu. »Schreiben Sie nicht, daß die Polizei etwas anderes als einen Unfall vermutet. Wir werden in diesem Sinne eine ganz normale Pressemeldung herausgeben. Sie haben allerdings den Vorteil, an Ort und Stelle zu sein und können darum etwas mehr spekulieren und das Ganze etwas blumiger schreiben.«

»Aber gewiß doch: Absturz über die Basaltfelsen – Großvater und Enkel machen grausige Entdeckung – und so fort. Genau die richtige Personalisierung, dazu Rettungsdienste und Polizei. Macht sich gut. – Darf ich die Kripo auch erwähnen?«

»So ganz am Rande nur.«

»Und? Wo ist der Pferdefuß?«

Lupus, der die Absicht seines Chefs erkannt hatte, fuhr auf: »Mann, wir sind doch keine Roßtäuscher! Unlautere Wahrheitsbeschaffung überlassen wir den illegalen Mithörern; aber äußerst ungern und mit Strafandrohung für Menschen mit der Lügenoptik.«

Mauser hob die Hand. »Wie ist der garstig heute. Einfach schlimm! Bremsen Sie den, Herr Kommissar. Fragen wir also anders herum. Gibt es noch hilfreiche Erwägungen?«

»Von unserer Seite nicht. Aber Sie haben doch die Freiheit, aufgrund des Augenscheins und der Fakten einen gewaltsamen Tod anzunehmen. Bitte nur kein Fragezeichen in der Überschrift und nicht zu weit aus dem Fenster hängen. Es könnte ja tatsächlich ein Unfall sein.«

Mauser sah auf. »Was wittert Lupus?«

»Daumenschrauben für Schwarzhörer und die Garotte für Totmacher – wegen der Identität des technischen Prinzips.«

Mauser nickte zufrieden. »Dann darf ich mich wirklich glücklich schätzen, aufgrund eines Hinweises aus Leserkreisen – die Kripo informiert sich doch auch aus unserem Blatt? – Gelegenheit gehabt zu haben, am Blauen See in die treuen blauen Augen des Gesetzes schauen zu können. Und nun geben Sie Gedankenfreiheit, Sir! Ich möchte mich zur Abrundung der Story noch mit Großvater und Enkel unterhalten – ohne die Polizei. Auf Wiedersehen, Gentlemen.«

»Den Burschen mag ich einfach«, stellte Kriminalhauptmeister Müller fest und fügte ohne große Begeisterung hinzu: »Chef, jetzt wird es wohl ernst. Lupus muß gewiß sein Mehlpfötchen entstauben.«

»Scheint so, und meine jungfräuliche Königin wird noch eine Weile auf ihre Korrektur warten müssen.«

Lupus schüttelte verständnislos den Kopf, leckte die Kuppe seines rechten Zeigefingers und tippte damit mehrmals an seine Stirn.

»Du hast recht«, sagte Freiberg. »Dem Vögelchen Wasser geben. Wir wollen mal sehen, wohin es fliegt.«

## Kapitel 6

»Wenn das stimmt, was unsere Fahrer mir so unter die Nase reiben, dann werden deine geilen Böcke was vor den Bahnhof kriegen, daß ihnen die Gesichtszüge entgleisen – und du wirst dich später an einige Stunden deines Lebens lieber nicht erinnern wollen.« Guidos drohenden Abschiedsworten war eine wüst durchzechte Nacht und ein Streit vorausgegangen, den auch der ekstatische Kampf im Bett nicht vergessen lassen konnte. »Wenn du glaubst, ihr könnt mit mir den Molly machen«, fauchte er, als er das Hemd über den Kopf streifte und den Hosengurt stramm zog, »dann wird der Irrtum mehr kosten als ein blaues Auge. Ich hänge tagelang auf'm Bock am Steuer, daß mir der Arsch zittert, und du machst hier inzwischen mit dem Lackel aus Aachen rum und läßt auch den lieben Onkel Witwer am Dreieck schnuppern. Dies kann ja wohl nicht das Wahre sein!«

Marianne Richter saß mit angewinkelten Knien auf dem französischen Bett und zog die Decke hoch, denn sie war nackt und begann zu frieren. »Du spinnst«, sagte sie nur. »Klatte treibt es mit deiner Schwester, das ist alles.«

Guido hatte Marianne mehr geprügelt als beglückt. Alkohol, Eifersucht und Jähzorn hatten sich mit seiner Bärenstärke zu einem explosiven Gemisch verbunden.

Er war in der Nacht von Mittwoch auf Donnerstag von einer Fahrt nach Hamburg zurückgekommen, hatte nur wenige Stunden geschlafen und anschließend geholfen, die Kollis der Anschlußfahrt nach Brüssel zu laden. Es gab Tage wie diese, da nahm die Plackerei mit dem Stückgut kein Ende. Den Lagerarbeitern und den Fahrern, die nicht auf Strecke waren, hingen die müden Knochen bis auf die Erde. Muskeln fühlten die Männer an Stellen, wo sie nie welche vermutet hätten. Wer von den Fahrern bei Siemann und Co. seinen Job nicht verlieren wollte, mußte freiwillig bei den Ladearbeiten helfen. Ganz eisern und seit Jahren selbstverständlich galt dieser Grundsatz auch für den Sohn des Unternehmers. Zwei Gabelstapler waren defekt, aber die Fracht mußte rechtzeitig verstaut sein. Da gab es keine Nachsicht.

Die lieben Kollegen hatten Guido ihre Vermutung über Marianne Richters Nachtleben wie einen Essigschwamm unter die Nase gehalten.

»Deine Marianne Doppelkorn, die hätt's wohl gerne doppelt vorn. Dieses Kistchen hier schafft unser Filius gerade noch allein auch ohne Gabelstapler. Aber zentnerschwere Weiber stemmen, dabei hilft der Zoll. – Sollen wir mal anfragen, ob dir der Doppeldecker noch etwas Ladearbeit abnehmen will?«

»Ich scheiße auf eure dreckige Phantasie«, hatte Guido sich wütend, aber schwach verteidigt. »Das Kind wird so gut von mir bedient, da kann keiner mehr landen, wenn ich auf Achse bin.«

»Keiner? – Einer nur? – Und ist es nicht der Zoll, macht Doppelkorn sie toll.«

»Saukerl, halt's Maul«, hatte Guido geflucht und eine 50-Kilo-Kiste nach vorn gekippt, so daß sich der Sprüchemacher nur mit einem Satz zur Seite retten konnte.

Über die Zeit in Aachen hatte Marianne nie gesprochen, aber nur dort konnte sie ihre Qualitäten erworben haben. Guido wußte, daß er nicht der erste war, aber es ging ihm unter die Haut, daß er jetzt nicht der einzige sein sollte. Stunden am Steuer, Nächte in Fernfahrerkneipen und großspurige Reden an der Theke über Geld und Frauen, das gehörte zum Leben der Zunft. Die Kapitäne der Landstraßen suchten Miezen in jedem fremden Hafen, wollten aber die Freundin daheim mit niemandem teilen. Das ging gegen die Ehre.

Marianne hatte in ihrem Apartment an der Hausdorfstraße schon manchen Sturm erlebt, doch jetzt hatte sie Angst. Guido war mit ihr durch die Kneipen gezogen, um sie vorzuzeigen. Mit jedem Drink hatten seine Lautstärke und Großspurigkeit zugenommen. Wenn es ans Bezahlen ging, hatte er die blauen Scheine hingeblättert, als sei er der große Gatsby persönlich. Doch auf sie wirkte er mehr wie der kleine Sohn des Paten. Das war nicht das Leben ihrer Vorstellung; sie wollte frei sein und nicht wie eine Zuchtstute im Pferch gehalten werden. In dieses Verhältnis war sie hineingeschlittert. Guido war jung – drei Jahre jünger als sie –, er war stark, hatte Geld – und er war tagelang meilenweit entfernt!

Aber was er als Liebhaber bot, konnte sie von anderen auch haben und auf die Art, die sie mochte, ohne Angst vor Fäusten, die auch mal prügeln wollten.

Als sie so auf dem Bett sitzend Guidos Aufbruch zusah, wurde sie sich ihrer Nacktkeit und Verletzlichkeit bewußt. Dieses Verhältnis mußte ein Ende finden!

Guidos Abschied war ein theatralischer Abgang. Nicht wie sonst ein paar Schritte zurück zum Bett, ein Griff an den Busen, dann unter das Kinn und ein Kuß. Diesmal knurrte er nur: »Wenn ich wiederkomme aus Antwerpen, wird aufgeräumt!« Damit knallte er die Tür ins Schloß. Ab Montag mußte er wieder in Bonn sein, um in Familie zu machen. Die Siemanns gehörten dazu, wenn Erlenborn-Spirituosen das 100jährige Betriebsjubiläum feiern würde.

Marianne Richter zog noch einmal die Bettdecke bis unters Kinn und überdachte die Situation. Sie war jetzt lange genug bei Erlenborn, um die Zusammenhänge zu kennen. Hartmut hatte ihr offen gesagt, er brauche Barbaras Erbteil, um den Betrieb zum Branchenführer zu machen. Bei dem Geschäft mit dem Schnaps sei es kaum möglich, neue Kunden zu gewinnen. In erster Linie gehe es darum, der Konkurrenz Marktanteile abzujagen.

Die 100-Jahrfeier, so wollte es Hartmut, sollte der Branche zeigen: Erlenborn ist angetreten, die Konkurrenz das Fürchten zu lehren. Hartmut gönnte sich keine freie Stunde, nur gelegentlich einige intime Minuten mit Marianne im Ruheraum neben dem Chefbüro. Bei den Vorbereitungen für das Betriebsjubiläum war der schnelle Sex für ihn nur wenig mehr als eine funktionale Notwendigkeit.

Marianne starrte vor sich hin und fror. Ihre Aussichten waren alles andere als rosig; an »Frau Unternehmer« war nicht mehr zu denken, und Konkubine sein im Schatten der anderen – so wollte sie ihre besten Jahre nicht vergeuden.

Und nun auch noch der Krach mit Guido. Mit Sehnsucht dachte Marianne an die Rhythmen der Cabezas im »Old Sound« und an ihr Wiedererwachen in Klattes Armen. Sie zitterte unter der dünnen Decke. Die Angst vor Guidos Unbeherrschtheit ließ sie keine kuschelige Wärme in den Kissen finden. In wenigen Monaten drei

Männer gleichzeitig an sich zu ziehen, ohne es eigentlich zu wollen, ohne zu wissen, wohin sie gehörte, das war wie ein Spiel mit drei Kugeln. Es begann ihr unheimlich zu werden.

Sie sprang aus dem Bett, stellte sich unter die Dusche und ließ das Wasser minutenlang auf Brust und Rücken herunterprasseln, stark und heiß. Eine Orgie von Schaum spülte die Nacht hinweg.

Dieser Sonnabend und Sonntag standen ganz im Zeichen der Arbeit für Erlenborn. Die Erstellung der Gästeliste, die Arrangements für die Sitzordnung und die Veranstaltungsfolge bedeuteten Arbeit und Konzentration. Ihr war es recht, eingespannt zu sein, an nichts anderes denken zu müssen und am Abend todmüde ins Bett zu sinken.

Doch zunächst blieb der Vormittag für Einkäufe in Bonn. Hartmut hatte Verständnis dafür, daß sie ein, zwei Stunden brauchte, um das richtige Kleid zu finden. So etwas brauchte seine Zeit. Nach einer schnellen Crêpe-fromage am Marktplatz nahm sie am Bahnhof die Straßenbahnlinie 2 zur St. Nikolauskirche. Von dort aus waren es nur wenige Minuten, bis der markante Schriftzug ERLENBORN an der Fassade des Verwaltungsgebäudes auftauchte. Ein leichter Südwestwind trug den Duft von Succus Liquiritiae, Süßholzsaft aus Haribos Lakritzenküche, zu ihr herüber. »... macht Kinder froh und Erwachsene ebenso!« Doch heute fiel es ihr schwer, den Werbespruch nachzuempfinden.

»Du kommst spät. Wir haben viel Arbeit vor uns«, empfing Hartmut sie. »Hast du wenigstens das Richtige gefunden?« Er duzte Marianne nur, wenn er mit ihr allein war. »Übrigens, die Rechnung darfst du mir zur Erstattung vorlegen – Werbungskosten für Erlenborn.«

Marianne lächelte. »Heißt das, du erwartest eine Art Trikot-Reklame von mir, wie bei den Spielern der Bundesliga?«

»Wir werden es anders machen als die Burschen, die zwanzig Millionen für Reklamezwecke ausgeben können. Unsere paar Millionen müssen dickere Früchte tragen. Da müssen Multiplikatoren her. Wir werden beim Hundertjährigen die Spitzen von Staat und Gesellschaft bei uns haben, dazu Fernsehen, Presse und Funk. Bedenke, wir waren einmal Samsons Feindestille, immer etwas Besonderes in Bonn. Die Arier haben an uns viel wieder gutzumachen. Darum wird auch keiner unsere Einladung ausschlagen.«

»Das ist reichlich zynisch gedacht. Du hast doch damit nichts mehr zu tun«, warf Marianne ein.

»Stimmt, direkt nicht; doch Klappern gehört zum Handwerk, und wir brauchen Aufhänger für die Publicity. Das große Geschäft läßt sich nicht mehr nur mit Zeitungsanzeigen oder der Bandenwerbung in den Sportarenen machen. Wir müssen in den redaktionellen Teil der Presse hinein.« Hartmut redete sich in Begeisterung. »Die Redaktionen werden sich mit uns nur befassen, wenn wir die politische Ebene vor unserer Tür ausschlachten – provokativ und gediegen. Ich denke da an eine Stiftung »ERLENBORN-Biotopenschutz« mit Schirmherrschaft beim Bundesminister, an ERLENBORN-Dampfer auf dem Rhein, Wissenschaftler nehmen Wasserproben, ERLENBORN rettet Feuchtgebiete und die Vogelwelt. Das muß nicht viel kosten, ist aber gut in die Medien zu bringen. ERLENBORN sorgt sich um das öffentliche Wohl. Mit diesem Pfund müssen wir wuchern. Ich habe schon mal vorgefühlt; der Minister ist aufgeschlossen. Am Montag bin ich zum Frühstück bei ihm. Dort haben wir Gelegenheit, alles zu besprechen. Ich werde ihm einen Empfang beim Treffen seiner Kollegen der Europäischen Ministerrunde ausrichten. Sein Etat ist knapp und braucht Entlastung. Empfang in der Beethovenhalle und Bötchenfahrt auf dem Rhein – ERLENBORN lädt ein –, eine schöne Spruchbandwerbung längs der Reling.«

Marianne schüttelte den Kopf. »An eine Stiftung für Alkoholiker denkst du wohl nicht?! Von diesen Suchtkranken soll es bei uns anderthalb bis zwei Millionen geben.«

»Papperlapapp, du bist total verrückt! Nichts von diesen Zahlen ist bewiesen. Wenn man da einsteigen würde, verginge kein Tag, ohne daß die Medien Querverbindungen ziehen und versuchen würden, uns am Zeuge zu flicken. Wir brauchen das positive Image, kein Pressewimmern über das Elend der Säuferwelt und erst recht keinen Jammerfunk. Wir machen in Gesundheit und Umweltschutz.«

»Hast du vielleicht Drahtseile statt Nerven?«

Ein kühler und zugleich fanatischer Blick traf sie, als Hartmut fortfuhr: »Nerven sind nicht alles. Wille und Verstand machen das Geschäft. Unsere Sortimentserweiterung steht ganz im Zeichen der Gesundheit: ERLENBORN-Monasterium-Liqueur, alte Schreibweise natürlich, ERLENBORN-Kräuterlikör nach geheimen Rezepten der Lohrberg-Abtei, ERLENBORN-Arancia Eau de Vie für ein langes Leben. Dann nehmen wir noch etwas Heiteres hinzu, vielleicht einen Bonn-Kiss oder Bonn-Baiser, so einen süßen Büchsenöffner. – Mal sehen, was urheberrechtlich möglich ist. Ganz harten Burschen bieten wir dann ERLENBORN-Feuertrunk mit 54 Volumenprozenten. Der schlägt zu wie der Blitz.«

»Das wird die Kreditlinien mächtig strapazieren, und – wie ist das mit der Erbin, bist du immer noch auf sie fixiert?«

»Na klar, Barbara wird Frau Erlenborn und bringt das Geld. Was du bringst, wissen wir und bedarf keinerlei Kommentars. Du behältst deinen Job, den bauen wir aus. Dein Sport hält dich fit – und mich hast du fürs Herz und für die Hygiene. Das Gehalt wird verdoppelt – oder willst du eine Umsatzbeteiligung für den steuerfreien Einkauf?«

»Vielleicht würde ich mich selbst auch ganz gern behalten.« Hartmut Erlenborn bemerkte nichts von Mariannes Enttäuschung und sah auch nicht, wie sich ihre Augen mit Tränen füllten.

Das Telefon läutete. Hartmut nahm den Hörer mit einer schnellen Bewegung ans Ohr. »Wie bitte? Wer ist da? Was will denn die Polizei von der Firma Erlenborn? Ach so, Fräulein Richter, ja, die ist hier. Wir haben viel Arbeit, Überstunden wegen der Vorbereitungen zum 100jährigen Betriebsjubiläum. Ich gebe weiter an Fräulein Richter.«

Mariannes Mund begann zu zittern, als sie die Information entgegennahm. Wie in Trance fragte sie zurück: »Was sagen Sie, er ist im Siebengebirge am Blauen See verunglückt? Tot? Wie ist das passiert? – Gut, ja, wenn es sein muß. Ich bin in einer halben Stunde bei Ihnen im Präsidium.«

Ganz langsam legte sie den Hörer zurück. »Werner Klatte ist tödlich verunglückt.«

»Wer? Unsere schnüffelnde Steueraufsicht, der Zollamtmann aus Beuel? – Und was hat das mit dir zu tun?«

»Ich weiß nicht, was die von mir wollen. Die Polizei hat wohl erfahren, daß ich Klatte aus Aachen kannte.«

»Und wie gut kanntest du ihn?«

»Das ist doch nun wirklich nicht das Problem. Der Mann ist tot!«

»Er ruhe sanft. Diese Schnüffelnase war das letzte, was uns der Zoll präsentieren konnte. Der kam doch einfach nicht zu Potte. Dreimal hat er die Schlußbesprechung angesetzt und wieder verschoben, und immer kam er mit neuen Fragen. Na ja, aus und vorbei.«

Marianne schauderte. »Wie du über Tote sprichst. Ich muß gehen, wenn ich pünktlich sein will.«

Hartmut Erlenborn blieb kühl. »Da will ein Polizeibeamter am Wochenende doch nur beweisen, wie tüchtig er ist. Uns stiehlt er die Zeit. Mach denen dort klar, daß wir zu arbeiten haben. Hier sind die Schlüssel, nimm den Wagen.«

## Kapitel 7

»Krieg darf nicht ausbrechen, auch Mord und Totschlag sollten am Wochenende tunlichst vermieden werden. Die Bonner pflegen den Hausarbeitstag oder ziehen hinaus ins Grüne. – Chef, ich weiß wirklich nicht mehr, wo ich noch herumpingeln könnte. Kein Mensch läßt sich telefonisch erreichen, alle Behörden sind dicht.«

Kriminalhauptmeister Müller war zu Hauptkommissar Freiberg ins Dienstzimmer gekommen und blickte durch eines der Fenster zum Siebengebirge. Sattes sommerliches Grün, aufgerissen durch die Steilwände der ehemaligen Basaltsteinbrüche, zog sich an den Höhen jenseits des Rheins entlang.

Der Leiter der Mordkommission empfand die schöne Aussicht auf den Ennert als einen gerechten Ausgleich für seinen Job, der so oft den Blick in die Niederungen der menschlichen Existenz erforderte.

»Und wie bist du an die Frau geraten, die uns gleich besuchen kommt?«

»Über sieben Ecken. Presse-Mauser hat mir den Namen und die Telefonnummer von Klattes Vertreter gegeben. Der war – wie könnte es anders sein bei Ermittlungen am Wochenende – mit seiner Frau in der Eifel, eine Fahrt ins Blaue. Doch das Töchterlein wußte mit seinen schätzungsweise sechzehn bis achtzehn Jahren schon einiges vom Zollamtschef zu berichten – auch von seiner Bekannten, wie man die Freundin so nennt. Der Papa habe eine Marianne Richter bei der Firma Erlenborn erwähnt. Sie sei eine alte Bekannte von Herrn Klatte aus Aachen. Herr Klatte, der neue Chef, habe wohl mächtigen Einfluß und dicke Beziehungen nach oben.«

»Da hat das liebe Kind sicherlich lange Ohren gemacht und dem väterlichen Beamtengetratsche gelauscht, als der seiner Frau verklikkern mußte, warum nicht er, sondern ein anderer Leiter des Amtes geworden ist«, meinte Freiberg. »Na, uns soll das egal sein, wenn wir überhaupt nur mit einem Menschen reden können, der unseren toten Freund vom Blauen See gekannt hat. Beruhigend ist jedenfalls die Erfahrung, daß in deutschen Wirtschaftskreisen am Wochenende gearbeitet wird. Prost Erlenborn!«

»Habe ich übrigens drüben, Chef.«

»Wen, was?«

»Na, Erlenborn-Doppelkorn für schwere Stunden und als Zungenlöser für verstockte Buben.«

»Los, her damit. Dies ist ein Tag mit vielen schweren Stunden. Apropos Buben! – Sollten wir unseren Jüngling Ahrens noch dazutrommeln?«

Lupus war wenig begeistert. »Wie könnte der uns heute nützlich sein? Außerdem sollte ein junger Kriminalbeamter sich am Wochenende auch einmal einer jungen Dame widmen dürfen.«

»Du meinst, der hockt mit unserer Kuhnert zusammen?«

»Ganz gewiß. Seit der ihre elektrische Schreibmaschine betreut, dürften die beiden nur noch elektronisch zu trennen sein.«

»Der versteht doch einiges von Fotografie, oder?«

»Und das mit allen Schikanen. Makro – Mikro – Weitwinkel – Tele«, bestätigte Lupus.

»Vielleicht auch etwas von Vögeln?«

»Na, na, Chef!«

»Hauptwort, oder besser noch Dingwort, Lupus. Mach dich mal frei von bildhaften Tätigkeitswörtern. Du mußt Endungen mit ›N‹ wie Nordpol und ›M‹ wie Martha auseinanderhalten. – Ich meine die Flattertierchen in der Luft. Versteht er was davon?«

»Ornithologie? Ich glaube nicht.«

»Na, egal. Ich hätte da so eine Idee. Versuch mal, ihn an die Strippe zu kriegen. Aber deine Tochter hat doch sicherlich Biologiebücher, vielleicht Schmeil-Tierkunde. Hauptsache mit vielen bunten Bildern.«

»Ich glaube schon.«

»Also herbei, was an Literatur zu finden ist. Ahrens und unsere

Kuhnert sollen ihre Nasen hineinstecken, und dann schicken wir sie mit den Büchern ins Gebüsch. Camouflage – Tarnung.«

»Lieber Chef, ist bei dir noch alles in Ordnung? Ich meine wegen der Korrektur deiner jungfräulichen Königin und der Flattertierchen?« Lupus grinste breit und hinterhältig.

»Du solltest die Klugheit deiner Vorgesetzten auch an Wochenenden respektieren. Nun mach hin und komm mit einer strammen Vollzugsmeldung und dem Doppelkörnchen Wahrheit zurück.«

Nur Minuten später stellte Lupus zwei Gläser und eine Flasche Erlenborn auf Freibergs Besuchertisch. »Ahrens wird mit unserer Kuhnert in Kürze antraben.«

»Gleich beide?«

»Wie konntest du zweifeln? Ich habe sofort bei ihr angerufen. Woanders hätte man ihn heute finden können? Die beiden waren einigermaßen verwirrt, als ich mit höchster Dringlichkeit von Vögeln und Fotografieren gesprochen habe und von deiner Absicht, sie ins Gebüsch zu schicken.«

»Ich weiß deine diskrete Art der Information zu würdigen«, warf Freiberg ein.

»UNI einundachtzigzehn holt die Biologiebücher meiner Tochter. Aber könntest du mir gegenüber vielleicht etwas deutlicher werden. Was soll das alles bedeuten?«

Freiberg ließ sich nicht beeindrucken. Er hantierte mit der Flasche und füllte die beiden Gläser randvoll mit Korn.

»So, das dient der kriminalistischen Exploration des Umfeldes. Prost, Lupus!«

»Auf die keusche Königin und deine Flattertierchen – Prost, Chef! Erlenborn ist immerhin zu dieser gesegneten Stunde schon ein achtunddreißigprozentiger Erfolg. Ein richtiger Männerschluck.«

Während dieser hochprozentigen Betrachtung klingelte das Telefon. Der Pförtner meldete eine Dame, die von Herrn Freiberg zum Verhör bestellt worden sei.

»Verhör gewiß nicht«, erklärte der Kommissar. »Aber wir warten auf sie.«

Lupus trat auf den Gang hinaus, um der Besucherin entgegenzugehen. Der Aufzug surrte laut im fast menschenleeren Präsidium. Gleich nach dem Abbremsgeräusch ein metallenes Klicken. Die Tür entriegelte automatisch und schob sich auf. Lupus blickte in die großen Augen einer schönen Frau. Er war sich nicht sicher, ob sie geweint hatte.

»Ich bin hierher bestellt worden«, sagte sie.

»Frau Richter?« fragte Lupus und machte sich kurz bekannt. »Mein Name ist Müller. Kommen Sie, ich begleite Sie zu Hauptkommissar Freiberg. Der leitet die Ermittlungen.«

Schön ist sie ja, dachte auch Freiberg, als er Marianne Richter begrüßte. Ob sie wohl einen Grund hatte, traurig zu sein?

Lockeres, kurz geschnittenes dunkles Haar umrahmte ein offenes Gesicht, in welchem die graubraunen Augen und ein leicht schmerzlicher Zug um den vollen Mund Überraschung oder Bestürzung erkennen ließen. Die talergroßen Ohrclips unterstrichen die modische Knopfreihe an der Weste, welche sie offen über einer Streifenbluse mit geknoteter Krawatte trug. Ein breiter glatter Ledergürtel umschlang eine Figur, die das Selbstbewußtsein einer recht lebenserfahrenen Frau auszudrücken schien.

Freiberg stellte die Gläser zur Seite.

»Wir hatten Sie so schnell nicht erwartet«, erklärte er etwas verlegen. »Was darf ich Ihnen anbieten? Kaffee, Tee. Das wird allerdings länger dauern – oder vielleicht Fruchtsaft mit Erlenborn? Schlichtes Mineralwasser haben wir auch.«

»Ja, ein Glas Wasser bitte«, meinte sie leise. »Warum haben Sie mich herbestellt? Ich war doch ziemlich überrascht von Ihrem Anruf. Mein Chef hat mir einen Wagen der Firma überlassen, damit ich schnell zurück bin. Wir haben viel zu tun.«

»Richtig, hundertjähriges Jubiläum. Das war doch Herr Erlenborn am Telefon?«

Marianne Richter nickte. »Der lebt nur für die Firma.«

Freiberg hatte das Gefühl, mit der Frage nach ihrer Beziehung zu dem Toten noch warten zu müssen und fragte: »Sind Sie schon lange dort?«

»Seit knapp einem halben Jahr. Firma Erlenborn suchte eine Fachkraft mit Kenntnissen im Zoll- und Verbrauchssteuerbereich. Ich hatte einige Jahre auf dem Hauptzollamt Aachen mit Steuerfragen und Alkoholeinfuhren zu tun.«

»Als Beamtin?«

»Nein, ich war Angestellte. Mir ist die Arbeit so nach und nach zugewachsen. Den meisten Kollegen liegt das nicht. Ich habe mich hineingekniet. Das Angebot von Erlenborn war dann so günstig, daß ich es nicht ausschlagen wollte. Und Bonn ist ja auch eine Stadt, in der es sich leben läßt.« Erschreckt sah sie auf und ergänzte fast unhörbar: »Und sterben auch. Daran hat Werner Klatte niemals gedacht.«

»Sie kannten ihn näher?«

Ihre Antwort war eher eine nach innen gerichtete Frage. »Ja – kannte ich ihn? Eigentlich nicht so recht. Wir waren Arbeitskollegen, nur für kurze Zeit. Herr Klatte hatte Probleme in Helmstedt gehabt und war nach Aachen versetzt worden.«

»Probleme?« fragte Lupus. »Hat er irgend etwas angestellt?«

»Nein, im Gegenteil. Damit war sogar eine Beförderung verbunden, weil er einen Embargoschmuggel aufgedeckt hatte. Man hielt ihn in Helmstedt für bedroht. Er hat darüber nur gelacht, war aber ganz froh, dem Trott an der DDR-Grenze entrinnen zu können. Aachen und die kurzen Wege nach Holland und Belgien – da hat man so seine Abwechslung.«

»Familie – wie sieht es damit aus?« fragte Freiberg.

»Er ist... er war nicht verheiratet. Der Vater ist Witwer und lebt mit einer Frau zusammen, irgendwo in der Nähe von Bremen. Herr Klatte hat das mal andeutungsweise erwähnt.«

»Und Sie sind auch unverheiratet«, stellte Lupus fest. »Da lernt man sich in einer Dienststelle gewiß bald kennen.«

»Na ja, wie das so ist. Die Verheirateten haben es immer eilig, nach Hause zu kommen, wenn die Feierabend-Stunde schlägt, und an uns bleibt die Mehrarbeit hängen. So ergab sich die Gelegenheit, etwas mehr von einander zu erfahren.«

Freiberg merkte, daß Lupus nachhaken wollte und gab dem Gespräch eine andere Wendung. »Was war mit der Bedrohung von Werner Klatte? Wissen Sie darüber Genaueres?«

»Nein, aber da müssen wohl Hinweise vom BND gekommen sein.«

»Seltsam. Das paßt nicht so recht zum Absturz im Steinbruch. Was wissen Sie sonst von Herrn Klatte? Wir müssen ein Bild von ihm gewinnen.«

»Er ist sportlich und ein guter Tänzer«, antwortete sie spontan. »Der Rheinhöhenweg ist sein Trimmkurs. Meist joggt er morgens vor dem Dienst, immer zur gleichen Zeit, so gegen sieben – auch an den freien Tagen. Wann ist denn der Absturz am Blauen See passiert?«

»Der Absturz kann gestern, also am Freitag, oder auch heute morgen erfolgt sein. Durch die Auskühlung im Wasser ist der Zeitpunkt nicht leicht zu bestimmen. Geborgen wurde die Leiche um die Mittagszeit. Sie haben sich gewiß in den letzten Wochen in Bonn getroffen. Wo war das? Und wer war dabei? Uns interessiert jeder Hinweis auf den Umgang, den der Tote gehabt hat.«

»Sie suchen nach Angehörigen, denke ich. Es war doch ein Unfall?«

Kommissar Freiberg sah Marianne Richter eindringlich an. »Es kann ein Unfall gewesen sein. Genau das ist die zu klärende Frage.«

Sie nickte. »Ich will Ihnen gern helfen. Herr Klatte hatte vor ungefähr vier Wochen seinen Dienst angetreten. Einige Tage später war er im Betrieb Erlenborn, um sich als Steueraufsichtsbeamter mit dem Chef bekannt zu machen. Dann hat er die Steuerbücher sowie das Branntweinlager kontrolliert. Früher kam dafür jemand von der Oberfinanzdirektion. Doch das ist wohl umorganisiert worden, Rationalisierung und so.«

»Weitere Kontakte?«

»Wir haben uns drei- oder viermal getroffen. Das erstemal zufällig in der ›Old-Sound-Disco‹, wo ich mit Bekannten war.«

»Der Schuppen ist reichlich teuer.«

»Nun ja, ein Bekannter, Guido Siemann, wollte seinen Hundefinderlohn auf den Kopp hauen, wie er sagte, und hat zum Erschrecken seiner Schwester ein paar Hunderter springen lassen.«

»Was ist das für ein Spiel?« fragte Lupus dazwischen. »Dürfen Wölfe dabei auch mitmachen?«

Marianne Richter hob erstaunt den Blick. »Wieso Wölfe?«

Freiberg klärte sie auf: »Mein Kollege wird Lupus genannt, das heißt ja Wolf, und so beißt er manchmal auch. Aber Hundefinderlohn? Das müssen Sie uns erklären.«

»Guido Siemann ist Fernfahrer, ein richtiger Trucker, Sohn von Siemann und Co. Die fahren auch für Erlenborn. Daher kenne ich ihn.«

»Spedimpex in Beuel?«

»Richtig. Er hatte von Antwerpen einen Tramper mitgenommen, der ihm dann auf dem Parkplatz kurz hinter der Grenze bei Lichtenbusch die Brieftasche geklaut hat. Zufällig war eine Zollstreife in der Nähe, und ein Zollhund hat den Dieb gestellt. Guido war aufgekratzt: fünftausend Mark gerettet. Das war ihm eine Feier wert.«

»Mäuse scheint die fahrende Zunft ja zu haben«, kommentierte Lupus.

»Und wie paßt Klatte in dieses Bild?« wollte Freiberg wissen.

»Der schaute zufällig herein. Da ich ihn kannte, haben wir ihn an den Tisch gebeten. Guido Siemanns Schwester, die bei uns war, hat sich mit Klatte gleich gut verstanden. Guido und ich sind dann zum Driver-Rock in die Nordstadt. Klatte und Barbara blieben im ›Old-Sound‹ zurück. Die dürften wohl... na ja, ihre Sache.«

»Kannten die Männer sich schon?«

»Nein, bis dahin nicht.«

»Sind Sie mit Guido Siemann befreundet? Ich meine, auch noch, nachdem Werner Klatte von Aachen nach Bonn gekommen war?«

Marianne Richter spürte, wie die Fragen in ihren persönlichen Bereich einzudringen begannen und formulierte ihre Antworten vorsichtiger. »Ich sagte doch, Guido Siemann und ich, wir kennen uns.«

»Nun gut. Wann und wo haben Sie sich nach dem ›Old-Sound‹ mit Klatte getroffen? Nur das eine Mal in der Firma?« Freiberg sah sie an. »Wir müssen es wissen. Uns wird nichts anderes übrig bleiben, als jeden Tag von Klattes Aufenthalt in Bonn zu analysieren. Im übrigen werden wir Auskünfte von den Dienststellen einholen, die uns über die angebliche Bedrohung Näheres sagen können. Auch wenn es manchem nicht recht sein wird. Wir haben so unsere Methoden – und nichts wird unentdeckt bleiben.«

Lupus fuhr fort: »Sie machen es sich und uns leichter, wenn Sie Ihr Verhältnis zu Klatte offen darlegen. Sie können natürlich auch schweigen, aber dann werden wir Gott und die Welt befragen, um den Dingen auf den Grund zu kommen. – Also, war es ein Verhältnis mit Sex und so? Wir sind nicht prüde – und Sie wohl auch nicht.« Er wollte eine schärfere Gangart einschlagen. Sein Kommissar konnte dann sanfter moderieren. Durch diese Mischung aus Härte und Entgegenkommen wurden Gedanken und Gefühle schneller ausfiltriert, als bei einer Anhörung nach Schema F.

»Sie bringen mich in eine unangenehme Lage«, sagte Marianne Richter bedrückt. »So hatte ich mir das Gespräch nicht vorgestellt.«

Kommissar Freiberg versuchte, sie zu beruhigen. »Bedenken Sie, daß wir Ihre Hilfe *erbitten.* Sie müssen selbst entscheiden, was Sie sich und dem toten Klatte schuldig sind. Wir vertrauen Ihrer Urteilskraft. Hier wird nichts notiert oder heimlich auf Tonband aufgenommen. Wenn es an der Zeit sein sollte, machen wir ein Protokoll. Dann werden Sie Ihre Aussage so modifizieren, wie Sie es für richtig halten. – Also, wie war Ihr persönliches Verhältnis zu Klatte?«

Traurig und skeptisch zugleich wanderten ihre Augen durch den Raum, dann zu Lupus und fanden schließlich Halt in Freibergs Blick.

»Ja, in Aachen hatten wir ein Verhältnis – wie Sie es nennen. Wir waren einige Male in Brüssel und Lüttich auf Sight-Seeing-Tour und zum Tanzen. Wir freuten uns des Lebens. Aber es zog sich nicht richtig fest. Klatte hing Tag und Nacht in so einem Schmuggelfall. Ich hatte das Gefühl, der Geruch von Dieselöl regte ihn mehr auf als mein Parfüm.«

»Haben Sie sich getrennt?«

»Eigentlich nicht. Das Angebot von Erlenborn kam zur richtigen Zeit. Ich bin nach Bonn, und wir gingen auseinander. Das war alles kein Drama und schien erledigt zu sein.«

»Bis Klatte dann in Bonn auftauchte?« wollte Lupus wissen.

»Nein, auch dann kein Drama. – Vielleicht war dafür die Zeit zu kurz.«

»Wie oft waren Sie hier wieder zusammen?« fragte Freiberg direkt.

»Viermal.«

»Intim?«

»Ja.«

»Wo?«

»In meinem Apartment in der Hausdorfstraße.«

»Wem war das bekannt?«

»Niemandem, glaube ich.«

»Gehen wir einen Schritt weiter. Wußte Guido Siemann von dem Verhältnis zwischen Klatte und Barbara – wenn es eines war? Und hatte er etwas dagegen? Glaubte er vielleicht, die Tugend seiner Schwester schützen zu müssen?«

»Glaube, Hoffnung, Liebe – diese und andere christlichen Tugenden erleben eine Renaissance in unserer Zeit und sind bei vielen wieder gefragt«, setzte Lupus hinzu.

»Ach, Sie Philosoph«, Marianne Richter zeigte erstmals den Anflug eines Lächelns. »Guido ist ein Klotz von einem Mann, der die Qualitäten einer Frau nach Kriterien beurteilt, die im wahrsten Sinne des Wortes unterhalb dieser Ebene zu suchen sind. Barbaras Liebesleben ist bestimmt nicht sein Problem.«

»So gut kennen Sie ihn?« fragte Lupus wieder.

Marianne Richter schüttelte den Kopf. »Sie setzen mich hier unter Druck, als ob ich etwas verbrochen hätte.«

»Aber nein, wirklich nicht«, versuchte Freiberg die Spannung abzufangen. »Wir möchten, ich sage es noch einmal, daß Sie uns helfen, die Persönlichkeit von Werner Klatte zu erfassen, seinen Umgang zu erkennen, kurzum, ein Bild von ihm zu gewinnen. Für uns ist jedes Bild zunächst ein Puzzle. Wir fangen fast immer bei Null an, wenn eine Sache zu klären ist. Jeder Tote hat einen Anspruch an diese Welt, seiner Persönlichkeit gerecht zu werden. So jedenfalls sehe ich auch die Aufgaben der Polizei. Sie sollten uns helfen, diesen Anspruch zu verwirklichen.«

»Bei uns können Sie natürlich noch schweigen. Als Zeugin vor Gericht aber nur dann, wenn Sie sich selbst der Gefahr einer Strafverfolgung aussetzen. Dort werden Sie in aller Öffentlichkeit Rede und Antwort stehen müssen«, stellte Lupus kühl fest.

»Sie wollen mich vor Gericht bringen?« Marianne Richter riß die Augen weit auf. »Warum denn?«

»Aber nein«, beruhigte Freiberg. »Mein Kollege wollte nur darauf hinweisen, daß Sie bei uns frei und offen reden können. Wir versuchen, einen mysteriösen Unfall aufzuklären. Sie haben mein Wort: Was jetzt besprochen wird, bleibt unter uns. Also zurück zu Guido Siemann. Wie…«

Sie unterbrach: »Nun gut, wir sind befreundet.«

»Richtig?«

»Ja, wenn Sie es so genau wissen wollen. Wir bumsen auch miteinander. So, jetzt ist das wohl klargestellt.« Trotz schwang in dieser Antwort mit.

»Okay – kein Pathos – danke! Das klärt die Verhältnisse«, sagte Freiberg. »Nun können wir offen miteinander reden. Wann war Klatte das letztemal bei Ihnen?«

»In der Nacht von Dienstag auf Mittwoch. Er ist von der Hausdorfstraße schon ziemlich früh nach Köln gefahren, irgendwelches

Material beim Zollkriminalinstitut überprüfen.«

»Was das war, wissen Sie wohl nicht?«

»Nein, keine Ahnung.«

»Was war am Mittwoch und Donnerstag?«

»Für mich Arbeit bei Erlenborn – knüppeldick.«

»Und Guido Siemann?«

»Der war seit Montag in Antwerpen. Die Strecke wird jede Woche befahren.«

»Wann haben Sie sich mit ihm getroffen?«

»Gestern abend.«

»Bis wann?« fragte Lupus.

Sie zögerte nicht: »Bis heute morgen. Er hat eine Sonderfahrt über das Wochenende nach Antwerpen. Zum Firmenjubiläum von Erlenborn muß er in der nächsten Woche zurück sein.«

Freiberg spürte, wie sich die Bilder verdichteten und fragte weiter: »Was gibt es da für Zusammenhänge zwischen Siemann und Erlenborn? Nur geschäftliche oder auch private?«

Marianne Richter bewies ihr Talent, einen Sachverhalt kurz und knapp darzulegen: »Erlenborns verstorbene Frau Sonja war eine geborene Samson. Ihre ältere Schwester Wally ist die Frau von Siemann – Spedimpex, Beuel. Das Elternhaus war die Feindestille Samson, heute die Firma Erlenborn-Spirituosen in Kessenich. Sonja Erlenborn war einige Jahre jünger als ihre Schwester Wally Siemann. – Erlenborns haben keine Kinder. Die Siemanns gleich zwei: Barbara und Guido. Barbara ist Alleinerbin ihrer Tante Sonja.«

»Wann ist Sonja Erlenborn gestorben?«

»Vor acht oder neun Monaten.«

»Und wie alt ist der Witwer Erlenborn?« schaltete sich Lupus ein.

»Der Junior – wie er im Betrieb immer noch genannt wird – ist fünfunddreißig Jahre alt.«

»Sst, sst«, äußerte sich Lupus. »Dynamischer Jungunternehmer.«

Freiberg wollte in eine andere Richtung. »Wann, sagten Sie, ist Guido Siemann zurückgekommen?«

»In der Nacht von Mittwoch auf Donnerstag. Donnerstag war Ladetag. Anschließend sind die Leute hundemüde – Guido auch.«

»Und gestern abend war er wieder putzmunter!«

»Sie sagen es, Herr Müller.«

Freiberg fragte noch einmal: »Gar keine Probleme wegen Klatte?«

»Ich habe mich gehütet, für Probleme zu sorgen. Auch das sagte ich schon: Guido ist ein Klotz von einem Mann.«

»Er müßte sich aber doch fragen, wie gut Sie Klatte in Aachen gekannt haben.«

Marianne Richter wollte bei der Wahrheit bleiben, nachdem sie sich entschlossen hatte, die Karten offen auf den Tisch zu legen. »Hm, irgendwer muß ihm Andeutungen gemacht haben. Einer von den Fahrern oder Lagerarbeitern. Guido war sauer.«

»Aber Sie haben ihn in der Nacht gewiß vom Gegenteil überzeugen können«, folgerte Lupus sanft.

»Nicht so ganz – sein Abschied war abrupter als sonst.«

»Wie sollen wir das verstehen?« wollte Freiberg genauer wissen. »Hat es Streit gegeben?«

»Streit – na ja. Ich hatte kaum Zeit etwas zu sagen, wollte es auch nicht.« Marianne Richter warf das kurzgeschnittene Haar mit einer schnellen Kopfbewegung zurück. »Guido hat kein Recht, mich im Pferch zu halten. Niemand hat das Recht dazu!«

»Sie lieben Ihre Unabhängigkeit?«

»Ja, dafür habe ich lange genug gekämpft. Mit zwanzig muß man seine persönliche Freiheit gefunden haben – oder reich verheiratet sein.«

»Wann ist Siemann heute nach Antwerpen gefahren, wissen Sie die Zeit?«

»Zwischen sechs und sieben – das ist so üblich.«

»Und bis dahin war er bei Ihnen?«

»Ja, das sagte ich doch schon.«

»Die ganze Nacht?« bohrte Lupus weiter.

»Himmel ja! Vom frühen Abend bis zum frühen Morgen!« Marianne Richter sah Freiberg und Lupus abwechselnd an. »Ich gehe mit meinen Erlebnissen nicht hausieren, aber Sie haben ja alles wissen wollen. Für Guido ist das ein Alibi, nicht wahr? Sie haben es aus mir herausgequetscht und müssen jetzt sehen, wie Sie damit zurechtkommen.«

»Wenn Klattes Absturz ein Unfall war, braucht niemand ein Alibi«, meinte Freiberg leichthin. »Sie haben uns jedenfalls sehr geholfen, Werner Klattes Lebensumstände während seines kurzen Aufenthaltes in Bonn zu erhellen. Sein Bild gewinnt Konturen. Herzlichen Dank für Ihren Besuch. Vielleicht müssen wir uns später noch einmal unterhalten. Wir melden uns dann. Sollte Ihnen noch etwas einfallen, was zur Aufklärung beitragen kann, rufen Sie bitte an.«

Damit übergab Freiberg ihr seine Karte.

Lupus freute sich, einer Kavalierspflicht nachkommen zu können und begleitete Marianne Richter zum Ausgang zurück. Mit einem Knopfdruck holte er den Aufzug herbei. Als sich die Tür öffnete, traten Ahrens und Fräulein Kuhnert heraus. Mit Verwunderung sahen sie, wie sich ihr Kollege von einer dunklen Schönheit formvollendet verabschiedete und für sie den Knopf »E« drückte. Der Aufzug summte abwärts.

»Sag mal, was geht hier im Präsidium vor?« fragte Ahrens. »War das die Puppe mit dem Jaguar, der unten steht?«

»Nein, wieso? Die ist mit einem Firmenwagen von Erlenborn gekommen.«

»Der steht aber nicht unten«, erklärte Fräulein Kuhnert. »Was haben Sie mit uns überhaupt im Sinn? Ihre Andeutungen am Telefon klangen richtig obszön!«

»Später, später! Auf zu Freiberg. Wir wollen doch mal sehen, wer da mit einem Jaguar Bonns Scotland Yard verläßt.«

Sie stürmten den Gang hinunter, scheuchten ihren Kommissar hoch und traten ans Fenster. »Chef, wenn da unten gleich ein Jaguar auf die Friedrich-Ebert-Allee einbiegt, dann darfst du dreimal raten, welchen Firmenwagen der Erlenborn junior seinen Mitarbeitern zur Verfügung stellt.«

»Klasse zu Klasse«, kommentierte Freiberg, als sich der bordeauxrote Jaguar mit blinkendem Rücklicht vorsichtig in den Verkehr einfädelte.

»Vielleicht gibt's noch einen dritten Mann, der an dieser Aachener Printe knabbert«, meinte Lupus, ohne zu wissen, daß Klatte ähnlich gedacht hatte.

Freiberg ging zum Telefon, rief den Pförtner an und fragte: »Mit dem Jaguar, das war doch unsere Besucherin?«

»Gewiß, Herr Freiberg, ich war zufällig am Parkplatz. Das Mädchen fährt einen tollen Schlitten. Der hat mich vom Stuhl gerissen, hab' ihn mir genau angesehen. ›Sovereign XJ 4.2‹ stand am Heck. Kostet glatt seine sechzigtausend, schätze ich. Ein gehobenes Jahreseinkommen reicht wohl kaum für so etwas.«

»Noch nicht der teuerste, aber ein Sechszylinder, der was hermacht«, erläuterte Freiberg und verabschiedete sich mit einem: »Danke für die Aufmerksamkeit.«

»Welch subtile Unterschiede gibt es doch zwischen Firmenwagen und Dienstwagen«, sinnierte Lupus. »Geld ist scheu wie ein Reh, habe ich mal von Bankern gehört, doch manchen springt es an wie eine Wildkatze – das sagt mir meine Witterung. Unserer smarten Marianne Richter wird auf die Dauer so ein Hundefinderlohn genausowenig genügen wie das Gehalt eines Zollamtmanns.«

Es klopfte an der Tür. Auf Freibergs »Herein« trat Kriminalobermeister Peters in das Zimmer und grüßte kurz. »Ich habe die Biologiebücher geholt. Hier bitte. Werde ich noch gebraucht?«

»Ja, einen Moment. – Du kannst die zwei hier mitnehmen.« Damit wandte sich Freiberg an Ahrens und Fräulein Kuhnert. »So, nun lernt mal ganz schnell, die wichtigsten Vögel zu unterscheiden. Ihr seid heute und morgen nämlich Vogelkundler im Siebengebirge – mit Fernglas und Fotoapparat.«

»Dienstlich?« wunderte sich Kriminalobermeister Ahrens. »Was ist denn eigentlich los?«

»Ich soll auch mit?« Fräulein Kuhnert trat überrascht einen Schritt vor.

»Ja, Sie auch – wenn Sie keine Höhergruppierung nach dem Angestelltentarif verlangen. Die Überstunden werden natürlich vergütet. Lupus sorgt dafür.«

»Das gibt wieder Krach mit der Verwaltung, Chef, aber ich biege das schon hin.«

Hauptkommissar Freiberg wurde ernst. »Paßt auf! Gestern oder heute morgen ist der Zollamtmann Werner Klatte am Blauen See tödlich abgestürzt. Vielleicht war es ein Unfall – vielleicht auch nicht. Ihr zieht mit dem Vogelbestimmungsbuch – hier ist es – und Kamera auf den Rheinhöhenweg zwischen Dornhecken-See und Rabenlay, Schwerpunkt Märchensee und Blauer See. Den morgigen Sonntag müßt ihr auch opfern. Ihr fotografiert – verdeckt natürlich – jeden Menschen, der sich da draußen in irgendeiner Weise ungewöhnlich verhält.

Ahrens, du übernimmst gegebenenfalls eine Beschattung – aber nur, wenn ganz besondere Gründe vorliegen. Nehmt zwei kleine Funksprechgeräte mit. Das nächste Telefon ist in der Kommende.

Vielleicht sind noch uniformierte Beamte draußen. Die sollen sofort verschwinden, sobald ihr angekommen seid. – Und macht's euch gemütlich dabei, das Wetter ist ja schön.«

»Picknick und Amore im Gebüsch – alles zum Zwecke der Wahrheitsfindung. Unser ehemaliger Grenzschützer Ahrens wird schon wissen, wie weit er im dienstlichen Interesse gehen muß«, fügte Lupus belehrend hinzu.

»Kein Problem«, sagte Ahrens. »Fototasche mit Zweitkamera und Telezoom habe ich im Schrank im Büro.«

»Einfach toll, Chef – Kommissarin im Ehrenamt! Da werden Sie am Montag Schwierigkeiten haben, mich an der Schreibmaschine festzuhalten.« Fräulein Kuhnert reckte stolz ihre Brust und bot ein überzeugendes Bild ihrer Leistungsbereitschaft. Sie übernahm sofort die Befehlsgewalt. »Los! Kriminalhelfer Ahrens, laß deine Optik spielen – und Sie, Ober-Peters, Sie bringen uns in kürzester Zeit in die Nähe des Tatorts. – Macht's gut im Präsidium, ihr Bürohengste!«

## Kapitel 8

»Oha, Chef«, stellte Lupus fest, als die beiden Sonderfahnder mit dem Kollegen gegangen waren. »Unser Ahrens wird nicht viel zu melden haben, wenn ihn die Arme seiner Octopussy liebevoll umschlingen.«

»Aber sie weiß wenigstens, wo's langgeht bei unserem Job.« Freibergs Augen suchten wieder den Ennerthang jenseits des Rheins. Die Sonne hob die Wände der Basaltsteinbrüche weißgelb aus dem grünen Strang des Siebengebirges heraus. »Wenn wir nur wüßten, was dort passiert ist. – Vielleicht war es wirklich ein Unfall, und wir machen hier die Pferde scheu.«

»Und das auch noch am Wochenende«, ergänzte Lupus. »Immerhin, wir haben einiges auf Konto Lebenserfahrung zu buchen. Darf man die Richter eigentlich schon zum Typ Karrierefrau rechnen?«

Freiberg wiegte den Kopf. »Vielleicht – aller Anfang ist schwer. Das Kapital ›Frau‹ muß erst Zinsen tragen.«

»Dieses Wildkatzenauto – ob sie oft damit unterwegs ist? Was muß sie dafür einsetzen?«

»Nur sich. Was sonst? So ein Jaguar wäre schon ein ansehnlicher Zinsgewinn, selbst wenn der Wagen noch für die Firma läuft. Das sind nun einmal die Spielregeln unserer Gesellschaft. Ich habe manches Gerede von der Emanzipation und das geschämige Getue um den Mißbrauch der Frau in der Werbung und so nie ganz verstanden. Warum wollen die Frauen sich einreden, ihre hormonelle Macht wegwerfen zu müssen, um frei zu sein. Warum wollen sie partout hinein in den grauen Männeralltag?«

»Meine will das bestimmt nicht«, stellte Lupus fest. »Auch das Fräulein Tochter läßt den Vater noch ein paar Jahre arbeiten und zieht sich dann ins Privatleben zurück, wie sie mir fröhlich verkündet hat. Es gäbe einen einklagbaren Unterhaltsanspruch bis weit hinein in das dritte Lebensjahrzehnt. – Eine gediegene Art von Humor.«

Kommissar Freiberg dachte daran, die hormonelle Macht der Frau an diesem nicht ganz verlorenen Wochenende doch noch zu testen und wollte auch Lupus nicht länger festhalten. »Wir machen Schluß für heute. Zieh heim zu deinen Lieben. Ich will mich mit dem R 4 noch ein wenig in Beuel umsehen, beim Zollamt vorbei, Siemann und Co. streifen und danach in der Beethovenstraße bei meiner studentischen Hilfskraft Station machen. Die Zentrale erfährt, wo ich zu finden bin. Aber schnell noch die obligatorische Frage: Wen nehmen wir uns als nächsten vor?«

»Immer die Frau«, antwortete Lupus, ohne auch nur eine Sekunde zu zögern.

»Und das wäre?«

»Die blonde Barbara.«

»Wir sind uns also wieder einmal einig. Grüß deine Kuscheldrachen daheim.«

»Mach's gut Chef. Denk an die Flattertierchen und an die Königin. Tschüs.«

Hauptkommissar Freiberg schnurrte mit seinem roten R 4 über die Konrad-Adenauer-Brücke, wie die Südbrücke Bonns nach dem Willen der von Pietät geplagten Politiker heißt, nahm die Abfahrt Landgrabenweg und bog nach Norden auf die Kreuzherrenstraße.

Kurz hinter der Bahn im alten Limperich hatte Zollamtmann Klatte am Brünnchen ein möbliertes Zimmer gemietet. Nachbarn standen auf der Straße und beredeten noch immer das Ereignis vom Blauen See. Die Beamten von UNI 11/22 hatten vom Hauseigentümer den Zweitschlüssel zu Klattes Wohnung geholt, sich kurz umgesehen und durch ihre Hinweise und Fragen die Nachbarschaft unruhig gemacht.

»Dieser gute Mensch – nun ist er tot«, stellte die Wirtin wiederholt fest. »Dabei hat er sich in unserem Haus doch so wohl gefühlt.«

Sachdienliche Hinweise hatten die Beamten nicht erhalten. Aber für Gesprächsstoff am Brünnchen war gesorgt.

Freiberg umrundete den durch Einbahnstraßen beruhigten Wohnkomplex. Für Werner Klatte hatte alles sehr günstig gelegen. Von hier aus waren es mit dem Auto nur wenige Minuten bis zur Trimmstrecke auf dem Rheinhöhenweg. Die Dienststelle in der Nähe des Betriebsbahnhofs Bonn-Beuel ließ sich bequem in einer Viertelstunde zu Fuß erreichen.

Freibergs R 4 kurvte über den Abfertigungshof des Zollamtes. Das Gebäude schien aus der Kaiserzeit zu stammen, war aber modernisiert. Dazu gehörte noch eine richtige Abfertigungsrampe mit einer großen Güterwaage, die aber nicht mehr betriebsbereit sein konnte, denn die mit Eisenkanten eingefaßte Bodenplatte hatte sich durch Dreck und Staub fest mit dem geteerten Vorplatz verbunden. – Wie nicht anders zu erwarten, war das Amt an diesem späten Samstag geschlossen.

Freiberg fuhr zurück, am Stadion entlang auf die Königswinterer Straße. Hinter der Feuerwache 2 an der Maarstraße, unweit einer Bedachungsfirma, wo es nach Teer roch und von Zeit zu Zeit brannte, hatte sich die Spedition Siemann und Co., Import-Export, immer mehr in das freie Feld ausgedehnt.

Ein altes Wohnhaus mit dem Hinweisschild »Büro« begrenzte den Speditionshof. Südwestlich schloß sich im rechten Winkel eine kleine Lagerhalle an. Ziemlich neu war die achtzig bis hundert Meter nach Westen gelegene große Halle, die im vorderen Teil als Lager diente und im rückwärtigen Teil als Garage genutzt wurde. Die vorzüglich ausgestattete KFZ-Werkstatt hatte eine besondere Einfahrt. Das Gebäude war ganz offensichtlich mit dem Umsatz gewachsen und mehrfach nach Süden durch Anbauten verlängert worden. Ein

Dutzend rot-weiß und blau-weiß leuchtender Lastkraftwagen, einige abgekoppelte Hänger und zwei Sattelzugmaschinen standen ausgerichtet auf dem Rangierplatz. Gearbeitet wurde nicht. Das Fahrverbot an Wochenenden bestimmte schon seit Jahren den Arbeitsrhythmus der Transportunternehmen.

Wie ein Jüngling, der sich seines ersten Autos erfreut, drehte Kriminalhauptkommissar Freiberg, Leiter des 1. Kommissariats im Polizeipräsidium Bonn, einige schnelle Runden auf dem weiten Platz. Der R 4 zeigte, was er an Schieflage in den Kurven zu bieten vermochte. Freiberg hielt auf einem Parkfeld vor dem Büro, stieg aus und ging an den Parterrefenstern entlang. Beim Hineinsehen legte er die Hände wie Scheuklappen an die Augen. Nichts rührte sich. Der obere Teil des Hauses wurde als Wohnung genutzt, wie die gutbürgerlichen Gardinen erkennen ließen. Durch die angebaute Halle war hinter dem Gebäude ein atriumartiger Hof entstanden, den ein hoher Palisadenzaun, dicht bewachsen mit Knöterich, zum erweiterten Speditionshof hin abgrenzte. Die eingelassene Holzbohlentür hing in gut geölten Angeln. Sie war nicht abgeschlossen und ließ sich leicht ohne Geräusch aufstoßen.

Freiberg vernahm ein leises Plätschern. Seine Augen erfaßten ein verspieltes Paradies, welches man in diesem nicht gerade durch Wohnqualität ausgezeichneten Industrieviertel niemals vermutet hätte. Die grauen Wände des Hauses und der Lagerhalle hatten sich hinter wildem Wein versteckt. Grüne Schlagläden hielten die Sonne von den Fenstern fern. An das Haus rechts angelehnt erstreckte sich eine Pergola. Um ihre Stützpfeiler rankten sich im Wechsel Clematis und Glyzinien. Eine mächtige Eibe füllte den Winkel zwischen Palisade und Hallenwand. Der überquellende Knöterich verbarg die Pforte, durch welche man vom Haus mit wenigen Schritten auf den Speditionshof gelangen, oder gleich links über einen von Rhododendron gesäumten Pfad das Grundstück fast unbemerkt verlassen konnte.

Im Swimmingpool vor der Pergola brach sich das Blau eines späten Sommerhimmels in den Streifen der sanft verlaufenden Wellen des klaren Wassers. Die Frau mit dem lose aufgesteckten blonden Haar schwamm in gleichmäßigen Zügen in Richtung zum Haus und hatte Freiberg noch nicht bemerkt. Er wollte nicht Voyeur im Gebüsch spielen, obwohl die Situation dazu verlockte. Er trat einige

Schritte vor.

Sein »Hallo, bitte verzeihen Sie die Störung« ließ die Frau eine erschreckte Wendung vollziehen.

»Wer sind Sie? – Verschwinden Sie, oder ich rufe um Hilfe!« Sie hatte Angst und würde in der nächsten Sekunde losschreien. Freiberg blieb keine Zeit zum Überlegen. Er griff in die Tasche und hielt seinen Dienstausweis mit gestrecktem Arm hoch über den Kopf.

»Keine Angst – Polizei! In einer Unfallsache!«

Die Situation entbehrte nicht einer gewissen Komik. Dort im Swimmingpool eine nackte Frau, die durch Wassertreten zur Leiter gelangen wollte, ohne den Eindringling aus den Augen zu lassen, hier ein junger Kommissar in saloppem Zivil mit hoch zum Himmel gestrecktem Arm, der mit einem Ausweis wedelte, um Vertrauen zu erwecken.

»Sie sind Barbara Siemann.«

»Ja – und?«

Der ausgesprochene Name und die friedfertige Haltung wirkten entspannend. Die blonde Frau verhielt und machte sogar einen Schwimmzug in Richtung Freiberg zur Beckenkante. »Legen Sie Ihren Ausweis dort hin und dann zurück zum Eingang – oder ich schreie.« Es klang schon nicht mehr so dramatisch.

Freiberg kam sich vor wie beim Entenfüttern. Er wagte noch ein paar Schritte und streckte der Schwimmerin seinen Ausweis entgegen.

»Auf den Rand legen, das Ding – und dann zurück. Oder...« Barbara Siemann hatte ihre Courage wiedergefunden. Sie schwamm vor, legte ihre Arme stützend auf den Beckenrand und sah sich aufmerksam das Paßbild und die Eintragungen an. Einige Wassertropfen verliefen zur Erinnerung auf dem amtlichen Papier.

»Anerkannt«, rief sie. »Scheint alles echt zu sein. – Aber Unfall? Ist meinem Bruder etwas passiert? Er ist als einziger heute unterwegs.«

»Ich weiß – nach Antwerpen«, bestätigte Freiberg. »Aber damit hat mein Besuch nichts zu tun«, beruhigte er sofort. »Ich muß Sie wegen einer anderen Sache sprechen.«

»Gut, ich komme zur Sitzecke in der Pergola. Gehen Sie schon hin. Wenn es Sie stört, eine nackte Venus aus dem Schwimmbecken steigen zu sehen, müssen Sie wegschauen.« Damit schwamm sie zur

Leiter. »Ich hole nur meinen Bademantel, dann können wir uns unterhalten.«

Freiberg hätte gern noch einige lockere Bemerkungen gemacht, doch die Mitteilung von Klattes Tod, die sich nicht umgehen ließ, würde die heiter gewordene Situation umschlagen lassen, wenn Barbara Siemann mit Klatte mehr verband als ein paar durchtanzte Nächte im »Old-Sound«. Darum wollte er jetzt nicht den kessen Knaben spielen, aber er sah sich die blonde Barbara ganz genau an.

Sie hatte etwas mehr zu bieten als nur goldenes Haar. Einen Körper ohne Fehl, braungetönt von der Sonne, die überall freien Zutritt hatte. Keine hellen Felder von Bikini oder Slip. Oben voll und fest, unten lang und schlank, um die Hüften noch eine Andeutung von Babyspeck. Keine Printe – eher ein Praliné aus der feinsten Konfiserie.

Sie ging lockeren Schrittes ins Haus und kam nach wenigen Minuten im roten Bademantel zurück. In der linken Hand hielt sie zwei kurzstielige Gläser mit der Öffnung nach unten und in der rechten eine Flasche Martini-Dry, die aus dem Kühlschrank kam und in der warmen Luft beschlug.

»Auf den Schreck gehört ein Drink«, sagte sie, stellte die Gläser und die Flasche ab und gab Freiberg die Hand. »Mann, haben Sie mich erschreckt. Mein Bruder Guido hat wohl wieder einmal vergessen, die Tür abzuschließen.«

»Und schon hat man die Polizei am Hals«, lächelte Freiberg.

»So weit wird es nicht gleich kommen, denke ich«, konterte Barbara und füllte die Gläser auf. »Zum Wohl, Herr Kriminalhauptkommissar. Sie scheinen gar nicht so sauertöpfisch zu sein, wie Sie auf dem Paßbild wirken.«

Er hatte antworten wollen, daß eine nackte Schönheit durchaus dazu angetan sei, ihn heiter zu stimmen, doch er schwieg.

Sie ahnte, daß eine unangenehme Eröffnung bevorstand und fragte vorsichtig: »Bitte, was führt Sie hierher?«

»Ermittlungen in einer Unfallsache. Wir versuchen, das Umfeld abzuklären, Freunde, Verwandte und Bekannte zu finden. Ich zögere Sie zu fragen, denn ich weiß nicht, wie gut Sie Werner Klatte, den Zollamtchef in Beuel, gekannt haben. – Er ist abgestürzt am Blauen See, die Wand hinunter.«

Barbara Siemann schien unter dem Braun der Haut fahl zu werden. Ihr Körper zog sich zusammen, und ihre Hände rafften den Bademantel fester, aber sie blieb beherrscht. »Sie wollen sagen, er ist tot, nicht wahr?«

»Ja, wir haben ihn vor ein paar Stunden geborgen.«

»Hat er noch gelebt, als man ihn gefunden hat?«

»Nein, es gibt auch keine Zeugen – wir wissen nichts.«

»Und wie kommen Sie an meine Adresse?«

»Über die Firma Erlenborn-Spirituosen. Klatte war der für die Steueraufsicht zuständige Zollbeamte und hat auch Erlenborns erste Kraft, Marianne Richter, gekannt. Wir haben mit ihr gesprochen, und sie hat von dem zufälligen Treffen vor einigen Wochen in der ›Old-Sound-Disco‹ erzählt und gesagt, daß Sie mit Klatte dort zurückgeblieben seien und sich vielleicht näher kennengelernt hätten.«

»Marianne kannte ihn länger und bestimmt besser als ich. Das war nicht schwer festzustellen, wie die beiden miteinander den Tango getanzt haben. Die hatten früher was miteinander, da bin ich ganz sicher. Vielleicht hat es hier in Bonn wieder angefangen, wer weiß?«

»Und darum haben Sie Klatte nicht mehr getroffen?«

»Doch, schon noch. Nach dem ›Old-Sound‹ hat er sich sehr bemüht. Ich mochte ihn auch, aber er hat gleich alles verplanen wollen.«

»Wie? Verlobung, Heirat, Häuslebau, Kinder und Pension? Da müssen Sie sich aber sehr schnell sehr nahegekommen sein.«

Barbara winkte ab. »Einmal ist keinmal und zweimal ist auch nicht viel mehr. Er habe viel zu tun, hat er gemeint, da müsse man sich an feste Termine halten für das Wiedersehen. Im ›Old-Sound‹ hatte ich das Gefühl, es könne ein Spiel mit dem Feuer werden. Doch bald kamen Zweifel – und nun ist er tot. Damit ist das Strohfeuer erloschen.«

»Sie sind doch nicht so cool, wie Sie mich glauben machen wollen. Sie haben mehr für ihn empfunden.«

»Das sind Worte, Herr Freiberg. Aber selbst wenn! Wir haben uns nur noch dreimal getroffen in den vergangenen vier Wochen. Was weiß man da schon voneinander? Er war ein fröhlicher Mensch, ein guter vielleicht auch. Ein ehrlicher? Ich weiß es nicht. Und was er von mir wollte, das wissen Sie genausogut wie ich. Dienstlich muß er viel am Hals gehabt haben. Auch ich habe manchmal bis spät in die Nacht im Büro festgehangen. Das kommt davon, wenn man im

Hause wohnt und im Familienbetrieb arbeitet. Meine Freizeit ließ sich nicht so planen, daß alles zusammenpaßte. Warum sehen Sie mich so zweifelnd an? Ohne diese Sonnenoase hier müßte ich wie ein Mehlwurm wirken – wenn Sie das meinen.«

»Wer wohnt im Hause?«

»Mein Bruder und ich. Jeder hat seine separate Wohnung. Eine Konzession an unser Erwachsensein, als die Eltern den neuen Bungalow am Finkenberg bezogen haben. Wir hüten hier den Stall.«

»Und keine Angst so allein?«

»Kennen Sie meinen Bruder? Wohl nicht, wenn Sie so fragen. Der macht Kleinholz aus allen bösen Buben. Das hat sich rumgesprochen.«

»Er ist mit Marianne Richter liiert, nicht wahr?«

»Die Vokabel dürfte zutreffen. Ein Trucker ohne Mieze – das würde er sich nie verzeihen. Er läßt sich sein Image etwas kosten.«

»Haben Sie mit ihm über Klatte gesprochen?«

»Beiläufig.«

»Wußte er mehr?«

»Kaum, was auch? War ja nichts Rechtes – dazu war die Zeit auch wohl zu kurz. Guido hängt dauernd hinterm Steuer und lebt seinen eigenen Interessen.«

»Wenn ich das nicht falsch verstanden habe, geht Marianne Richter davon aus, daß Sie und Klatte ein – na ja – ein richtiges Verhältnis miteinander hatten.«

»Das möchte sie wohl.«

»Wieso?«

Barbara Siemann warf kurz den Kopf zurück: »O ja, das möchte sie wohl. Reines Überlebenstraining. Denken Sie nach! Wenn die dem Guido sagt, daß Klatte und ich..., dann wird er ihr eher glauben, daß nicht Klatte und sie... So einfach können die Dinge liegen, auch für die Polizei. Verstanden? Nur für mich wäre alles viel komplizierter geworden. Nun hat sich der Fall erledigt. Aus und vorbei!«

»Ja, verstanden«, bestätigte Freiberg, ohne ganz überzeugt zu sein, daß sie alles gesagt hatte.

Sie nahm ihren vierten oder fünften Martini. »Entschuldigung, ich bin mein bester Gast. Sie können sich bitte selbst bedienen.« Barbara schob die Flasche über den Tisch und überraschte mit einer nicht so leicht zu deutenden Feststellung: »Was ist das alles für eine ganz verdammte Scheiße!«

Das Praliné begann sich in der Mischung aus Sonne und Alkohol aufzulösen. Freiberg befürchtete schon, sie würde jetzt einen Moralischen bekommen und in Schnapstränen ausbrechen. Doch Barbara fuhr fort: »Wofür lebt man eigentlich, wenn es so schnell zu Ende geht?! – Die Steilwand hinunter, über die Basaltsäulen – nein, ich will es mir nicht vorstellen.«

Um es ihr leichter zu machen, die Bilder zu verdrängen, fragte Kommissar Freiberg: »Warum muß Ihr Bruder am Wochenende unterwegs sein?«

»Wir haben eine Sonderlizenz für Alkoholtransporte und für Brennweine. Das ist Guidos Domäne. Außerdem, so meint er, ließen Antwerpens Nachtlokale Bonns Lasterstätten – hi, hi – als reine Tugendclubs erscheinen.«

»Darum ist er heute morgen schon so früh gestartet?«

»Denke doch. Ich habe länger geschlafen und weiß nicht genau, wann er los ist. Sicherlich wie üblich. Kurz nach zehn habe ich meine morgendlichen Bahnen geschwommen und vorher die Tür dort kontrolliert und abgeschlossen.« Sie zeigte auf die Bohlenpforte.

»Aber die war doch offen«, wunderte sich Freiberg.

»Ja, richtig, die war offen. Hm, ganz einfach – dann war Guido noch im Haus oder wird noch einmal zurückgekommen sein und ist erst losgebraust, als ich nach dem Schwimmen in Beuel war, um bei Rosenberg Steaks zu holen. Ich meine allerdings in den Morgenstunden im Halbschlaf das Motorgeräusch des kleinen Dreitonners auf dem Hof gehört zu haben. War wohl ein Irrtum, denn Guido mußte mit dem Tankwagen fahren. Dieses Rührstück von Bruder denkt gar nicht daran abzuschließen. Aber ich habe es aufgegeben, ihn erziehen zu wollen.«

»Sind Sie sicher, daß Sie die Pforte heute morgen abgeschlossen haben?«

»Aber ja, sonst hätte ich sie vor dem Bad, ganz mit ohne, noch einmal kontrolliert, und Sie hätten sich nicht reinschleichen können. Sie! – Einen Martini nehme ich noch. Los, Sie auch! Dann haben wir es hinter uns.«

Freiberg nickte. Die Gläser wurden noch einmal voll, und die Flasche war leer.

»Ex«, sagte Barbara, »in memoriam.«

Freiberg zog mit. »Requiescat in pace.«

Barbara Siemann hatte auf ihre Weise Abschied genommen. Kommissar Freiberg war nicht überrascht, als sie sagte: »Sie können gern ein paar Runden schwimmen. Mich stört es auch nicht, wenn die Polizei mal zeigen will, wie sie im Adamskostüm mit dem Vermummungsverbot fertig wird. Na? Das Becken ist geheizt, 24 Grad. Keine Angst, nach der nötigen Portion Alkohol sehen auch Frauen manches deutlicher und größer.«

Freiberg wurde blitzschnell klar, daß nicht alle Frauenprojekte der Unabhängigkeitspolitik dienen und die Jungfräulichkeit von Königinnen erfordern.

Er stand schnell auf, dankte der blonden Barbara für ihre Auskünfte und brummelte leicht verwirrt: »Vielleicht später!« Mit einem »Auf Wiedersehen« ging er zurück zur Pforte im Palisadenzaun. Barbara hatte schon den Bademantel abgestreift und hechtete in das stille blaue Wasser. Eine Kaskade von Tropfen im Sonnenlicht schoß hoch. Das war Freibergs letzter Eindruck, als er die Pforte hinter sich zuzog. Barbara würde sie jetzt nicht sofort abschließen – da war er ganz sicher.

## Kapitel 9

An diesem Wochenende wurde in der Bundeshauptstadt weder fieberhaft gearbeitet, noch fieberhaft gefahndet. Auch sonst hielten sich die Infekte in Grenzen. Das politische Bonn hatte sich bereits am Freitag aufgelöst und die Staatsmacht in den Händen weniger Beamter mit niedrigen Gehältern und hohen Ambitionen zurückgelassen.

Eine Resolution über die Verbesserung der Rechtsstellung der Frau nach Auflösung von eheähnlichen Verbindungen der Partner hatte zwar vorab in den Medien für einigen Wirbel gesorgt, war aber an der am Freitagmittag üblichen Beschlußunfähigkeit des Parlaments gescheitert. Damit hatte die schweigende abwesende Mehrheit ihre schöpferische Kraft unter Beweis gestellt. Die Roten hatten es nicht anders erwartet, nur die Grünen waren gelb vor Zorn.

Einige schnelle Dienstwagen – mit und ohne Rundumpanzerung –

waren nach Norden und Süden geprescht, um Minister, Parlamentarische Staatssekretäre und andere Bürdenträger steuerfrei in die heimischen Provinzen zu tragen, wo ehrgeizige Ehefrauen, Gattinen und Gemahlinnen schnell unter die Dunstglocke des politischen Ruhmes des Heimgekehrten schlüpften. Sie hielten den Hauch von Chanel Nr. 5, Madame Rochas oder Ricci in der nicht mehr so ganz weißen Wäsche für den Duft der großen weiten Welt, dem sich im rheinischen Bonn kein Erfolgreicher entziehen konnte.

Die zurückgelassenen Assistentinnen, Beraterinnen, Sekretärinnen und persönlichen Referentinnen wußten, daß ihre politischen Führungskräfte am Wochenende nicht vor und nicht hinter ihnen oder gar an ihrer Seite stehen konnten, da sie daheim in den Villen und Gärten, oder unterwegs bei Mäzenen und Lobbyisten neu aufgerichtet werden mußten, um wieder für den Einsatz zum Wohle so vieler gerüstet zu sein.

Sonnabends und sonntags nie und sonst auch nur unregelmäßig, das gehörte zum Rollenverständnis der Zurückgebliebenen, die bereit waren, sich mit Leib und Seele den politischen Kräften hinzugeben.

Nur im Ministerium am Venusberg hielt der Chef höchstpersönlich die Stellung. Seine Angetraute hatte sich für einige Wochen in die Sanatoriumsstollen von Montecatini bei Florenz zurückgezogen, um gemeinsam mit dem Damen-Clan aus den Vorstandsetagen einiger Großunternehmen eine Heilkur zu zelebrieren und Kontakte zu knüpfen, auf Grund derer sich politische Leistungen reibungslos in Vorstands- und Aufsichtsratposten umwandeln ließen. Das bedurfte sorgfältiger Vorbereitungen und Pflege – galt es doch, die derzeitige Teilhabe an der staatlichen Macht zu gegebener Zeit in einen materiellen Dauernutzen umzusetzen. Wer regelmäßig Wein zum Essen trank und sich humanistisch gebildet fühlte, vermochte das Spiel in die Kategorie des »do ut des« einzuordnen. Mit der deutschen Formel »Eine Hand wäscht die andere« ließen sich die Zusammenhänge nicht subtil genug wiedergeben. Clevere Ehefrauen waren sich ihrer gesellschaftlichen Treibriemenfunktion durchaus bewußt, ohne daß sie jemals von der sozialistischen Transmissionslehre gehört hätten.

In der Dornenburg am Venusberg, diesem bizarren Gemäuer aus den Gründerjahren war das Ministerium mit einigen hundert Bediensteten untergebracht. Der Minister genoß nicht nur den Blick in das Rheintal, sondern auch die Anwesenheit von zwei Damen der dienenden Spitzenklasse. Er hatte seine scheidende persönliche Referentin Hedwig Bessener und ihre Nachfolgerin Carla Steiner zu sich gebeten, um die Überleitung der Dienstgeschäfte zu besprechen. Er hatte mit weiblichen Mitarbeiterinnen bessere Erfahrungen gemacht als mancher Kollege, denen karrieresüchtige Parteimännchen zugeschoben worden waren.

Hedwig Bessener würde in den nächsten Tagen auf eigenen Wunsch ein nicht so bedeutendes Fachreferat übernehmen, weil sie im persönlichen Bereich einige Nackenschläge erlitten hatte und sich in der Chefetage nicht mehr wohl fühlte. Carla Steiner war in einem anderen Ministerium zu einer ausgezeichneten zweiten Kraft herangereift, der nur darum der weitere Schritt nach oben verwehrt geblieben war, weil ihre Kollegin über die besseren persönlichen Bindungen verfügte. Nun hatte der Ressortwechsel für Carla Steiner eine Spitzenfunktion im Leitungsbereich an der Seite eines Ministers eröffnet, der Macht und Ansehen genoß.

»Ich bin Ihnen sehr dankbar, daß Sie mir ein Wochenende opfern, um dienstliche Angelegenheiten zu erledigen«, sagte der Minister artig. »Während der Dienstzeit herrscht zuviel Betrieb, da hat man kaum Gelegenheit, sich persönlich näher kennenzulernen. Diese Kenntnis und das Aufeinandereingehen ist eine unerläßliche Voraussetzung für die Arbeit einer persönlichen Referentin.«

»Davon bin ich ganz und gar überzeugt«, bestätigte Carla Steiner mit einem dezenten Augenaufschlag. »Sie können jederzeit über mich verfügen, Herr Minister.«

»Ja, ja, sehr gut. Ich habe es nicht anders erwartet«, bekundete dieser und fügte als Lehrsatz aus der Geschichte hinzu: »›Wer auf die preußische Fahne schwört, hat nichts mehr, was ihm selber gehört‹ – oder so ähnlich. Das gilt auch für Damen im Leitungsbereich. Aber Sie dürfen meines Schutzes und meiner Fürsorge gewiß sein. Ihre Vorgängerin wird das bestätigen können.«

»Absolut«, bedankte sich Hedwig Bessener. »Herr Minister, Sie haben in Carla eine Nachfolgerin gefunden, die über alle Qualitäten verfügt, die Sie erwarten – fachlich und menschlich. Wir haben schon die frühen Morgenstunden genutzt, um den Aufgabenkreis durchzusprechen, so daß Sie sich jetzt auf die anstehenden Probleme konzentrieren können.«

»Ausgezeichnet! Dann werden wir uns einer guten Tasse Kaffee zuwenden. – Hedwig, sind Sie so nett! Und Sie, Carla, gehören ab heute an meine Seite.«

Carla Steiner setzte sich neben ihren neuen Chef, stellte die Füße fest auf den Teppich, hielt die Knie geschlossen und zog den Rock glatt. So hatte man es ihr und den anderen Teilnehmerinnen auf einem Fortbildungslehrgang in Berlin für diese und ähnliche Gelegenheiten nahegelegt.

Der Minister faßte leicht ihren Arm. »Etwas näher darf es schon sein, ohne daß die Etikette Schaden nimmt – ha, ha«, scherzte er gönnerhaft. »Wir müssen ja zusammenarbeiten. Außerdem, ab heute sind Sie nicht mehr Chefsekretärin, sondern meine persönliche Referentin und damit im höheren Dienst. Sie werden sehen, man gewöhnt sich schnell daran.«

»Ich werde mir Mühe geben, Herr Minister. Einige Hemmungen müssen Sie mir schon noch zugestehen am ersten Tag«, sagte Carla Steiner und nahm die Knie etwas auseinander.

»Aber sicher«, schmunzelte er und legte beruhigend seine Hand auf ihre Schulter.

Nachdem Hedwig Bessener den Kaffee eingeschenkt hatte, gab der Minister einige Hinweise. Er wußte, was Macht bedeutet. »Als persönliche Referentin müssen Sie immer präsent sein. Immer! Ihre Teilnahme – zunächst in meiner Begleitung – an den Fraktionssitzungen im Parlament bitte ich ernst zu nehmen. Konventionelle Kleidung, zurückhaltendes, aber sicheres Auftreten. Entsprechend der Tagesordnung fordern Sie rechtzeitig Vermerke von den Referenten an. Den Fraktionsvertretern wird nicht widersprochen – wir tun später ohnehin, was wir für richtig halten. Bei Besuchen von Politikern, vor allem Ministerkollegen hier im Hause, obliegt Ihnen der Empfang, eine geschickte Betreuung und auch schon mal die Bewirtung, soweit nicht Extrapersonal eingesetzt wird. Nur wenn ich Ihnen ein Zeichen gebe, ziehen Sie sich unauffällig zurück. Bei Besuchen von Petenten, Verbandsvertretern, Subventionsempfängern und was es da alles für Schnorrer gibt, bleiben Sie grundsätzlich anwesend. Sie übernehmen, soweit erforderlich, das Protokoll, sonst wird ein Kurzvermerk gefertigt. Kaffee oder Tee wird von den Sekretärinnen serviert. Bei Fachgesprächen mit Beamten des Hauses sind Sie selbstverständlich immer dabei. Bewirtet wird hier nur in Ausnahmefällen. Die Terminplanung obliegt Ihnen gemeinsam mit dem Leiter des Ministerbüros. Alle Vorgänge laufen zunächst über Ihren Schreibtisch. Ich erwarte von Ihnen Hinweise – vor allem auf verborgene Falltüren. Faul ist immer dann etwas, wenn ein Referent lange Ausführungen macht und um Entscheidung von meiner Seite bittet. Ich wünsche ein Votum, einen Vorschlag, den dieser Mensch auch zu vertreten hat. Also in solchen Fällen, zurück mit dem Vorgang – und machen Sie denen Feuer unter den – na ja. Soweit das Grundsätzliche. Wir beide werden zumeist allein die Gespräche nachkarten und unsere vertraulichen Überlegungen austauschen.« Der Minister hob die Stimme: »Hier bei mir im Leitungsbereich gibt es einen Grundsatz. Wer Vertrauen bricht, ist erledigt – total – für immer und überall.«

Carla Steiner nickte und sah ihren Chef gläubig an, als er fortfuhr: »Einfach ist das zunächst alles nicht. Doch für den Fachkram haben wir die Beamten – die meisten funktionieren wie Automaten. Wir hier an der Spitze müssen übergreifend denken. Dafür gleich ein Beispiel: In den nächsten Wochen ist das große europäische Ministertreffen vorzubereiten. Ich habe den Vorsitz. Ein Dutzend Minister, ein weiteres Dutzend Staatssekretäre, die entsprechende Anzahl Botschafter mit zig Fachleuten und das alles mal zwei, da mit Ehefrauen – aber das kontrollieren wir nicht. Dazu einen Haufen Exponenten unserer Wirtschaft. Die Mitarbeiter sind schon voll im Geschirr. Sie, Carla, haben sich um das Damenprogramm zu kümmern und mit mir den Gesamtrahmen abzustecken. Gemeinsam ist umgehend ein delikates Problem zu lösen. Die Veranstaltung muß unseres Ansehens würdig sein – ich bin politisch gefordert. Denken Sie an die Wirkung in Presse, Funk und Fernsehen. Doch nun das ganz dicke ›aber‹, uns fehlen noch Mittel. Mit dem kümmerlichen Haushaltsansatz von sechzig- bis siebzigtausend Mark läßt sich nicht viel hermachen. Das reicht vielleicht für ein Kanzlerfest mit Würstchen und Kartoffelsalat – aber nicht für uns.«

»Was kann ich dabei tun?« fragte Carla Steiner unsicher.

»Erst einmal mitdenken. Wen können wir als Förderer, ganz legal ohne Amnestiegesetz – haha – vor unseren Karren spannen? Wen? Na den, der von uns etwas will. Und da gibt es schon mal den Herrn Erlenborn.«

»Sie hatten ihn für morgen zum Frühstück gebeten«, gab Hedwig Bessener kund. »Ich habe den Termin auf halb zwölf angesetzt. Das Essen wird gegen zwölf Uhr serviert. Der Party-Service stellt auch einen Kellner.«

»Sehr gut, Hedwig. Sehen Sie, Carla – ich bleibe der Einfachheit halber beim Vornamen –, das heißt mitdenken. Dieser Erlenborn kommt allein. Sie, Carla, werden am Essen teilnehmen. Damit wird dem Schnapshändler deutlich, daß in Zukunft Sie in meinem Namen mit ihm verhandeln. Das Wort verkehren möchte ich in diesem Zusammenhang nicht gebrauchen, haha.«

»Welche Rolle haben Sie mir dabei zugedacht?«

»Ich wiederhole mich ungern – mitdenken und entsprechend handeln. Erlenborn erwartet von mir als Europaminister die Übernahme der Schirmherrschaft über sein umweltfreundliches Reklameunternehmen – irgend so ein Biotopenquatsch. Der Schlaumeier will natürlich seinen Umsatz steigern. Na, soll er doch. Ich erwarte von ihm eine maßgebliche Förderung des Ministertreffens, um genau zu sein, des Rahmenprogramms, als da wären Rheindampferfahrt, Präsente, ein Imbiß für alle und repräsentative Essen, Busfahrten und was das Herz begehrt. Er wickelt ab und rechnet ab – autonom, ohne uns. Kein Schriftverkehr, kein Rechnungshof. Das müßte auf eine, na sagen wir, mindestens Verdoppelung der Fazilitäten hinauslaufen. Dieses auszuloten ist der Sinn des Frühstücks. Erlenborn wird auf eine wie immer geartete Teilnahme seinerseits Wert legen. Dann müßten Sie sich um ihn kümmern. Er darf ruhig etwas glänzen, wenn es sein Förderungsbeitrag verdient.«

Hedwig Bessener warf ein: »Ich habe Carla schon vorinformiert, soweit es die Sachfragen wie Schirmherrschaft, Stiftung, Biotopenschutz und so weiter angeht.«

Der Minister lächelte breit und zufrieden. »Mitdenken! Dieser Fall ist sehr lehrreich. Sie werden das schon schaffen, Carla.«

Hartmut Erlenborn hatte sich bei Marianne Richter durch gezielte Fragen über den Inhalt des Gesprächs im Polizeipräsidium vergewissert. Er ließ ihr keine Zeit, trüben Gedanken nachzuhängen. Die Planungen mußten durchgezogen werden. Sie fühlte sich erleichtert, daß die kurzen Minuten im Ruheraum heute nicht stattfanden. Der Junior analysierte immer wieder die finanzielle Lage seines Unternehmens. Er wußte, daß einiges von ihm erwartet wurde und daß Geld sehr schnell verfügbar gemacht werden mußte.

»Marianne, du sagtest, die Kreditlinien seien ausgeschöpft. Was darf uns die Schirmherrschaft dieses Herrn Ministers kosten?«

»Keine zwanzigtausend – und die auch nicht sofort.« Sie sah zum wiederholten Male die Kontostände durch. »Es kneift überall.«

»Mit den paar Piepen ist in der Politik kein Blumentopf zu gewinnen. Die erwarten mehr. Mit meiner Stiftung Biotopenschutz werden wir in Europas Werbelandschaft konkurrenzlos dastehen. Ich muß es einfach schaffen, diesen Mann für die Schirmherrschaft zu gewinnen.«

»Bei den Banken ist kurzfristig keine müde Mark locker zu machen, und das Gespräch in der Dornenburg findet bereits Montag statt. Die Lieferanten können noch warten, aber die Löhne müssen pünktlich raus. Sonst ist das Ansehen der Firma Erlenborn im Eimer. Dann läuft auch über die politische Schiene nichts mehr.« Marianne Richter schüttelte bedenklich den Kopf. »Und dazu noch die Lasten des hundertjährigen Jubiläums. Der Werbeetat bringt uns um.«

Hartmut Erlenborn blickte starr geradeaus und rieb die Zähne aufeinander. »Es gibt kein Zurück. Die Brücken zum Mittelmaß sind abgebrochen. Wir werden die ersten sein – zweiter Platz wäre Niederlage, wie bei den Kennedys: *Second place is failure.* Ich werde mit den alten Siemanns und mit Barbara sprechen. Trauerjahr oder nicht – die Verlobung muß raus, und ihr Geld muß her!«

Dieser Satz fraß sich in Marianne Richters Seele fest. Mit diesem Satz schlief sie gegen Mitternacht ein. Mit diesem Satz erfüllte sich ihr Sonntag.

Ein anderer Satz ließ Kommissar Freiberg keine Ruhe. Er hatte sich nach dem verwirrenden Plausch am Swimmingpool auf dem kürzesten Weg zur Beethovenstraße abgesetzt. Hier durfte er sich eine Immunisierung durch seine studentische Hilfskraft erhoffen. Ihr Fahrrad hing mit zwei plastikbezogenen Stahlschlingen fest angeschlossen in Kopfhöhe am gußeisernen Gartenzaun. Ein untrügliches Zeichen, daß sie in ihrer mit Büchern vollgestopften Studentenbude hockte und an ihrer Dissertation arbeitete.

»Sab. Heyden – viermal tüchtig drücken«, stand mit handgeschriebenen Buchstaben auf dem Leukoplaststreifen am Klingelknopf. Er drückte – erst den Knopf und bald darauf sie. Da war nichts vom Back- und Zuckerwerk, mit dem er in den letzten Stunden zu tun gehabt hatte. Ihre dunklen Augen standen groß und klar in einem blassen Gesicht. Sie war wieder schmaler geworden. Nur das winzige Salär aus der studentischen Halbtagsstelle hielt Leib und Seele zusammen.

»Hilfskraft, da bin ich«, meldete sich der Besucher.

»Waldi, du kommst? Ich dachte, du liest meine Korrekturen. Die Zeit drängt.«

Der unausrottbare Waldi ging ihm wie immer tief unter die Haut. Sie legte absichtlich zuviel Dackel hinein. »Erst einmal drängt etwas anderes«, sagte er. »Ich komme direkt von einem nackten blonden Praliné aus dem Swimmingpool, prall wie Gott die Venus schuf oder ein Giorgione sie schlummern ließ. Und vorher war da noch eine ›Printe‹, an der schon mehrere knabbern.«

Sabine schob Walter Freiberg eine Armlänge von sich, um ihn prüfend anzusehen.

»Du scheinst verwirrt zu sein, Waldi. Das macht der Dienst, nicht wahr? Hm, der Duft! Lebenswasser war auch im Spiel. Komm mit nach oben.«

Leichtfüßig sauste sie vor ihm die Treppe hinauf.

»Hast du deinen Holzklunkern entsagt? Die haben im Treppenhaus so schön gepoltert«, rief er und versuchte vergeblich, sie in den Po zu kneifen.

»Jetzt bin ich schneller! Mokassins kann man anbehalten, wenn Waldi Bewegung braucht. Wenn ich nur wüßte, was dich zur Unzeit zu mir treibt.«

»Triebe treiben Träge nach Trakehnen.«

»Und Trampeltiere möchten transfundieren«, ergänzte sie schlagfertig. »Nur Mut, dich tröstet treu dein Trutschel.«

Erst eine halbe Stunde später kam Sabine dazu, die Kaffeemaschine anzustellen. »Papier ist geduldig«, stellte sie fest und betrachtete einige Manuskriptblätter, denen es nicht gelungen war, rechtzeitig von der Couch zu fallen. »Die werde ich neu schreiben müssen.«

»Soll ich dir helfen?«

»Doch nicht schon wieder. Ich tippe lieber selbst. Du bist gut für die Korrekturen.«

Das letzte Wort holte – klick – den anderen Satz in sein Bewußtsein zurück, den Satz, der dem Kommissar – vor Trakehnen – keine Ruhe gelassen hatte. »Mädchen«, sagte er, »hör zu! Barbara Siemann hat sich korrigiert. Erst meinte sie, den Bruder in der Frühe mit dem Dreitonner gehört zu haben. Das hat sie dann für einen Irrtum gehalten. Die Gartenpforte dürfte sie gegen zehn Uhr abgeschlossen haben. Doch nach dem Einkauf der Steaks war die Pforte wieder offen, und der Bruder war mit dem Tankwagen auf dem Wege nach Antwerpen. Verstehst du das?«

»Nein, absolut nicht – nur Bahnhof.«

»Wenn die Venus Barbara sich nun nicht geirrt hat? Die kennt doch Siemanns Fahrzeugpark und kann gewiß Motorengeräusche unterscheiden. Dann ist der Bruder Guido in der Zwischenzeit mit dem Dreitonner unterwegs gewesen. Wozu? – Wohin?«

»In deinem Kopf scheint ja wohl Chaos zu herrschen. Komm, trink den Kaffee, oder soll ich ihn dir einflößen?«

»Das könnte durchaus in der fraglichen Zeit gewesen sein.«

»Ist ja gut, Waldi. Du wirst mir schon alles später irgendwann erklären, langsam, Wort für Wort.«

»Jetzt bin ich gespannt, was die Rechtsmediziner sagen. Ob der Absturz gestern oder heute morgen passiert ist? Das müßte trotz der Auskühlung durch das Wasser doch festzustellen sein!«

Sabine schüttelte den Kopf. »Du hast eine beglückende Art, Sex und Crime miteinander zu koppeln, so richtig nett – von Mensch zu Mensch.«

Walter Freiberg strich mit den mittleren drei Fingern der linken Hand langsam über seine Stirn. »Da müssen wir ansetzen!«

Sabine wußte, was die charakteristische Geste zu bedeuten hatte. Seine Gedanken mußten ganz schnell in die Gegenwart zurückgeholt werden, sonst würde sie für den Rest des Tages nur noch sein kriminalistisches Medium sein.

»Wau! Wau!« schreckte sie ihn auf. »Ich glaube, wir sollten erst einmal Gassi gehen.«

»Ach so, ja, ja – entschuldige bitte. Auf geht's! Wir essen ein paar Tapas bei Fernando, und wollen dann mit dem Schicksal würfeln, wofür die Nacht noch gut ist.«

»So ist's brav! Die venia legendi sagt mir: Doppelt gemoppelt hält besser. Aber morgen wird Korrektur gelesen, Waldi!«

# Kapitel 10

Am Montag vor Dienstbeginn hatte es Kriminalhauptmeister Müller eilig, die Tageszeitungen in die Hand zu bekommen. Er kannte die Männer am Taxistand und stellte seinen Wagen bei ihnen vor dem Bahnhof in Bad Godesberg ab.

Ein rundes Dutzend Fahrzeuge stand aufgereiht, und einige Fahrer diskutierten in einer lockeren Gruppe wild durcheinander.

»Der Schlüssel steckt im Schloß«, rief Lupus ihnen zu. »Fahrt die Karre weiter, wenn sie euch im Wege steht.«

»He, Moment! Sucht die Kripo hier den Mörder vom Siebengebirge? Das ist ja eine tolle Geschichte in der Zeitung – oder glaubt ihr im Präsidium vielleicht, das war ein Unfall?« fragte einer von ihnen laut herüber.

Lupus antwortete überzeugend: »Wie kann ich wissen, was die Kripo denkt, wenn ich nicht lese, was die Zeitung schreibt.« Mit wenigen Schritten war er in der Abfertigungshalle und ließ sich am Zeitungsstand den General-Anzeiger, die Rundschau, Express und Bild geben. Er sah sofort, der quicke Mauser hatte journalistisch gelaicht wie ein ganzer Heringschwarm.

In seinem Wagen überflog Lupus die Berichte mit schnellem Blick. Um weiteren Fragen der fahrenden Zunft zu entgehen, gab er Gas und ordnete sich in die allmorgendliche Schlange aus lackiertem Blech ein, die Bonn 2 – Bad Godesberg – mit Bonn 1 – Mitte – verbindet. Ein kurzer Blick zu den Zeitungen auf dem Beifahrersitz, wo ihm die Schlagzeile entgegensprang: »Zerschmettert im Basaltsteinbruch!«, hätte fast zum Blechschaden geführt, als der Lindwurm beim Hochkreuz in konvulsivische Zuckungen geriet, weil es weiter nördlich an der Heussallee gekracht hatte. Mauser hätte seinen Spaß gehabt, wenn sein großer Montagsaufmacher bei Lupus als Autokleinmacher wirksam geworden wäre.

Dem Auffahrunheil entronnen versuchte dieser sich nun in seiner amtsbekannten Sangesfreude auf den zu erwartenden Bericht der Sonntagsornithologen Ahrens und Fräulein Kuhnert einzustimmen. Sein Repertoire, das allerdings über die ersten Zeilen der Strophen nur selten hinausging, war vom Ansatz her durchaus beachtlich: Die

Vöglein im Walde... kommt ein Vogel geflogen... und ein Vogel wollte Hochzeit machen... Dann entflog eine weiße Möwe weit nach Helgoland, und alle Entchen schwammen auf dem See, Köpfchen in das Wasser, Schwänzchen in die Höh. Damit war, etwas makaber zwar, aber immerhin auf einer künstlerischen Ebene, die Verbindung zum Blauen See hergestellt.

Im Präsidium wedelte Kriminalhauptkommissar Freiberg seinem Mitstreiter zur Begrüßung die Morgenzeitungen entgegen. »Hast du's gelesen? Unser Mauser ist Gold wert. Seriös im Blatt für die der Ruhe verpflichteten Bürger die sanfte Headline: ›Fehltritt im Siebengebirge!‹«

»Und«, wedelte Lupus zurück, »für die Männer auf dem Bau oder am Taxistand die Fanfare: ›Zerschmettert...‹ und so weiter... ›koppheister die Wand hinunter‹ und für die Sensiblen noch: ›Großvater und Enkel begegnen dem Tod.‹ Welche Musik in den Zeilen!«

Freiberg analysierte weiter: »Den Verdacht eines Verbrechens hat er wirklich angenehm im Text verpackt, ohne die Kripo als unbedarfte Dummköpfe hinzustellen. Was wollen wir mehr?«

»Den Täter«, stellte Lupus ohne seelische Verrenkungen fest, »wenn es die Tat gibt. – Was sagt die Rechtsmedizin?«

»Vorläufig ein ›Sowohl-als-auch‹. Keine Gewißheit einer Fremdeinwirkung, aber auch kein Ausschluß. Todeszeit: die Nacht von Freitag auf Sonnabend oder Sonnabendmorgen.«

»Das heißt?«

»Wir ermitteln wegen Mordverdacht gegen Unbekannt. – Punktum.«

»Ich habe am Sonnabend schon geahnt, daß mein Mehlpfötchen entstaubt werden muß. Du weißt, bei Mord werde ich fies. Ahrens und ich müssen mal wieder für ein paar Durchgänge in den Schießkeller.«

Freiberg nickte. »Gut so. Wer brave Zöllner in den Steinbruch kippt, der wird auch keinen Respekt vor der körperlichen Integrität von Kripoleuten haben.«

»Sehr schön akademisch formuliert. Ich möchte nur sicher sein, den Finger etwas schneller durchziehen zu können als so ein Totmacher, der anderen Leuten das Fell beschädigen will. Sonst liegt mir nichts an der Ballerei. – Aber wo bleibt unser Ahrens mit seiner Octopussy?«

»Er gibt den Fotos den letzten Glanz, und sie hilft ihm dabei. Eine halbe Stunde noch, denke ich. Entschuldige bitte einen Moment, ich muß wissen, ob der truckende Bruder dieser goldhaarigen Venus zurück ist. O Lupus, was für ein Anblick im Swimmingpool! Wie die Monroe – am ganzen Körper blond. Ich war draußen bei Spedimpex – aber das erfährst du alles später noch ganz genau.«

Das Telefongespräch kam in Sekunden zustande. Barbara Siemann war am anderen Ende der Leitung. Der Bürobetrieb lief bei ihr auf vollen Touren, wie die Hintergrundgeräusche erkennen ließen. Nichts mehr von dem lockeren Ton in der Pergola.

Ja, der Bruder sei zurück, in der Frühe. – Zum Präsidium kommen? – Er dürfe doch wohl ausschlafen nach den Strapazen der Fahrt. – Gegen 11 Uhr? Gut, das werde möglich sein. – Nein, sie selbst habe keine weiteren Erkenntnisse gewonnen, und mit Marianne Richter habe sie am Wochenende keinen Kontakt gehabt. Kommissar Freiberg dankte und legte enttäuscht auf.

»Na, die war aber zugeknöpft bis oben hin«, stellte Lupus fest. »Eurem Techtel am Pool hat wohl das richtige Mechtel gefehlt.« Bevor er sich weiteren Spekulationen hingeben konnte, stürmte Ahrens herein, gefolgt von Fräulein Kuhnert. Sie nahm sich nicht die Zeit, Tasche und Jacke an ihrem Arbeitsplatz im Vorzimmer abzulegen. Peters kam dazu.

»Bilder jeder Art und Menge, Chef«, sprudelte Ahrens los.

»Das war ein Sonntagsbetrieb auf dem Rheinhöhenweg!«

»Und sogar in den Büschen war Bewegung«, kicherte die Kommissarin im Ehrenamt. »Mein krimineller Optiker Ahrens hätte fast Prügel bezogen, als ein Pärchen merkte, daß es fotografiert werden sollte.«

»Chef, der Unfall muß sich herumgesprochen haben. Fast jeder Spaziergänger dort oben hat versucht, einen Blick in den Blauen See zu werfen. Manche sind geradezu halsbrecherisch herumgeklettert. Der Sicherungszaun ist natürlich auch wieder hin.«

»Ruf gleich bei der Feuerwehr an, die sollen ihn instand setzen. Passiert wieder was, haben wir den Ärger.«

Fräulein Kuhnert legte etwa drei Dutzend Bilder nebeneinander auf den Besuchertisch. Ahrens hatte noch am späten Abend die Filme entwickelt und in den Morgenstunden Schwarzweißvergrößerungen im Format 13 × 18 hergestellt und hochglanz getrocknet.

Lupus sah mit wachsender Aufmerksamkeit zu. »Habt ihr auch mit Stativ und Selbstauslöser gearbeitet?« fragte er hintergründig grinsend und pfiff leise den Hochzeitsmarsch. Die Kommissarin im Ehrenamt biß sofort zurück: »Wir, mein Herr, waren schließlich im Dienst an diesem Wochenende. Wir haben uns für die Gerechtigkeit verzehrt und alle freien Stunden geopfert.«

»Ihr seid wirklich liebe Flattertierchen«, beruhigte Lupus sie.

Kommissar Freiberg war von seinem Schreibtisch aufgestanden, um die Bilder zu betrachten. »Ahrens, Kompliment! Ganz vorzüglich. Du hättest Bildreporter werden sollen. Die Fotos könnten vom Mann mit dem Goldhelm sein.«

»Nun erklär mir bitte einer, was dies für unsere Ermittlungen bedeuten soll«, wollte Lupus wissen und grabbelte mit seinen eher kurz geratenen Fingern in den aufgereihten Fotos herum. »Du hast ja tatsächlich Vögel in der Luft fotografiert!«

»Nun bringt er wieder alles durcheinander«, mopste sich Fräulein Kuhnert. »Meint ihr denn, wir haben den ganzen Sonntag da oben wie die Schmalspur-Sherlock-Holmes herumgemimt? Ahrens ist Fotoprofi und schafft seine Kunstwerke, wie die Natur sie darbietet. Natürlich hat er Vögel in der Luft fotografiert – da oben an der Steilwand werden erstklassige Flugtechniken demonstriert.«

Lupus ließ seinen Blick beifällig über die Bilder gleiten. »Ich bemerke viel Liebe und Zuwendung am Wochenende in den sieben Bergen bei den sieben Zwergen. – Mord und Todesstürze gibt es nur an Werktagen, wie mir scheint.«

Ahrens setzte gerade an, die Stimmung am Rheinhöhenweg zu verdeutlichen, als ihn Kommissar Freiberg mit einem Satz zum Besuchertisch beiseite fegte. Seine nach vorn schießende Hand brachte die Ordnung vollends durcheinander.

»Und was ist das?« brüllte er los, in dem er ein Bild hochhielt. »Wie kommt die denn dahin?«

Ahrens und Fräulein Kuhnert fuhren erschreckt hoch – sie waren sich keines Fehlverhaltens bewußt.

»Verdammt noch mal, kann mir einer sagen, was die da zu suchen hat? Das ist doch ein dicker Hund!« Freiberg war ganz aus dem Häuschen.

»Chef«, versuchte Ahrens zu erklären, »ich sollte ja nur die Typen fotografieren, die sich auffällig verhalten. – Aber das ist so eine Sache. Man weiß vorher nicht, was die wollen. Plötzlich springen sie am Steilhang herum und sind auch mit dem 200er Tele nicht mehr von vorn zu packen. Wie Sie sehen, habe ich von einigen nur die Rückenansicht erwischt. – Ich habe dann systematisch alles geschossen, was sich da oben gezeigt hat – mehr Film, mehr Makulatur, aber auch mehr Möglichkeiten.«

Kommissar Freiberg blieb bei seiner Hochstimmung. »Ich könnte euch umarmen, Kinder!«

Die Verwirrung der beiden wurde nicht geringer.

»Das schaffen die schon bilateral ohne deine Amtshilfe, Chef«, warf Lupus ein.

Doch Freiberg ereiferte sich weiter. »Wißt ihr, wer das ist?«

»Wir kennen leider nicht jeden besseren Herrn im sportlichen Sonntagsdreß und die Damen mit der richtigen Oberweite«, stellte Lupus ungerührt fest. »Jedenfalls solange nicht, wie sie lebendig herumlaufen und lieblich miteinander turteln.«

Freiberg schwenkte das Bild, als habe er im richtigen Moment ein As aus dem Ärmel gezogen.

»Ahrens, was war los mit den beiden?«

Der zuckte die Schultern. Aber Fräulein Kuhnert wußte Antwort: »Begrabscht hat der Mann die Puppe und dauernd auf sie eingeredet. Sie hat ihn dann an den Zaun gezogen und immer wieder in den Blauen See gewiesen. Er hat sich aber nicht beirren lassen und sie ganz schnell wieder unter seine Fittiche genommen – und dabei immerzu geredet. Schließlich hat sie ihren Kopf an seine Schulter gelegt. So sind sie heiter in Richtung Kuckstein gezogen.«

»Was du alles siehst«, wunderte sich Ahrens.

»Wer so blond und schön ist, der fällt eben auf.«

»Und, Chef, was scheucht dich so hoch?«

»Das Praliné, Lupus, mein Praliné aus dem Swimmingpool. Das ist Barbara Siemann.«

»Kein Wunder, die war einfach neugierig. Du hast ihr doch alles ganz genau erzählt. Ihr Galan hatte wohl andere Wünsche, als in ein steinernes Loch zu starren.«

»Du magst recht haben«, erwiderte Freiberg und konnte seine Enttäuschung über die einfache Erklärung nicht verhehlen. »Aber wissen möchte ich doch, mit wem die Dame dort am Tatort promeniert hat.«

»Bestimmt kein Problem. Das wird uns um elf Uhr Bruder Guido erklären.«

Freiberg nickte. »Wir sollten uns auch die anderen Bilder genauer ansehen.«

Lupus dozierte: »Den Täter zieht es immer wieder an den Ort der Tat zurück. – Wer sich den Quatsch wohl ausgedacht hat? Gibt es dazu eine Lehrmeinung?«

Freiberg zuckte mit den Schultern. »Bei Brandstiftung dürfte die These einigermaßen erwiesen sein. Schon mancher mutwillige Feuerwehrmann hat fleißig gezündelt, damit er an der Brandstelle durch besonderen Eifer glänzen konnte. Aber bei Mord und Totschlag? Ich glaube nicht.«

Die übrigen Hochglanzprodukte hatten auch ihren Reiz. Da sah man Halbwüchsige an der Steinbruchkante herumturnen und sich beim Blick nach unten die Gliedmaßen verrenken. Ein distinguiert wirkender Spaziergänger im Sonntagsstaat löste ungeniert einige Maschen des Schutzzaunes, um die Durchtrittsöffnung zu erweitern. Den hätte die Ordnungsbehörde aufgrund der beiden Dokumentarfotos von Ahrens für den angerichteten Schaden sofort und ohne Beweisnot in Regreß nehmen können. Eine mit viel Mut, aber offensichtlich wenig Verstand versehene junge Frau schob ihren drei- bis vierjährigen Sprößling durch das Loch im Zaun. Ein weiteres Bild zeigte, wie Mutter und Kind Hand in Hand zum Blauen See hinunterstarrten, kaum einen halben Meter von der tödlichen Absturzkante entfernt.

Einer, der es ganz genau wissen wollte, lag bäuchlings wie Grand-Père und der Notarzt auf dem Boden und suchte den Steinbruch mit dem Fernglas ab. Sein Gesicht war nicht zu erkennen. Als Freiberg das Bild nahm, erklärte Ahrens: »Das ist so ein Fall. Erst harmloser Spaziergänger, plötzlich liegt er auf dem Bauch und stiert nach unten. Ich habe ihn nicht besser erwischen können.«

»Schon gut«, sagte Freiberg. »Der wird seine Neugier bei der chemischen Reinigung des Anzugs bezahlen müssen. Mensch, Ahrens, deine Flugstudien aus der Vogelwelt sind große Klasse.«

Ahrens lächelte stolz. »Was da alles herumfleucht – Buntspechte, Schwarzspechte, Bussarde, Turmfalken, Schwalben. Wunderschöner Segelflug im Luv des Westhanges. Könnte mein neues Hobby werden: Ornithologe mit dem Tele im Siebengebirge.«

»Doch nun zu des Lebens tödlicher Seite«, unterbrach Freiberg den Ausflug in die heile Welt. »Lupus, fahr mit Peters mal fix rüber zum Zollamt. Ein paar nette Worte mit dem Vertreter von Klatte und alles aus dem Dienstzimmer mitbringen, was für uns nützlich sein könnte, einvernehmlich natürlich und gegen Quittung. Vergeßt nicht, unter die Schreibtischunterlage zu sehen. Da liegen oft Zettel mit persönlichen Notizen, die bei einer Durchsuchung manchmal übersehen werden.«

## Kapitel 11

Die morgendliche Frühbesprechung mit den anderen Kommissariaten hatte keine neuen Erkenntnisse gebracht. Kurz nach elf klopfte es an der Vorzimmertür. Kommissar Freiberg hörte, wie das Schreibmaschinengeklapper abbrach und Fräulein Kuhnert sich mit einem Besucher unterhielt. Freiberg hatte – Dienst hin, Dienst her – das Manuskript seiner studentischen Hilfskraft auf dem Schreibtisch liegen, um die am Sonntag zu kurz gekommenen Lektorpflichten im Rahmen seiner Fünfzig- bis Sechzig-Stunden-Woche nachzuholen. Hätte es die vielgepriesenen Rechte der 35-Stunden-Woche bei vollem Lohnausgleich schon gegeben, wäre ihm die Gewissensfrage erspart geblieben, ob sein Verhalten dienstrechtlich zu beanstanden sei. Doch er hielt nichts von der Rechenschiebermoral. Auch seine Mörder hielten sich nicht an tariflich gesicherte Arbeitszeitregelungen. Freiberg fühlte sich reif genug, seine Dienstpflichten selbst zu definieren.

Jetzt legte er die Manuskriptblätter in die Mappe zurück und sah Fräulein Kuhnert entgegen, die ins Zimmer trat und die Tür hinter sich schloß.

»Herr Freiberg, ein Riese ist da und will Sie sprechen. – Mein Gott«, seufzte sie anerkennend, »was für ein Bongo von einem Mann – und der sieht dabei auch noch gut aus.«

»Guido Siemann, vermute ich«, half der Kommissar nach.

Sie nickte. »Solch einen Typen gibt es im ganzen Präsidium nicht.«

Freiberg stand auf. »Keine Angst, Fräulein Kuhnert. Wir werden ihn schon bändigen.«

Sie bat den Besucher herein.

Guido Siemann füllte den Rahmen der Tür. Schon durch seine Statur wirkte er selbstbewußt. Er war sorgfältig rasiert, seine kurzgeschnittenen strohblonden Haare lagen rechts gescheitelt fest am Kopf. Er trug ein feinkariertes offenes Hemd und einen modischen Sommer-Blouson, eine helle Gabardinehose und schlichte Halbschuhe. Nur die Unruhe seiner von der Handwurzel her kräftig behaarten Hände verriet eine gewisse Nervosität.

Der Hauptkommissar nannte seinen Namen und bat Platz zu nehmen. Fräulein Kuhnert hatte sich an den kleinen Beistelltisch gesetzt und den Stenoblock bereitgelegt. Sie würde das Zimmer nur verlassen, wenn ihr Chef das unauffällige Handzeichen gab.

»Wir ermitteln in einer Unfallsache, Herr Siemann. Sie werden von Ihrer Schwester wissen, worum es geht«, eröffnete Freiberg das Gespräch.

»Ja, so ungefähr. Da ist einer vom Zoll in den Blauen See gestürzt. Aber was soll ich damit zu tun haben?«

»Nichts – wie ich hoffe«, sagte der Kommissar. »Wir befragen alle, die Werner Klatte gekannt haben.«

»Mit dem hatte ich noch nichts zu tun. Der ist erst seit ein paar Wochen Chef des Zollamts Beuel. Die Abfertigung der TIR-Transporte erledigen ohnehin die unteren Dienstgrade. Die Amtschefs haben wohl andere Interessen.«

»Tiertransporte?« wunderte sich Freiberg. »Etwa Lebendvieh?«

Guido Siemann zeigte ein überlegenes Lächeln. Da schien er ja an einen ziemlich unbedarften Polizeimenschen geraten zu sein. Gönnerhaft klärte er sein Gegenüber auf: »Richtig müßte es T-Punkt, I-Punkt, R-Punkt, buchstabiert werden, oder zu gut deutsch ›Transport Internationale de Marchandise par la Route‹. Das sind Fahrten unter Zollverschluß ohne Kontrollen an der Grenze. Abgefertigt wird bei den Binnenzollämtern.«

Freiberg dankte für die Auskunft. Dabei wußte er, daß dieses Mißverständnis vernehmungstaktisch für ihn ein dicker Pluspunkt war. Guido würde, um seine Überlegenheit zu demonstrieren, nicht mehr übermäßig zurückhaltend sein.

»Sie haben gewiß große internationale Speditionserfahrung?«

»Und ob«, erwiderte Guido Siemann selbstbewußt. »Ich selbst fahre Benelux und Frankreich. Auch die Korrespondenz läuft über meinen Schreibtisch. Vom Sohn des Chefs wird erwartet, daß er sich die Nachfolge erdient. Sprachen habe ich erst nach dem Abitur richtig gelernt. Englisch, Französisch, Niederländisch – das braucht man in unserer Branche.«

»Da Sie nun kein Viehhändler sind – es gehört zwar nicht zum Thema –, aber was läuft so alles in Ihrem Geschäft? Ich lerne gern vom Fachmann dazu.«

»Fracht jede Menge. Keine Umzüge, dafür Stückgut, Container, Lebensmittelkonserven, ja – und dann die Tankfahrzeuge.«

»Heizöl, Diesel-Kraftstoff, oder was sonst?«

»Doch nicht das stinkige Zeug! Wir sind spezialisiert auf Chemikalien und Brennweine.«

»Wenn ich nun wieder dumm frage, dürfen Sie getrost laut lachen«, meinte Freiberg. »Brennweine? Für wen und was ist das genau? Für die Schnapsdestillation, nicht wahr?«

»Sehr richtig. Aber Schnaps, dieses Allerweltswort für Brandy aus Kartoffeln und Getreide hören die Weinbrenner nicht so gern. Unser Hauptauftraggeber ist übrigens Erlenborn.«

»Sie sind ja auch miteinander verwandt«, warf Freiberg ein. Guido Siemann sah erstaunt auf. »Ach, das wissen Sie? Nur angeheiratet. Hartmut Erlenborn hatte die Schwester meiner Mutter geheiratet. Aber Sonja ist gestorben.«

»Das dürfte etwa ein Dreivierteljahr her sein«, ergänzte Freiberg.

Guidos Blick zeigte Unruhe. »Das wissen Sie auch?«

»Nur zufällig, ganz zufällig. Aber noch mal zu den Brennweinen. Erlenborn ist doch mit Kräuterlikören und Doppelkorn auf dem Markt. Keine Illustrierte, kein Bundesligaspiel und kein Werbefernsehen ohne Erlenborn-Doppelkorn.«

»Es handelt sich um zwei verschiedene Produktionsbereiche«, erläuterte Guido. »Der Weinbrand läuft unter dem Traditionsnamen Samson. Das war die Feindestille unseres Großvaters. Alles andere läuft unter Erlenborn. Zu Urgroßvaters Zeiten wurde noch ›Samson-Cognac‹ gebrannt. Der soll dieselbe Qualität gehabt haben wie der Weinbrand von heute.«

»Den Namen ›Cognac‹ zu führen, haben uns die Franzosen im Versailler Friedensvertrag verboten«, wußte Freiberg noch aus einem sonst vergessenen Seminar. »Da wir besonderes Talent haben, unsere Kriege zu verlieren, soll es dabei wohl bleiben. – Aber der Weinbrand aus deutschen Landen ist auch nicht zu verachten.«

»Zumal dann nicht«, erklärte Guido, »wenn Erlenborn dafür die besten Weine der Charente einkauft. Der Trunk muß nur zu 85% hier destilliert und verarbeitet werden und schon wird daraus ein echter deutschen Weinbrand. Lagern muß das Zeug wenigstens sechs Monate in Eichenfässern, die besseren Sorten mindestens ein Jahr.«

»Sie kennen sich gut aus. Kein Wunder bei einem Samson-Sproß«, lobte Freiberg und vergewisserte sich nochmals: »Also kein deutscher Wein und auch keine germanische Eiche erforderlich?«

»Bestimmt nicht. Aber wenn Sie mehr wissen wollen, können Sie ja bei Erlenborn nachfragen.«

»Und wie ist es mit dem Doppelkorn?«

»Ich weiß nicht, ob da Brennrechte bestehen. Jedenfalls bezieht die Firma jede Menge Alkohol von der Bundesmonopolverwaltung.«

»Und den transportieren Sie auch?«

»Na klar! Wir fahren aber auch für andere Schnapshersteller.«

Freiberg sah, daß sich die Tür ein wenig öffnete. Lupus schaute um die Ecke und wollte sich sofort wieder zurückziehen.

»Nur herein! Wir können unser Gespräch auch zu dritt fortsetzen. Darf ich bekannt machen: Mein Mitarbeiter Kriminalhauptmeister Müller – Herr Siemann.«

Lupus nickte kurz und nahm seinen Stammplatz neben der Tür ein.

Freiberg wandte sich wieder Guido Siemann zu: »Entschuldigen Sie, ich springe mit meinen Fragen dauernd hin und her. Mit dem Zollamtmann Klatte haben Sie dienstlich nichts zu tun gehabt – aber Sie kannten ihn doch privat?«

»Kennen ist zuviel gesagt, ich habe ihn nur per Zufall in der ›Old-Sound-Disco‹ getroffen und ein paar Worte mit ihm gewechselt. Ich bin dann bald mit, na ja, einer Freundin in den Rockschuppen in der Nordstadt gezogen.«

»Mit Marianne Richter«, stellte Freiberg fest.

»Das wissen Sie auch schon wieder!« Guidos Äußerung deutete wachsendes Unbehagen an.

»Ihnen muß doch sehr schnell deutlich geworden sein, wie gut sich Ihre Freundin Marianne und Klatte von Aachen her kannten?«

»Viel zu gut«, rutschte es Guido heraus.

Freiberg heizte noch mehr an: »Es ist wohl kein so gutes Gefühl, wenn man tagelang am Steuer sitzt und sich vorstellt, daß die Freundin daheim ihre Vergangenheit wiederentdeckt.«

»Diese Schnalle! Aber jetzt, wo Sie es auch sagen, bin ich sicher – die hat mit mir den Molly gemacht. Ich habe es nicht glauben wollen, was unsere Packer mir unter die Nase gerieben haben.«

»Nun ist Ihnen Klatte ja nicht mehr im Wege«, stellte Freiberg sachlich fest.

Lupus überlegte laut: »Vielleicht hat jemand dem Schicksal auf die Sprünge geholfen?!« Und er fügte hinzu: *»Cui bono?«*

Guido Siemann fuhr herum. »Ich habe Latein gelernt – wenn auch schlecht. Cui bono? – Wem nützt es? Was wollen Sie mir da anhängen?«

»Nicht gleich so empfindlich«, wiegelte Freiberg ab. »Wie ging es weiter in der Disco?«

»Meine Schwester hat sich auch in diesen Klatte verknallt. Was macht denn diesen Zöllner bloß so anziehend? Barbara ist nicht zu bremsen, wenn der richtige Kerl auftaucht. Dabei hätte sie allen Grund, etwas zurückhaltender zu sein. Na ja, mein Bier ist das nicht.«

Freiberg dachte an die Aufforderung der blonden Venus, daß die Polizei im Adamskostüm mal zeigen solle, was sie vom Vermummungsverbot hält, und mußte lächeln.

»Jetzt sind meine Gedanken schon wieder bei einem anderen Punkt. Sie sind doch am Sonnabend ziemlich früh gestartet?«

»Ja, ich war in Antwerpen und habe Brennwein geholt. Diesmal nicht aus der Charente, sondern vom Großhändler.«

»Und für wen?«

»Auch für Erlenborn. Der billige Weinbrand muß ja den Massenumsatz bringen. Danach sind auch die Lagertanks für den Brennwein ausgelegt. Das sind mächtige Zisternen, die fassen glatt eine Viertel Million Liter.«

»Mit welchem Fahrzeug waren Sie unterwegs?«

Guido Siemann schüttelte den Kopf. »Mit dem großen Tankwagen natürlich – nicht mit 'nem Pritschenwagen.«

»Ein Dreitonner schafft aber doch nichts.«

Guido schob die Finger beider Hände ineinander und zuckte zusammen, als die Gelenke knackten. »Wer spricht denn von drei? Der Tankwagen bringt achtundzwanzig Tonnen auf die Achsen bei rund zwanzigtausend Liter Zuladung.«

»Das mag ja sein«, bohrte Kommissar Freiberg weiter, »aber Sie sind zwischen sechs und sieben Uhr mit dem Dreitonner weggefahren. Das sollten Sie uns mal erklären.«

»Wer sagt denn so etwas?«

»Wir haben eben präzise Informationen«, warf Lupus ein, ohne den Hintergrund der Frage seines Chefs zu kennen. »Und wir werden sofort mißtrauisch, wenn unsere Fragen mit Gegenfragen beantwortet werden. Sie sind hier bei der Kriminalpolizei, Herr Siemann. Wir fragen – und Sie antworten. Das sind die Spielregeln.«

Guido überlegte und antwortete aufsässig: »Ich bin mit dem Tankwagen losgebrummt und auch wieder angekommen, sonst säße ich ja wohl nicht hier und müßte mir solche Fragen gefallen lassen.«

»Jedenfalls sind Sie mit dem Dreitonner zwischen sechs und sieben Uhr vom Hof gefahren, zwischen neun und zehn Uhr zurückgekommen und dann mit dem Tankwagen auf Strecke gegangen. Was haben Sie dazu zu sagen?«

»Pah – was Sie da erzählen! Wissen möchte ich, von wem Sie das alles haben.«

»Nun mal langsam und keine Aufmüpfigkeit. Sie können von uns aus fahren, wie Sie wollen, wann Sie wollen und mit jedem Fahrzeug wohin Sie wollen. Aber hier möchte ich eine eindeutige Aussage haben. Was war mit der Fahrt zwischen sechs und sieben? Das geht jetzt ins Protokoll!«

»Wer uns an der Nase herumführen will, der hängt sich eines Tages an seiner eigenen Leine auf«, stieß Lupus noch einmal nach.

Freiberg spürte, daß Guido Siemann nach einer Antwort suchte. Ihm durfte jetzt keine Gelegenheit für Ausflüchte gelassen werden. »Wir haben Sie nicht zu einem Plauderstündchen hergebeten. Sie sollten sich Ihre Worte genau überlegen, auch wenn dabei ein kleines Privatgeschäft zutage kommt.«

»Wer in Discos locker ein paar Blaue springen lassen kann«, warf Lupus ein, »der dürfte einem kleinen Nebenverdienst nicht abgeneigt sein.«

»Wer hat denn das der Kripo in die Zähne gehängt?«

»Sie fragen zuviel. Sie sollten lieber antworten.« Kommissar Freiberg sprach leise, aber deutlich. »Wissen Sie eigentlich, bei welchem Kommissariat Sie sich befinden?«

Guido Siemann schaute auf. »Unfall oder so, denke ich.«

»Sie sind beim 1. Kommissariat, Tötungsdelikte. Also jetzt keine Ausflüchte mehr.«

»Mordkommission?« Guido sah erst den Kommissar, dann Lupus und schließlich mit einer Wendung des Kopfes auch Fräulein Kuhnert an. »Was soll das bedeuten?«

Freiberg richtete sich auf. »Daß unsere Fragen ernst gemeint sind, verdammt noch mal! Also jetzt: Was war mit dem Dreitonner zwischen sechs und sieben?«

Guido versuchte ein Lächeln und schob seine Finger noch fester ineinander. »Eine kleine Gefälligkeit nur. Ich habe für einen Bekannten einiges transportiert.«

Lupus kannte sich aus. »Ein Rad für den Fahrer, nicht wahr? Ohne Firma, ohne Bücher, ohne Chef und ohne Steuern.«

Guido nickte.

Freiberg zeigte Verständnis. »Warum haben Sie das nicht gleich gesagt? Ich mag Finanzämter auch nicht so besonders gern. Die sollen ihr Problem selbst lösen.«

»Na ja«, sagte Guido erleichtert, »weiß ich, was Sie mir daraus für einen Strick gedreht hätten.«

Eher beiläufig hakte der Kommissar noch nach: »Und wohin ging die Reise?«

»Nach Holtorf.«

Lupus wußte nicht, ob sich sein Chef, der ja noch nicht lange in Bonn war, schon mit der näheren Umgebung vertraut gemacht hatte, und erklärte: »Andere Rheinseite, Siebengebirge, auf dem Ennert am Rande vom Staatsforst. Durch den Wald ist man schnell am Rheinhöhenweg.« Dann fügte er nach einer kurzen Pause hinzu: »Nicht weit vom Blauen See.«

Kommissar Freiberg blickte auf. »Nun möchte ich aber doch ganz gern wissen, was Sie transportiert haben, für wen und wohin.«

Guidos Finger knackten wieder. Er schien auf seinem Stuhl nicht mehr bequem zu sitzen. Einige Schweißperlen zeigten sich auf seiner Stirn. »Ach, das hat mit Ihrem Fall nichts zu tun. Darüber möchte ich nicht so gerne sprechen.«

Freiberg lehnte sich zurück. »Nun, ich warte auf Ihre Antwort.«

Fräulein Kuhnert schob ihren Schreibblock zurecht und drehte den grünen Stenostift zwischen Daumen und Zeigefinger. Sie wußte, jetzt wurde es ernst.

»Ich bin zu keiner Aussage verpflichtet«, versuchte Guido auszuweichen.

»Nun sagen Sie nur noch, Sie wollen erst mit Ihrem Anwalt sprechen«, fuhr Lupus auf. »Nehmen Sie doch Vernunft an! Der Hauptkommissar hat Ihnen deutlich genug gesagt, daß wir nicht scharf darauf sind, in Ihren Nebengeschäften herumzustochern. Wir wollen nur unsere Fragen beantwortet haben.«

»Schweigen ist nicht immer Gold«, sagte Freiberg und sah Guido eindringlich an. »Ihr Schweigen macht Sie verdächtig. Ich will nicht lange drum herumreden. Zu der Zeit, als Sie in Holtorf gewesen sein wollen, wurde Zollamtmann Klatte getötet und in den Blauen See gestürzt. Bitte schauen Sie her. Ein Blick auf die Karte läßt erkennen, wie nahe die Orte beieinander liegen.«

Fräulein Kuhnert erhob sich, um den Blick auf die amtliche Stadtkarte zwischen den Türen freizugeben.

»Um Himmels willen, Sie können mir doch keinen Mord anhängen, nur weil ich zufällig dort draußen war«, wehrte sich Guido. »Ich habe doch Ihren Klatte nicht umgebracht.«

Kommissar Freiberg ließ nicht locker. »Warum waren Sie in Holtorf – und bei wem?«

Guido Siemann schwieg.

»Mensch, reden Sie. Dann rufen wir dort an, und Sie haben in fünf Minuten ein Alibi.«

»Ich kann nichts sagen, das ist ganz unmöglich. Ich habe mit Klattes Tod nichts zu tun. Sie müssen mir glauben.«

»Kontrolle ist besser«, sagte Lupus. Seine Geduld erschöpfte sich schnell. »Reden Sie endlich – schweigen Sie sich nicht um Kopf und Kragen. Holtorf ist ein nettes kleines Dörfchen. Dort konnten Sie mit dem Lkw nicht unbemerkt geblieben sein – wenn Sie überhaupt dort waren. Das haben wir in einer halben Stunde mit zwei Streifenwagen geklärt.«

Freiberg fuhr mit dem Finger über die Karte im Maßstab 1 : 15 000. »Kaum mehr als zweitausend Meter, keine fünf Minuten mit dem

Lkw, oder bestenfalls fünfzehn Minuten Fußmarsch von dort bis zum Tatort. Kommen Sie, setzen wir uns wieder. Oder fällt Ihnen erst in der Untersuchungshaft etwas mehr ein?«

»Der Tatverdacht für Mord oder Totschlag aus Eifersucht ist gegeben. Ort und Zeitpunkt sind klar«, erklärte Lupus eiskalt. »Fräulein Kuhnert, holen Sie doch bitte die Vordrucke für vorläufige Festnahme und Antrag auf U-Haft. Dieses Spiel muß ein Ende finden.«

»Nein – nein, ich kann nichts sagen.« Guido schüttelte verzweifelt den Kopf. »Das war mehr eine Gefälligkeit. Ich will keinen anderen in die Pfanne hauen.«

»Herr Siemann, meine Geduld ist zu Ende!« Kommissar Freiberg schlug mit der flachen Hand auf den Tisch. »Ich gebe Ihnen noch drei Minuten – danach sind unsere Streifenwagen unterwegs. Wir werden den Dreitonner für die Spurensicherung beschlagnahmen, und Sie landen in Untersuchungshaft. Was dann bei Spedimpex los sein wird, können Sie sich hoffentlich vorstellen.«

»Das kann nicht Ihr Ernst sein.«

»Noch zwei Minuten!«

»Mein Gott, verstehen Sie doch. Ich will nicht andere reinreißen. Es geht mir nicht darum, daß ich selbst auf die Schnauze falle. Aber ich kann doch einem Beamten wegen so einer Bagatelle nicht die ganze Karriere versauen. Verstehen Sie das doch.«

»Eine Minute noch, genau eine!«

Guido Siemann knetete seine Finger. Die Schweißtropfen an der Stirn begannen zu laufen.

»Warum wollen Sie mich so fertigmachen?«

»Wir wollen die Wahrheit – sonst nichts. Ein Mensch wurde umgebracht.« Kommissar Freiberg sah noch einmal auf die Uhr. »Also Schluß jetzt – die Zeit ist um.«

Guido gab sich einen Ruck. »Ich habe Kaminholz für einen Oberregierungsrat Altmann besorgt. – Aber, bitte, rufen Sie ihn nicht an.«

»Himmel, warum dann dieser ganze Zirkus, wenn das alles ist. Oder haben Sie das Holz etwa geklaut?«

Guido nickte: »Ja.«

»Wußte dieser Oberregierungsrat davon?«

»Ich sage nichts.«

»Hat er Sie angestiftet und den Tip geliefert?«

»Ich sage nichts – gar nichts.«

»Verdammt und zugenäht! Wo haben Sie das Holz gestohlen?«

Guido stand die nackte Verzweiflung im Gesicht.

»Im Staatsforst.«

»Der ist groß. Wo genau?«

Guido sackte zusammen. »Jetzt bin ich erledigt. Am Rheinhöhenweg am Blauen See.«

»O nein!« Ein leiser Ausruf des Erschreckens war von Fräulein Kuhnert zu hören.

»Mann Gottes«, sagte der Kommissar, »wo sind Sie nur hineingeraten – und wie wollen Sie da wieder herauskommen?«

»Mensch«, äußerte sich Lupus, »mit Ihnen kann man ja Mitleid haben – oder hat Sie Klatte vielleicht ganz zufällig bei der Holzabfuhr erwischt?«

Kopfschütteln, Schweigen, ein leises: »Nein.«

Freiberg formulierte seine nächste Frage langsam.

»Der Tote trug einen grünen Trainingsanzug. Haben Sie ihn vielleicht für einen Polizeibeamten gehalten, für einen Förster oder für einen Grenzschützer? Die trimmen sich ja auch auf dem Ennert. Oder haben Sie ihn wiedererkannt als den Mann aus dem ›Old-Sound‹, der Ihnen bei Marianne Richter in die Quere gekommen ist und der sich an Ihre Schwester herangemacht hat?«

Guido schüttelte den Kopf. »Sie glauben mir doch nicht. Da war zu der Zeit niemand. Die drei Raummeter Holz hatte ich in wenigen Minuten aufgeladen. Als ich zurückfuhr, habe ich unterhalb auf dem Parallelweg einen Wanderer im dunklen Anorak gesehen. Der hat aber von meiner Aktion nichts gemerkt.«

»Waren Sie wirklich allein?«

»Ja, nur beim Abladen hat Herr Altmann kurz geholfen.«

»Was hat das Geschäft eingebracht?«

»Dreihundert Mark.«

»...und lebenslänglich«, ergänzte Lupus. »Sie waren allein. Klatte war allein auf seinem Trimmkurs. Er hat Sie erkannt. Dann haben Sie Ihre Muskeln spielen lassen – und es gab keinen Zeugen mehr. Außerdem waren Sie einen Rivalen bei Marianne Richter los. – Das paßt doch alles zusammen, selbst wenn der Zufall dabei eine Rolle gespielt haben sollte.«

Ein Zittern ging durch Guido Siemanns Körper. »Ich habe es geahnt, daß diese Frau nur Unglück bringt. Jetzt ist ihr Liebhaber aus

Aachen tot, und ich bin auch erledigt.«

Freiberg drängte weiter: »Haben Sie mit Marianne Richter wegen Klatte Streit gehabt?«

Guido zögerte mit der Antwort.

Freiberg griff zum Telefonhörer. »Wollen Sie lieber, daß ich sie Ihnen gegenüberstelle? Die Dame haben wir gleich hier.«

»Nein, lassen Sie. Es ist alles hoffnungslos. – Ja, wir haben uns gestritten.«

»Und Sie haben gedroht, es dem Klatte mal richtig zu zeigen. Dann war die Situation plötzlich da, und Sie waren der Stärkere.«

Kopfschütteln – Schweigen.

Lupus fühlte, daß dieser Fall kein tückischer Mord sein konnte. »Mensch, Sie tun mir leid«, wiederholte er. »Los, erzählen Sie, wie es gewesen ist. Vielleicht war es ein Totschlag, vielleicht nur Körperverletzung mit Todesfolge, und Sie haben das Opfer in den See geworfen, als Sie gemerkt haben, was Sie mit Ihren Kräften angerichtet hatten.«

»Herr Siemann«, fragte Kommissar Freiberg förmlich, »wollen Sie einen Anwalt beiziehen, bevor Sie weiter aussagen?«

Guido saß zusammengesunken, mit hängenden Schultern auf dem Besucherstuhl und schüttelte immer wieder den Kopf.

»Nein, ich brauche keinen Anwalt – ich habe nichts zu gestehen. Nur Holz habe ich geklaut. Dafür können Sie mich doch nicht lebenslang hinter Gitter bringen. Dafür können Sie doch nicht mein ganzes Leben zerstören. Was kann ich denn noch anderes tun, als die Wahrheit sagen?«

»Etwas vielleicht noch: die ganze Wahrheit sagen, die ganze«, ermahnte Freiberg.

»Ich weiß nicht weiter, ich bin erledigt. Ein paar verbotene Nebengeschäfte würde der alte Herr mir verzeihen, einen Menschen zu töten – niemals.« Guido hob seine starken Hände und sah sie an. »Damit? Niemals würde ich einen Menschen umbringen – niemals!«

Hauptkommissar Freiberg stand auf und gab seinem Mitarbeiter ein Zeichen. »Herr Siemann, Sie bleiben bitte im Raum. Wir sind gleich zurück. – Fräulein Kuhnert, vielleicht wollen Sie lieber mitkommen?«

»Nein, ich bleibe hier«, kam die Antwort. Sie hatte keine Angst, mit Guido Siemann allein zu sein.

Auf dem Gang sagte Lupus leise: »Chef, der Mann kann einem tatsächlich leid tun. Der ist vollkommen erledigt.«

»Richtig erledigt wäre er erst, wenn wir ihn einsperren würden.«

»Nun sag bloß, du willst ihn laufenlassen.«

»Wir haben kein Geständnis und auch nicht den letzten Beweis, daß unsere Theorie stimmt.«

»Also, wenn das nicht reicht! Tatort, Tatzeit, doppeltes Motiv und die Möglichkeit zur Ausführung der Tat. Wir können doch nicht die Eichhörnchen oder Bussarde befragen, ob sie den Zweikampf beobachtet haben. Was sollen wir denn noch mehr ermitteln? Da gibt es keine Zeugen. Der Knabe wird schon gestehen, wenn er das Gefühl hat, daß ihm die Decke der Gefängniszelle auf den Kopf fällt.«

»Lupus, wenn es nun doch ein Unfall war, oder wenn es einen Dritten gab? Dann haben wir einen jungen Menschen ruiniert, von der Firma und den Angehörigen ganz abgesehen.«

»Es tut mir leid, Chef, aber der muß festgenommen werden. Jeder Richter wird uns den Haftbefehl unterschreiben.«

»Ich weiß, Lupus, ich weiß es. Das läuft glatt, wenn wir den Sachverhalt so präsentieren, wie er sich darstellt. – Aber muß das sein – muß es wirklich sein?«

»Chef, wir haben auch Amtspflichten!«

»O ja, wir haben einen Diensteid geleistet. Aber dazwischen liegt noch etwas. Das eigene Gefühl, das Gewissen, oder weiß der Teufel, was das ist.«

»Deine Skrupel machen dich noch kaputt. Die Polizei kann doch nicht die Last der Gerechtigkeit allein tragen. Ganz egal was wir tun – irgendwer wird immer da sein, der es besser gewußt hätte und auf uns einprügelt – und wir prügeln auch.«

»Jedes Wort, was du sagst, stimmt, Lupus. Und doch – ich werde Siemann nicht festnehmen.«

»Der hat mehr auf dem Kerbholz, als wir wissen. Das ist kein so harmloser Bubi. Das viele Geld kommt doch nicht nur von ein paar Kaminholzfuhren. Bei dem läuft nicht nur ein Rad für den Fahrer. Da läuft mehr!«

»Mag alles stimmen, Lupus, aber Mord und Totschlag ist ein anderes Ding. Ich werde ihn nicht festnehmen. Vielleicht kann er uns bei den weiteren Ermittlungen nützlich sein.«

»Die wird es wohl nicht geben. Wir haben alles in der Hand, um den Fall abzuschließen und die Sache dem Staatsanwalt oder dem Untersuchungsrichter vorzulegen.«

»Lupus, ich kann nicht anders. Beschlossen und verkündet: keine Festnahme. Noch nie habe ich das gemacht, was jetzt kommt, aber du sollst den Rücken frei haben. Ich erteile dir hiermit die dienstliche Weisung, deine abweichende Meinung in einem Aktenvermerk niederzulegen. Der bleibt bei den Akten, wenn ich unrecht habe. Im anderen Falle machen wir einen Fidibus daraus.«

»Mensch, Walter, muß das sein? Das geht mir unter die Haut!«

»Es gibt noch einen anderen Weg. Du kannst dich über mich beim Gruppenleiter, beim Chef der Kripo oder beim Präsidenten beschweren und eine andere Entscheidung erbitten.«

»Walter, entschuldige, jetzt spielst du total verrückt. Ich will doch keinen Persilschein von dir haben.«

»Keine weitere Diskussion – meine Weisung gilt!«

Sie kehrten ins Dienstzimmer zurück.

Guido Siemann hockte apathisch auf dem Stuhl. Fräulein Kuhnert hob die Schultern und gab zu verstehen, daß kein Gespräch stattgefunden hatte.

Freiberg ging zum Fenster und sah noch einmal zu den Hängen des Ennert hinüber. Grell hoben sich die Steinbruchwände von den grünen Höhen des Siebengebirges ab. Das Hotel Petersberg und der Drachenfels standen klar gegen den Himmel. Guido sah zögernd auf, als der Kommissar das Wort an ihn richtete.

»Sie wissen, was wir erwägen mußten?«

»Untersuchungshaft?«

Fräulein Kuhnert versuchte die Gedanken ihres Chefs zu erahnen. Wie sie ihn kannte, hätte er jetzt kurz und knapp seine Entscheidung verkündet, wenn er sich zur Festnahme entschlossen hätte.

»Herr Siemann«, begann der Kommissar noch einmal, »wie würden Sie sich verhalten, wenn wir Sie jetzt laufen ließen, Sie aber zu jeder Stunde mit einer Festnahme rechnen müßten?«

Lupus wunderte sich. Der Chef war immer wieder für eine Überraschung gut.

»Ich würde meine Arbeit tun«, antwortete Guido. »Was sonst?«

»Abhauen?«

»Wenn ich schuldig wäre – vielleicht.«

»Über Interpol hätten wir Sie in ein paar Tagen wieder hier. Haben Sie oder jemand aus der Familie Auslandsbesitz?«

»Nein, wir nicht – doch! Das Ferienhaus der Erlenborns in Beaulieu im Argonnerwald haben wir schon oft benutzt. Durch die Erbschaft gehört es jetzt meiner Schwester Barbara.«

Kommissar Freiberg überlegte: »Sie wollen Ihre Arbeit tun – nun gut. Ich kann Sie aber nicht ins Ausland fahren lassen.«

»Das geht für ein paar Tage. Dann haben Sie den Fall bestimmt geklärt.«

»Der ist geklärt«, murmelte Lupus kaum hörbar.

»Herr Siemann«, verkündete der Kommissar, »ich lasse Sie jetzt gehen. Informieren Sie Ihren Vater, den Firmenchef, über den Holzdiebstahl und in irgendeiner Weise auch über unseren Verdacht gegen Sie. Den Mumm müssen Sie schon aufbringen. Und machen Sie sich keine Illusionen – die Sache ist für Sie noch nicht ausgestanden.«

»Danke, Herr Kommissar, ich werde Sie nicht enttäuschen. Darf ich das auch mit Barbara besprechen?« Guido lächelte ein wenig. »Die schafft es besser als ich, dem alten Herrn unangenehme Wahrheiten beizubringen.«

»Ich habe keine Bedenken. Tun Sie, was Sie für richtig halten. – Ach, da fällt mir ein, wir haben hier einige Bilder.« Freiberg zog die Schreibtischschublade auf, nahm ein Blatt Papier aus dem Zettelkasten und deckte damit die eine Hälfte des Fotos zu. »Kennen Sie zufällig den Herrn?«

Guido warf einen kurzen Blick auf das Bild und sah verblüfft auf. »Aber ja, das ist Hartmut Erlenborn, mein angeheirateter Onkel. – Sie wollen mir nicht zeigen, wen er da bei sich hat?«

»Nein!« sagte Freiberg spontan. Dann überlegte er einen Augenblick und sah Lupus an. Der nickte. »Warum eigentlich nicht?« berichtigte sich der Kommissar und schob den Zettel beiseite.

»Ach so, Barbara«, sagte Guido nur.

»Können Sie uns sagen, was das bedeutet?« Drei Augenpaare sahen gespannt auf.

»Na klar«, antwortete Guido ohne ein Zeichen von Überraschung. »Die beiden sind mal wieder spazierengegangen. Da liegt doch nichts drin. Die wollen heiraten, wenn das Trauerjahr um ist – vielleicht auch schon früher, wer weiß.«

Kommissar Freiberg legte das Bild zurück. »So ist das also. Vergessen wir es – und Sie bitte auch. Herr Siemann, Sie können jetzt gehen. Tun Sie sich und mir einen Gefallen und bauen Sie keinen Mist. Sie sollten noch einmal ganz genau überlegen, was am Rheinhöhenweg gelaufen ist. Jede Beobachtung kann nützlich sein.«

»Ja, das will ich tun. Ich danke Ihnen, daß Sie mir glauben.«

»Bitte keine Feststellungen dieser Art«, winkte Freiberg ab. »Sie sind nicht festgenommen worden – das ist alles.«

Guido erhob sich, und Fräulein Kuhnert nickte ihm aufmunternd zu.

»Danke«, sagte er noch einmal leise und verließ den Raum.

Nur Lupus sagte laut und deutlich: »Auf Wiedersehen!«

## Kapitel 12

Auch durch die vieldeutigen Blicke von Fräulein Kuhnert und Freiberg ließ sich Lupus nicht beirren. Er stand am Fenster und sang, diesmal allerdings mehr richtig als laut, mit Inbrunst und Betonung:

»O du mein Kessenich – frag nicht, wie lieb' ich dich…«

Dann hatte er die passende Variation gefunden, sein Gesicht wurde noch breiter und runder:

»O du mein Erlenborn, dich ziert ein Doppelhorn…« Erklärend fuhr er fort: »Was können unsere Heimatmelodien doch für innige Stimmungen vermitteln. Nun höret noch die über hundert Jahre alte Liebesklage aus dem Siebengebirge:

›Ach, könnt' ich diesen Abend noch einmal freien gehn…‹ – und zum Schluß den Seufzer der Maid: ›…der rechte Liebste bist du nicht.‹«

Lupus schüttelte sich. »Wir haben wirklich genug Versatzstücke beisammen, um daraus eine Posse mit Musik zu komponieren. Wer hat nun eigentlich mit wem und wer mit wem nicht? Wie sagte der Siemann so schön zu dem Bild mit der Freundin neben Erlenborn? ›Ach so, Barbara! Die beiden wollen heiraten.‹ Was genau hat dir dieselbe Barbara über ihr Verhältnis zu Klatte gesagt?«

Freiberg rekapitulierte aus seinem Gespräch in der Pergola: »Einmal ist keinmal und zweimal ist auch nicht viel mehr.«

»Unsere Wildkatze Marianne dürfte ein noch rasanterer Racker sein«, überlegte Lupus weiter. »Mit Klatte viermal intim in der Hausdorfstraße – so lange ist er ja nun wirklich noch nicht in Bonn. Und wie hat sie auf deine impertinente Frage nach ihrer Beziehung zu Guido Siemann geantwortet? ›Wir... Punkte, Punkte – Fassung für unsere Kuhnert – liebten uns auch körperlich‹ und hinzugefügt: ›So, jetzt ist das klargestellt!‹ – Doch noch fehlt ein Glied in der Kette. Welches wohl?«

Freiberg winkte ab. »Keines fehlt.«

»Ich meine doch«, fuhr Lupus fort. »Die Frage an die Richter nämlich, ob auch sie mit Erlenborn der Liebe gefrönt? – Vernehmen Sie bitte, Fräulein Kuhnert, wie fein wir uns in Gegenwart einer Dame auszudrücken vermögen.«

Fräulein Kuhnert lachte laut auf: »Natürlich bumsen die miteinander – das spürt man als Frau sofort.«

»Ja, Lupus, unsere Dame hat recht«, meinte Freiberg bestätigend. »Der Firmenwagen ist Antwort genug. Damit hätte sich der Reigen, sagen wir lieber die Kette, geschlossen. Nur – was fangen wir mit all den Gliedern an?«

»Eines davon ist kaputt, Chef«, stellte Lupus fest. *»Cui bono?«*

Kommissar Freiberg wollte die gute Laune nicht ausufern lassen. »Nun entsagt der schönen Aussicht auf das Siebengebirge und zieht ab. Ich muß mit Sörensen telefonieren, ob die beim 19. K. Informationen haben. Eigentlich müßten auch die Pathologen inzwischen etwas mehr wissen. Frag mal nach. Und Sie, Dame Kuhnert, können das Protokoll schreiben. – Wo stecken Ahrens und Peters?«

»Die sehen die Unterlagen aus dem Zollamt durch«, antwortete Lupus. »Viel war dort nicht zu holen. Man merkt, daß Klatte erst vor vier Wochen die Leitung der Dienststelle übernommen hat.«

Freiberg verließ noch vor den beiden anderen den Raum, wobei er murmelte: »Setze statt des schwachen Wortes ›ich muß‹ das stolze Wort ›ich will‹«, und ging den Gang hinunter bis zur letzten Tür rechts.

Als er zurückkam, stand sein Mitarbeiter schon wieder am Schreibtisch. Nebenan schnurrte die elektrische Schreibmaschine.

»Ich habe bei den Pathologen angerufen. Die Verletzung an Klattes Hals ist nicht durch den Absturz verursacht worden, sondern mit hinreichender Sicherheit durch einen Schlag mit einem stumpfen länglichen Gegenstand. Das gilt auch mit großer Wahrscheinlichkeit für eine der Kopfverletzungen. Chef, jetzt müssen wir zupacken! Wenn Ahrens die BMW nimmt, kann er Guido Siemann noch erreichen und festhalten, bis wir mit dem Streifenwagen draußen sind. – Der Junge macht sonst Mücke – da bin ich sicher.«

Freiberg schüttelte den Kopf. »Ich aber nicht. Was hat sich denn schon geändert? Für uns war die Unfalltheorie doch längst gestorben.«

Alle Fröhlichkeit war von Lupus gewichen. Er setzte sich auf den Stuhl vor den Schreibtisch. »Wenn das nur gutgeht, Walter!«

»Ich weiß es nicht. Aber ich hoffe es. Überlege doch: Guido Siemann hätte gewiß kein Tatwerkzeug gebraucht. Dieser Bär doch nicht. Wenn es sich so abgespielt hat, wie wir vermuten müssen, dann war es ein zufälliges Zusammentreffen, eine spontane Reaktion ohne Vorbereitung. Ein Handkantenschlag auf den Hals, das könnte ich mir schon eher vorstellen, aber wieso dann die Verletzung am Kopf? Doch da sind sich die Pathologen ja noch nicht sicher.«

»Laß ihn eine Eisenstange oder einen Schraubenschlüssel in der Kabine gehabt haben. Die Fahrer müssen immer damit rechnen, daß ihnen unterwegs jemand an den Kragen will. Ein Griff, ein Sprung, ein Schlag! Solch eine eisenhaltige Überraschung hält auch der härteste Zöllnerschädel nicht aus.«

»Tja, da haben wir nun deine Theorie Nummer 1 – Siemann war es – und meine Theorie Nummer 2 – er war es nicht. Wenn man nun wüßte, ob es auch die Nummern 3 und 4 geben könnte. – Weißt du übrigens, was Theorien sind?«

Lupus sah verwundert auf. »Wie?«

»Ganz einfach. Um mit Kästners Fleischermeister Külz zu sprechen – ›faule Ausreden‹ sind das. Und die sollen uns nicht an weiteren Recherchen hindern.«

Freiberg griff zum Telefon und schob die Mithörmuschel über den Schreibtisch. Er wählte 2-3-4-4 und hatte Glück. Ein kurzes »Sörensen.«

Den Leiter des 19. Kommissariats zu erreichen war ein Kunststück. Staatsschutzangelegenheiten wurden in Bonn groß geschrieben und waren mit viel Außendienst verbunden. Zwischen Kriminalrat Sörensen und Kriminalhauptkommissar Freiberg bestand so etwas wie ein Vater-Sohn-Abstand. Sie duzten sich nicht, wie es im Präsidium weitgehend üblich war, jedenfalls nicht in beide Richtungen, obwohl sie schon in Freibergs erstem Mordfall beim Jagdhaus in der Eifel intensiv zusammengearbeitet hatten. Gegen Sörensens »Du« stand immer noch Freibergs »Sie«. Das gab ihren Gesprächen etwas Bizarres.

Freiberg nannte seinen Namen und setzte zu einer Frage an. Sörensen fiel ihm ins Wort: »Ich kenne dein Anliegen, glaube ich – der Fall Klatte.«

»Aber woher wissen Sie, daß ich beim 19. K. Auskünfte einholen will? Übrigens, Kollege Müller hängt an der Muschel. Er darf doch mithören?«

»Aber gewiß – grüß dich, Lupus!«

Dieser nickte.

»Wird erwidert«, übermittelte Freiberg und fuhr fort: »Lupus hat vor ein paar Minuten von den Pathologen erfahren, daß dem Klatte zwei Schläge mit einem stumpfen, länglichen Gegenstand versetzt worden sind. Damit scheidet ein Unfall aus, und wir haben es mit Mord zu tun! Aber was liegt bei Ihnen vor?«

»Beschriebenes Papier, und gar nicht so wenig. Bevor ich mehr sage – hast du inzwischen deine Verschlußsachenermächtigung? Du weißt, bei mir wird fast alles unter ›VS-vertraulich‹ oder ›Geheim‹ gekocht. Je mehr darüber in der Frankfurter Allgemeinen, in der Welt oder im Spiegel steht, um so geheimer ist es natürlich.«

Lupus zog den Mund breit. »Bild-Zeitung nicht vergessen!«

Sörensen hatte es gehört. »Auch die und manch andere noch. – Aber Ernst beiseite, Scherz auf den Tisch. Was ist mit deinem VS-Grad?«

»Alles klar«, bestätigte Freiberg. »Ich bin seit zwei Wochen bis ›VS-Geheim‹ ermächtigt.«

»Vertraulich würde in diesem Fall auch schon genügen. Die haben beim Landeskriminalamt gut gespurt. Heute morgen die Nachricht vom Sturz in den Blauen See gelesen – habt ihr übrigens gut hingekriegt mit der Presse –, und schon habe ich ein gerade entschlüsseltes ellenlanges Fernschreiben auf dem Tisch. Danach war Klatte besonders gefährdet.«

Freiberg deckte mit der freien Hand die Sprechmuschel ab und sagte leise zu Lupus: »Theorie Nummer 3!«

Dieser rümpfte die Nase und flüsterte: »Külz!«

»Worum ging es bei Klatte?« fragte Freiberg.

»Großangelegter Embargoschmuggel, den Klatte aufgedeckt hat. Die Akten kommen mit Kurierpost. Vorab einiges aus dem Fernschreiben: Eine norwegische Firma hatte in den Vereinigten Staaten elektronische Zieloptiken für Fernlenkwaffen gekauft. Norwegen gehört ja zur NATO. Von dort sind die vollständig miniaturisierten Geräte und Rechner mit gefälschten Papieren, ausgewiesen als elektronische Speicher für Schreib- und Rechenmaschinen, über Hamburg in die Bundesrepublik gekommen. Sie waren als Transitfracht für Berlin deklariert. Der Transport erfolgte über Hamburg durch eine internationale Spedition mit dem Sitz in Polen, die laufend Berlin wie auch Orte in der DDR anfährt. Unterwegs auf der Autobahn zwischen Helmstedt und Berlin hätte die Ware umgeladen werden sollen. Unser Zolloberinspektor Klatte hat sich nun ganz einfach gefragt, warum der Transport nicht über die neue und kürzere Autobahnstrecke Hamburg–Berlin erfolgte. Dadurch hat er den ersten Verdacht geschöpft und die Sache ins Rollen gebracht. Lkw und Ladung wurden mit plausibel klingenden Erklärungen beim Zoll in Helmstedt vierundzwanzig Stunden festgehalten. In dieser Zeit hatte das Zollkriminalinstitut mit seinen Top-Spezialisten die Fälschung der Frachtpapiere aufgedeckt. Damit war der Coup geplatzt, Fahrer eingesperrt, Fahrzeug und Ladung beschlagnahmt. Dann großer Dampf auf allen geheimen Kanälen. Die Fahrer waren natürlich unschuldig. Sogar die Lkw wurden wieder freigegeben. Die heiße Ware blieb allerdings der NATO erhalten.«

»Das ist ja ein tolles Stück! Und danach meinten unsere Geheimdienste, der Klatte sei gefährdet?«

»Ja, sie haben entsprechende Hinweise gegeben. Das hat dann die Oberfinanzdirektion und das Finanzministerium als obersten Dienstherrn veranlaßt, Klatte nach Aachen zu versetzen. Auch unser LKA hat die Information erhalten. Die spätere Versetzung nach Bonn steht damit wohl nicht mehr im direkten Zusammenhang, jedenfalls ist darüber im Fernschreiben nichts gesagt. Der VS-Bote wird es dir – mit der Bitte um alsbaldige Rückgabe – gleich zutragen.«

»Ich danke für die ausführliche Information, Herr Sörensen. Vielleicht müssen wir uns in dieser Sache noch öfter kurzschalten. Bis bald also.«

»Das 19. K. steht immer zu Diensten.«

Als Freiberg aufgelegt hatte, sah er Lupus an. »Na?«

Der schüttelte sich mehrmals. »Ich sage nur: Külz, Külz.«

»Aber es könnte durchaus sein, daß die andere Seite Klattes Lebensgewohnheiten, sein regelmäßiges Trimmen und so weiter ausbaldowert hat und durch einen gezielten Unfall das beschädigte Politgleichgewicht wiederherstellen wollte.«

»Chef, das kann doch nicht dein Ernst sein. Solche Fleischermeister-Theorien bitte nicht von uns. Den blühenden Unsinn der Gefährdung aus Vergeltungsdrang der Stasi-Leute dürfen wir den Oberverdachtschöpfern nicht abnehmen. Die da drüben betreiben keine Indianerspiele – das sind Profis. Unser militärischer Abschirmdienst ist bei diesem Embargoschmuggel bestimmt eingeschaltet gewesen. Dessen hanebüchene Phantasie ist seit der Generalsaffäre auch dem letzten Leser der Regenbogenpresse bekannt.«

»Du bist eben auf Guido Siemann fixiert.«

»Allenfalls noch auf deinen geheimnisvollen Dritten, aber nie und nimmer auf Ostagenten, die rachedurstig im Siebengebirge lauern.«

Das Läuten des Telefons unterbrach ihre Überlegungen. Freiberg nahm zögernd ab und hörte Sörensens Stimme. Auf das Zeichen mit dem Daumen hin hielt Lupus die Mithörmuschel ans Ohr.

»Vor lauter Fernschreibinformation hätte ich bald vergessen, aus eigener Kenntnis noch etwas beizusteuern«, sagte Sörensen. »Das Transportunternehmen aus Polen hat hier in Bonn eine Art Verbindungsbüro. Es firmiert unter POLTRANSIT. Zwei oder drei Mitarbeiter, mehr nicht. Der Verfassungsschutz vermutet dahinter eine legale Residentur. – Wir haben keine eigenen Erkenntnisse.«

Freiberg war von dieser Nachricht wenig erbaut. »Wir danken dem 19. K. für jede Information, auch wenn sie geeignet ist, dem 1. K. das Leben schwerzumachen.«

Dann legte er auf, sah hoch und knurrte abermals. »Na?«

Lupus seufzte: »Chef, bitte nicht schon wieder eine Theorie – es reicht.«

Als die Schreibmaschine aussetzte, rief Freiberg laut zu Fräulein Kuhnert in den Nebenraum hinüber: »Ahrens soll kommen – mit den Unterlagen vom Zollamt!«

Wenige Minuten später hatte der Kommissar das Material vor sich.

»Das ist wenig genug«, erklärte Ahrens. »Ich bin dabei, alles aufzulisten und werde zu den einzelnen Positionen erläuternde Hinweise notieren.«

»Was haben wir vorliegen?«

Ahrens trug vor: »1. Eine Organisationspinne des Zollamtes Bonn-Beuel und eine vom Hauptzollamt in Köln. 2. Ein Ringbuch mit Telefonnummern. Auf dem ersten Blatt geht es von der Feuerwehr über das Rote Kreuz zu einigen Anschlüssen in Aachen und Helmstedt. Schließlich die Zollfahndung, sowie die Nummer unseres Polizeipräsidiums. Dann einige Nummern von Firmen, mit denen Klatte offenbar dienstlich zu tun hatte. Ein weiteres Blatt enthält private Anschlüsse, nur wenige Eintragungen – alle für den Bonner Raum. Ich habe bei der Post zurückgefragt. Die dazugehörigen Namen sind auf einem besonderen Beiblatt notiert.«

»Bestens«, unterbrach Freiberg, »lies die mal vor!«

»Also – obenan Marianne Richter, Anschluß Hausdorfstraße, dann Firma Erlenborn in Kessenich und Firma Spedimpex Beuel.«

Freiberg nickte. »Bei Erlenborn konnte Klatte die Richter auch tagsüber erreichen und über Spedimpex die Barbara Siemann.«

Ahrens fuhr fort: »Dann nur noch zwei Telefonnummern, Zolloberinspektor Wernitz – das ist der Vertreter von Klatte – und eine Wäscherei in Beuel. Damit kommen wir schon zur Position drei. Der übliche Terminkalender von der Bundesdruckerei.«

»Den schauen wir uns noch ganz genau an«, warf Freiberg ein.

Ahrens erläuterte weiter: »Die amtlichen Handstücke wie Zolltarif, Geschäftsordnungen, Vorschriftensammlungen, Kommentare zum Zoll- und Verbrauchssteuerrecht, zum Branntweinmonopol und so weiter haben wir nicht mitgenommen.«

»In Ordnung.«

»Dann haben wir viertens die Steuerlagerakten Erlenborn, fünftens Unterlagen über das Mineralölsteuerlager im Rheinhafen. Sechstens Akten über die Verzollung von Hochfrequenzschaltanlagen für eine Bonner Firma und siebtens schließlich einige lose Notizzettel. Die lagen unter der Schreibtischauflage. Dabei handelt es sich um Berechnungen von Mineralölmengen, ferner um Formeln irgendwelcher Mischungsverhältnisse. Daraus läßt sich zunächst nichts Besonderes erkennen oder ableiten. Zum Schluß Position acht: noch ein einzelnes Blättchen mit der Notiz ›Umsatz‹ und einem dicken Fragezeichen dahinter. Auf einem Packen alter Tageszeitungen lagen ein halbes Dutzend Preislisten von Bonner Supermärkten. Der Junggeselle wollte wohl möglichst preiswert einkaufen.«

Lupus ergänzte: »Daß Klatte erst vor kurzer Zeit die Leitung des Zollamtes übernommen hatte, zeigte deutlich sein Dienstzimmer. Diese ordentliche Leere in Verbindung mit dem Geruch von Fußbodenreinigungsmitteln konnte schon trübsinnig stimmen. Ich hätte mich in seinem Alter auch in die Arme schöner Frauen geflüchtet. Doch diese tiefschürfenden Betrachtungen, Chef, helfen ihm und uns nicht weiter. Was tun? sprach Zeus.«

Freiberg schob die vor ihm liegenden Unterlagen hin und her. »Tja, so kann es aussehen, wenn die Polizei fieberhaft fahndet. Greifen wir also nach den langen Stangen und stochern wir in bewährter Weise im Nebel herum. Niemand soll sagen, daß die Schule der Nation, unsere stolze Bundeswehr, mir nicht auch etwas vermittelt hätte. Ein Ausbilder, der seine Weisheit wohl aus alten Landserheften gelöffelt hat, ließ uns Fähnriche wissen, ein schlechter Befehl sei besser als keiner. Darum, lieber Kollege Müller, meine Bitte an dich – die Bitte ist die zivile Form des Befehls –, zunächst einmal dem POLTRANSIT-Büro deine Aufmerksamkeit zu schenken.«

»Au weia – und das mir, dem Mann mit der Theorie erster Klasse.«

»Ja, Differentialdiagnostik nennen das wohl die Mediziner. Alle denkbaren Erkrankungen so lange untersuchen und ausschließen, bis die tatsächliche Krankheit wie ein Phönix aus der Asche steigt. Ihr wißt doch, gesund ist nur der Mensch, der nicht gründlich genug untersucht worden ist.«

»Au weia-weia, deine Visionen sind ja unerträglich – es muß schlimm mit uns stehen.«

»Drei erwachsene Männer, die Seelen des Kommissariats«, unterbrach Fräulein Kuhnert das Geplänkel, »gepeinigt durch Visionen, resignierend vor der Macht der Gewalt, im Nebel stochernd. Dazu dieser Zug von Chauvinismus, als ob die Menschheit nur von Männern dezimiert werden könnte. Mir bricht es das Herz. Wir vier brauchen jetzt Kaffee. Die Maschine arbeitet schon – gleich wird serviert.«

»Endlich eine zukunftsweisende Idee«, atmete Kommissar Freiberg auf. »Danach werde ich mal Klattes Vertreter, den Herrn Zolloberinspektor Wernitz, kontaktieren. Vielleicht kann der uns weiterhelfen.«

Hinter so viel Aktivität wollte Lupus nicht zurückstehen. »Ich werde mit Peters herumhören, was für Typen das POLTRANSIT-Büro bevölkern und mir je nach Stärke des Kaffees zurechtlegen, welches Unheil von dort dem deutschen Wesen drohen könnte.«

»Ich werde unserer Dame beim Abwasch des Geschirrs helfen, damit sie nicht auf Dezimierungsgedanken kommt«, sagte Ahrens und fand dafür volle Zustimmung von allen Seiten.

Die Fahndung lief!

## Kapitel 13

Marianne Richter, am Sonntagmorgen endlich einmal allein im französischen Bett, hatte richtig ausgeschlafen, nachmittags einen Judoschaukampf mit japanischen Meistern verfolgt, im Kaffeehaus zwei Mocca geschlürft und dazu ein Stück Herren-Torte gegessen. Dann hatte sie sich zu Hause hingesetzt und einige Erkenntnisse und Gedanken zu Papier gebracht. Um den Tag in völliger Belanglosigkeit ausklingen zu lassen, hatte sie im Programmkino die Reprise vom großen Gatsby angesehen und sich dabei gefragt, warum die blasierten Figuren mit ihren riesigen Hüten, dem permanenten weißen Overdress und den blitzenden Oldtimern vor einigen Jahren so viel Entzücken und Bewunderung erregen konnten.

Jetzt saß sie mit dem Montagssyndrom der Unausgeglichenheit in ihrem Büro und sah die von der Sekretärin zur Unterschrift vorbereiteten Geschäftsbriefe durch. Hartmut Erlenborn hatte von Anfang an, strenggenommen von dem Tage an, als er mit ihr erstmals im Ruheraum neben dem Chefbüro die wohltuende Viertelstunde der Entspannung genossen hatte, Marianne vollständigen Einblick in die Geschäftsabläufe der Firma gewährt.

Mit dem Tod Sonjas hatte er nicht nur die Frau, sondern auch einen Gesprächspartner und Geschäftspartner verloren, dessen Ehrgeiz dem seinen nicht nachstand, mit dem er sich in der Zielstrebigkeit auf dem Wege des wirtschaftlichen Erfolges ganz einig wußte. In diese Rolle war Marianne Richter in kürzester Zeit vollständig hineingewachsen. Niemand sprach laut darüber, aber man wußte in der Firma, welchen Anteil sie an Erlenborns Entscheidungen hatte.

Sie verstand ihr Geschäft, hielt eine undurchdringliche Distanz zu den Mitarbeitern und wurde schon bald als die Nachfolgerin der verstorbenen Sonja angesehen. Gleichwohl wollten die Gerüchte nicht verstummen, daß Hartmut Erlenborn aus wirtschaftlichen Erwägungen seine um fünfzehn Jahre jüngere Nichte Barbara heiraten werde. Sie war Sonjas Erbin, und ihr gehörte praktisch das Unternehmen. Hartmut als Komplementär ohne ins Gewicht fallendes eigenes Vermögen war nüchtern betrachtet nicht mehr als ein Geschäftsführer von Barbaras Gnaden.

Marianne Richter hatte Einblick genug, um die Zusammenhänge klar zu erkennen. Den gesamten Grundbesitz mit den Fabrikationsgebäuden hatte Barbara Siemann geerbt. Hartmut Erlenborn war nur als Eigentümer der kleinen Villa in Kessenich am Fuße des Venusberges in das Grundbuch eingetragen. Während sich die Grundschulden auf Barbaras Erbteil in Grenzen hielten, hatte Hartmut die Villa mit Hypotheken bis zum letzten Dachziegel belastet, um flüssige Mittel für seine ehrgeizigen Expansionspläne in die Hand zu bekommen. Mit der Erlenborn-Doppelkorn-Kampagne wollte er sich die Spitzenposition bei den klaren Markenspirituosen erzwingen, obwohl das Ziel nur dadurch erreicht werden konnte, daß den Konkurrenten die entsprechenden Marktanteile abgejagt wurden.

Marianne Richter hatte daran mitgearbeitet, die Werbekonzeption aufzubauen, aber es war ein Ding der Unmöglichkeit, bei einem Nettoumsatz von runden hundert Millionen Mark im Jahr einen Werbeetat von zwölf Millionen zu verkraften. Nur mit der Verfügbarkeit von Barbaras Erbe hätte diese Kraftanstrengung zwei oder drei Jahre durchgehalten werden können. Dann mußte der Umsatz auf 150 Millionen hochgepusht sein – oder die Firma war pleite.

Die Chancen auf sechs Richtige im Lotto schienen wahrscheinlicher als die Möglichkeit, daß Hartmuts Kalkulation aufgehen könnte. Selbst mit Barbaras Geld war es immer noch ein Vabanque-Spiel.

Vom Ergebnis der Besprechungen im Ministerium am Venusberg würde es abhängen, ob die Werbemasche mit dem Erlenborn-Biotopenschutz anlaufen konnte. Marianne wußte, daß Hartmut bereit war, alles auf eine Karte zu setzen, um Erfolg zu haben. Darum wartete sie gespannt auf seine Rückkehr.

Kurz vor zwölf brachte die Sekretärin einen Satz Tageszeitungen herein, die bereits in der Werbeabteilung ausgewertet worden waren. In dem beigefügten Kurzbericht wurde darauf hingewiesen, daß Erlenborn mit seiner Einschaltung und Placierung in den Medien richtig lag. Die Anzeigen der Konkurrenz seien gestalterisch und textlich weniger gelungen.

Die sonst so zurückhaltende Sekretärin sprach Marianne Richter mit dem Ausdruck äußerster Überraschung an: »Haben Sie schon gelesen? Unser Steueraufsichtsbeamter, dieser flotte Zöllner, ist im Blauen See umgekommen. Er soll ermordet worden sein.«

Marianne fuhr auf. »Ermordet? Wer sagt denn das?«

»Nach den Zeitungsartikeln kann daran kein Zweifel sein«, erklärte die Sekretärin. »Das war wirklich ein sympathischer Mann. Wer mag es auf den abgesehen haben?«

»Weiß ich doch nicht«, sagte Marianne kurz angebunden. »Geben Sie das Zeitungsgeschreibsel mal her. Diese Schreiberlinge spinnen viel zusammen, wenn sie nicht genau wissen, was los ist.«

Marianne überflog die Texte. Sie wunderte sich, in jedem der Blätter einen Hinweis zu finden, daß der Tod von Klatte möglicherweise durch Fremdeinwirkung verursacht worden war. In drei Beiträgen wurde auf die vom Notarzt geäußerten Zweifel und die Besonderheiten der Halsverletzungen hingewiesen. Alle Artikel konnten nur aus einer Quelle stammen. Begriffe wie »Fremdeinwirkung« und die fast wörtliche Wiedergabe der Bemerkungen des Arztes ließen vermuten, daß der Journalist über zutreffende Informationen verfügte. Das war mehr als nur Spekulation. Das kam von der Polizei. Aber warum hatte dann weder der freundliche Kommissar noch sein bissiger Mitarbeiter ihr gegenüber eine Andeutung gemacht? Sie war es schließlich, die mit Klatte den längsten und intimsten Kontakt gehabt hatte. Für das Schweigen der Polizei mußte es einen Grund geben. Möglicherweise waren die Beamten gar nicht vom Unfalldezernat. Darüber wollte sie Gewißheit haben. Sie wählte die Nummer des Präsidiums. Auf ihre Frage an die Telefonistin der Zentrale erhielt sie die Antwort: »Herr Kriminalhauptkommissar Freiberg ist Leiter des ersten Kommissariats, Tötungsdelikte, Brand, Sprengstoff, Waffendelikte und Geiselnahme.«

Als Marianne den Hörer zurücklegte, war ihr klar, daß sie vor der Mordkommission ausgesagt hatte.

Die Top-Set-Anlage surrte. Sie drückte den Lautsprecherknopf.

»Ja, bitte, was ist?«

»Ein Gespräch für Sie. Ich habe Herrn Siemann in der Leitung. Soll ich durchstellen?«

Marianne zögerte einen Moment. Sie war nicht versessen darauf, ein Gespräch mit Guido zu führen. Doch durch Klattes Tod war alles anders geworden. Die Geschäfte mußten weiterlaufen. Business as usual hatte die Devise zu lauten. »Ja, gut, stellen Sie durch.«

»Marianne, vergiß alles, was war«, dröhnte es aus der Hörmuschel. »Vergiß es! Ich habe die Polizei im Nacken.« Von Guido schien eine dumpfe Verzweiflung auszugehen. »Die wollen mir was wegen Klatte anhängen.«

»Wieso denn das? Du warst doch bei mir und dann auf dem Weg nach Antwerpen. Das habe ich denen doch alles ganz genau erklärt.«

»Wie, dich haben sie auch schon in der Mangel gehabt?« Seine Bestürzung wuchs.

»Ja, schon am Sonnabend. Ich dachte, es ginge um die Aufklärung eines Unfalls. Diese hinterhältigen Typen haben mir nicht einmal gesagt, daß ich zur Mordkommission vorgeladen war. Erst vor ein paar Minuten habe ich von dem Verdacht in der Zeitung gelesen und im Präsidium nachgefragt, wofür dieser Kommissar Freiberg zuständig ist...«

Guido unterbrach sie: »Ja, genau, das ist er. Bei dem war ich auch. Ein auf freundlich getrimmter Obermacker. Dieses Männlein mit dem gestutzten Bart geht ja noch an, aber sein Adlatus, ein untersetzter Herr Müller, der raubt einem den letzten Nerv.«

»Bei mir war dieser Nervtöter auch dabei«, bestätigte Marianne. »Lupus wird er genannt. Und so einer ist er auch. Aber was wollen die dir anhängen?«

»Ich soll den Klatte umgebracht haben«, schrie Guido mit dem Ausdruck größter Bestürzung.

»Quatsch! Wenn einer ein Alibi hat, dann doch du. Das habe ich den Schnüfflern schon am Sonnabend gesagt. Die wissen, was zwischen uns läuft.«

»Verflucht – und jetzt drehen sie mir einen Strick daraus. Mord aus Eifersucht.«

»Wie können erwachsene Menschen nur so viel Unsinn reden. Aber was höre ich da – Eifersucht? So ganz harmlos war deine Wut ja dann wohl doch nicht, als du mich niedergekämpft hast, oder? Laß dich von den Bullen nur nicht verrückt machen.«

»Leicht gesagt. Auf solche Schnapsideen kommt ihr ja nicht einmal bei Erlenborn. Für mich sieht es jedenfalls beschissen aus.«

»Das verstehe ich nicht.«

»Diese Kerle von der Kripo wußten, daß ich erst mittags nach Antwerpen gebrummt bin.«

»Aber…«

»Kein aber. Am frühen Morgen war ich kurz mit dem Dreitonner in Holtorf, von dort im Ennertwald und habe ein paar Meter Kaminholz gefahren. Reine Gefälligkeit.«

»Geklaut?«

»Was denn sonst? Alles wäre glattgegangen, wenn die nicht hinter dem Klatte hergeschnüffelt hätten. Die meinen, der hätte mich erwischt, und ich hätte einen Zeugen beseitigen wollen und die Liebhaberkonkurrenz gleich mit. Aber lassen wir das. Ich will gar nicht mehr wissen, ob ihr beiden noch miteinander rumgemacht habt.«

»Aber du sollst es wissen«, sagte Marianne kühl. »Wir haben.«

»Ach Scheiße, was soll das jetzt! Wenn der Täter nicht gefunden wird, bin ich dran – und nichts mehr ist mit den Geschäften. Die bleiben mir auf den Fersen. Da kannst du Gift drauf nehmen.«

»Ich werde mich hüten. Die Sache sieht übel aus für dich. Und ihr seid euch wirklich nicht über den Weg gelaufen?«

»Jetzt fängst du auch damit an. Zum Teufel, nein! Das einzige, was ich gesehen habe, war ein Wanderer mit braunem Anorak oder Parka. Wenn ich nicht irre, hatte er sogar die Kapuze auf. Den müßte man auftreiben. Vielleicht hat der etwas beobachtet.«

»Der wird sich schon melden, wenn er die Zeitung gelesen hat und wenn er etwas weiß.«

»Aber nur dann, wenn er nicht selbst Dreck am Stecken hat«, warf Guido bedrückt ein.

»Die Sache sieht für dich wirklich nicht gut aus«, stellte Marianne fest. »Du solltest besser verduften.«

»Dann bin ich das Kaninchen und habe die Polizeimeute am Hals. O nein, ich werde hierbleiben und Himmel und Hölle in Bewegung setzen, um herauszubekommen, was passiert ist. Ich weiß schon, wo ich ansetzen muß.«

»Tu, was du nicht lassen kannst.« – Sie hörte Türen schlagen. »Wir müssen unser Gespräch beenden. Erlenborn kommt zurück. Ich bin gespannt, was er beim Minister erreicht hat.«

»Zum Teufel mit allen Ministern! Eure Sorgen möchte ich haben«, hörte sie noch, bevor Guido den Hörer auf die Gabel knallte.

Hartmut Erlenborn stürmte durch das Zimmer der Sekretärin, riß Mariannes Tür auf und rief triumphierend: »Komm herüber, ich habe beste Nachrichten.« Während er seinen Stadtmantel auf einen Sessel im Ruheraum neben dem Chefbüro warf, ließ er sich auf die Couch fallen, ohne abzuwarten, ob Marianne Platz genommen hatte. »So, den habe ich in der Tasche«, freute er sich. »Das wird ein Werbeknüller: ›Erlenborn-Biotopenschutz unter der Schirmherrschaft des Ministers‹. Keine Konkurrenz macht uns das nach! Da steigen wir voll ein. Erlenborn, immer auf der Höhe der Zeit, segelt auf der Welle des Umweltschutzes in die nächsten Umsatzmillionen.«

»Und der Preis?« fragte Marianne besorgt.

»Die paar Zehntausend bringen wir schon noch. Der Mann hat Niveau, kennt die Welt, ist beschlagen in allen Wirtschaftsfragen und weiß auch, wie er seine Parteifreunde in Stimmung hält.«

»Hat er etwa Spenden verlangt?«

»Nein, so primitiv läuft das nicht. Wir haben angeregt über die Problematik des Steuersystems gesprochen und über die Besonderheiten der Parteienfinanzierung in unserem Rechtsstaat. Ich habe ihm Zehntausend geboten. Ha, der alte Fuchs sagte nur: ›Wir nehmen auch Teilbeträge. Dann bleibt der gute Eindruck länger wirksam. Unser Schatzmeister soll sich mal darum kümmern.‹ Dann haben wir uns den entscheidenden Fragen zugewandt. Ich habe gleich das richtige Stichwort geliefert: Umweltschutz sei das Gebot der Stunde für die Persönlichkeiten der Politik wie für die Männer der Wirtschaft. ›Stimmt‹, hat er mir beigepflichtet. ›Was wir jetzt brauchen, sind Taten.‹ Ich habe dann unsere Konzeption dargelegt. Schutz der Feuchtgebiete, Förderung von Reservaten, Reinhaltung von Flüssen und Bächen und all den Pi-Pa-Po, den wir uns ausgedacht haben. Der Mensch scheint echt begeistert zu sein. Wir waren uns im Prinzip schon vor dem Essen über die Schirmherrschaft einig.«

»Ging wohl alles sehr zügig«, bestätigte Marianne. »Du bist früh zurück.«

»Die haben ein Timing, *comme il faut,* und eine vorzügliche Organisation. Der Minister war bestens vorbereitet. Kannte sogar die Grunddaten der Firma und fand unseren Umsatz von gut hundert Millionen beachtlich.«

»Umsatz ist kein Gewinn«, bremste Marianne.

Hartmut Erlenborn winkte ab. »Den puschen wir schon. Übrigens, auch das Essen war überzeugend. Angemessen, sage ich nur, durchaus angemessen. Einige Aperitifs vorweg, geeiste Melone mit Schinken als Vorspeise. Kalbsmedaillon mit diversen Gemüsen und Pommes croquettes. Als Nachspeise Eis mit Rumtopf. Zum obligaten Kaffee Obstler oder Cognac nach Wahl. Behörden-Arbeitsessen sind allerdings doch etwas bescheidener als die bei Erlenborn.«

»Der Gedanke mit der Parteispende war wirklich gut. Ich sage es ja, im Einkauf liegt der Gewinn. Die späteren Raten können wir vergessen. Nach dem Theater mit dem Amnestiegesetz wird keiner weitere Zahlungen anmahnen.«

»Genauso wird es laufen«, freute sich Hartmut Erlenborn. »Übrigens habe ich die Gesprächspartner zur Betriebsbesichtigung eingeladen. Auch der Minister kommt gern. Meine Tischnachbarin wird vorher ein Pröbchen nehmen und den Termin abstimmen. Diese persönliche Referentin ist ein lecker Mädchen. Ob sie auch mit dem Chef freit?«

»Eine Frau in solcher Funktion?«

»Jung, knusprig und ohne glatte Ringe. Na ja, ein paar kleine Klunker trägt sie schon, und ihre ganze Art verlangt nach mehr. Sie wird meine künftige Ansprechpartnerin sein. Der Herr Europaminister weiß eben, wie man Repräsentanten der Wirtschaft behandelt.«

Marianne war nicht länger gewillt, solche Suaden stillschweigend hinzunehmen. »Im Tausch gegen das goldene Kalb wären dir wohl auch die Frau und die Freundin nicht zu schade.«

Das Lächeln Hartmuts wirkte wie Hohn. »Erst das Geschäft – und dann die Moral.«

»Wann muß das Geld bereitgestellt werden?« fragte Marianne betont kühl.

Erlenborn wollte nicht gleich mit der ganzen Wahrheit heraus.

»Der Minister meinte, die supranationale Ebene sei nun einmal etwas mehr wert als das kleindeutsche Gewusel. Er habe in einigen Wochen die Spitzen aus ganz Europa zu Gast. Daher werde es gewiß zu den Absichten von Erlenborn passen, ein Rahmenprogramm auszurichten. War für mich doch selbstverständlich, den Part zu übernehmen.«

Marianne sah schräg zu ihm hinüber. »Das erfordert also zusätzliche Mittel?«

»War doch wohl zu erwarten. Wir stellen erst einmal siebzigtausend auf einem Dispositionskonto bereit. Dafür darf Erlenborn groß herauskommen, wie es sich eben machen läßt. Ich werde alles mit meiner reizenden Geschäftspartnerin bei ihrem nächsten Besuch regeln.«

»Um Himmels willen – der Kredit ist erschöpft. Zehntausend für die Partei und siebzigtausend für die Schirmherrschaft sofort – und keine Grenze nach oben. Das trägt die Firma nicht!«

»Äußerstenfalls noch zusätzliche zwanzig Mille, haben wir geschätzt. – Was ist das schon, bei solch einem Objekt?«

Marianne schüttelte energisch den Kopf. »Hunderttausend in vier Wochen – ausgeschlossen! Vollkommen unmöglich! Der Herr Minister hat dich sauber geleimt.«

Erlenborn fuhr auf: »Deine Kleinkariertheit ist ja entsetzlich. Du bumst zwar gut, aber geschäftliche Wagnisse sind nicht deine Stärke. Schließlich liegen noch zwei Trümpfe im Skat. Ich habe es am Sonntag perfekt gemacht. Barbara steigt sofort voll mit ein. Ankündigung der Hochzeit beim hundertjährigen Geschäftsjubiläum. Außerdem nehme ich noch eine Zisterne dazu und fahre die Produktion hoch, daß der Konkurrenz Hören und Sehen vergeht. Guido muß noch einmal ein paar Überstunden einlegen.«

Marianne blieb kühl. »Hartmut, auch wenn du es nicht gerne hörst: Jetzt steige ich aus. Das ist mein Ernst, und ich schwöre dir, meine Abfindung wird nicht niedriger sein als deine Zahlung für die lumpige Schirmherrschaft.«

Erlenborn sprang auf. »Du bist verrückt, total verrückt. Das wird es bei mir nicht geben. Wir sitzen schließlich in einem Boot. Deine Eskapaden werde ich zu verhindern wissen. Ein starkes Stück, mich unter Druck setzen zu wollen!«

»Du unterschätzt mich ebenso, wie du diesen Minister unterschätzt hast. Ich habe nicht vor, die kleine graue Maus zu spielen. Du hast dich für Barbara und ihr Geld entschieden – und wirst darum meine Forderungen erfüllen, oder...«

Marianne Richter ahnte die Reaktion. Als Hartmut Erlenborn zum Schlag ausholte, federte sie hoch, stieß ihm den niedrigen Couchtisch mit Macht gegen den Unterleib und bewies in der gleichen Sekunde, daß sie Judo und die Selbstverteidigung beherrschte. Ein gezielter Handkantenschlag auf die Halsschlagader ließ den Angreifer wie vom Blitz getroffen zusammenklappen und auf die Couch zurückfallen.

Mit drei Schritten war Marianne an der schallgedämpften Tür. Dort wartete sie, die Klinke in der Hand, auf Hartmuts Reaktion. Er schüttelte sich ein paarmal, und sein Gesichtausdruck der vollkommenen Überraschung verwandelte sich in unverhohlene Wut. Seine Mundwinkel zuckten. Doch er blieb sitzen.

»Das wirst du büßen! Das wirst du mir bitter büßen, du geldgierige Hure, du!«

»Möchtest du, daß ich um Hilfe schreie?« fragte Marianne ganz ruhig. »Versuch nur nicht, mich anzufassen. Die Zeugen sitzen gleich hinter der gepolsterten Tür. Wenn du aufstehst, ist die Tür offen. Ich stelle jetzt die Forderungen, nicht du!«

»Wag es nur, mir zu drohen, dann wirst du bald uralt aussehen.« Hartmuts Stimme bebte vor Zorn.

Mariannes Augen wanderten noch einmal durch den Raum, in dem alles angefangen hatte. Sie wußte, daß ihr Kampf um den Platz ganz oben vorüber war. Kurz war der Traum gewesen, die Frau an der Seite des Unternehmers zu werden. Doch sie fühlte sich nicht enttäuscht, denn Hartmut hatte sie nicht getäuscht. Er wollte immer die Macht, über Geld, über Frauen und dazu den Ruhm, der Größte zu sein. Geld und Ruhm hatte sie mit ihm teilen wollen, aber nicht den Mann mit einer anderen Frau. Noch vor wenigen Tagen lief das Spiel mit drei Kugeln – jetzt war es verloren. Alle Kugeln lagen im Sand. Sie würde neu beginnen müssen, an einem anderen Ort, mit einem höheren Einsatz – und dafür brauchte sie Startkapital.

»Ich drohe dir nicht«, sagte sie. »Du wirst wissen, was die unbeschwerte Freiheit wert ist. Für den richtigen Betrag – steuerlich durchaus absetzbar – erhältst du einen Bericht, den ich am Sonntag geschrieben habe und über den sich Senior Siemann sehr wundern würde. Dieses Dossier müßte dir mehr wert sein als jede Schirmherrschaft, sagt es doch nur die Wahrheit über das Verhältnis eines künftigen Schwiegersohnes zu dessen Mitarbeiterin. Ich will nichts Unmögliches verlangen, so gut geht es der Firma Erlenborn ja nicht. Aber schließlich – was einem Minister recht ist, müßte einer Hure billig sein.«

»Du wirst es bereuen!«

»Nein, gewiß nicht. Ich werde die Barabfindung als Päckchen am Donnerstag gegen elf Uhr am Beethoven-Denkmal erhalten und danach mein Dossier in der Hauptpost aufgeben. An deine Adresse, postlagernd, wenn du willst. Das wird alles ganz offen laufen, denn es handelt sich um ein normales geschäftliches Wagnis, wie du es in deiner kaltschnäuzigen Art definieren würdest. Beethoven und seine Bewunderer werden mich zu beschützen wissen.«

»Und wenn ich nicht zahle?«

»Dann geht das Dossier nicht an deine Adresse, sondern an Barbaras Vater. Der alte Herr Siemann dürfte sicherlich einen Anspruch darauf haben, die Persönlichkeit seines Schwiegersohnes in spe vor dem hundertjährigen Betriebsjubiläum im richtigen Licht zu sehen. Du siehst, ich drohe dir nicht. Ich biete nur Informationen zum Kauf an – das ist alles.«

»Verschwinde – aber sofort!«

Marianne drückte langsam die Türklinke nieder. »Ja, gern. Ich melde mich gleich bei deiner Sekretärin ab. Trennung im gegenseitigen Einvernehmen mit einer Abfindungsregelung werde ich ihr sagen. Nur das wird man von mir hören. Du kannst alles weitere veranlassen. Denk an unser kleines Geheimnis und vergiß die Sozialversicherung nicht. Beethoven wartet nur bis genau elf Uhr.«

»Raus – du Ungeheuer!«

Marianne Richter verhielt noch einen Augenblick: »Ich will dir noch einen letzten Dienst erweisen, damit du erkennen kannst, was meine Informationen wert sind. – Guido wird kaum bereit sein, Überstunden einzulegen. Weil man ihn des Mordes an Werner Klatte verdächtigt, darf er nicht ins Ausland fahren. Guido will den Verdacht nicht auf sich sitzen lassen und unbedingt selber den Täter finden. Das, was seine Fäuste dann noch davon übrig lassen, liefert er bei der Polizei ab. Er meint, am Sonnabend im Ennertwald einiges wahrgenommen zu haben. Was immer dahinterstecken mag – seine Truckermieze wird er nicht wiedersehen. Nach Werner Klattes Tod fällt mir allerdings die Trennung von Guido nicht ganz so leicht. Doch es muß sein.«

Hartmut Erlenborns Ausdruck der Wut war einer kalkigen Blässe gewichen. »Dich verdammtes Miststück soll der Teufel holen«, brachte er nur noch hervor.

Marianne zog langsam die Tür hinter sich zu und sagte der überraschten Sekretärin ein freundliches Lebewohl.

## Kapitel 14

Zolloberinspektor Wernitz ließ sich es nicht nehmen, seinen Besucher durch das Zollamt Bonn-Beuel zu führen. Der Altbau war gründlich renoviert. Nach bewährtem Behördenprinzip hatte die Oberfinanzdirektion die zum Jahresende nicht verbrauchten Haushaltsmittel noch halbwegs sinnvoll eingesetzt und für alle Dienstgrade neue Drehstühle beschaffen lassen. Die wirkten in dem hergerichteten Altbau aus der Kaiserzeit wie Fremdkörper in einem gewachsenen Organismus.

Kommissar Freiberg sah sich in Werner Klattes Diensträumen nur kurz um. Nichts erinnerte daran, daß hier ein *Mensch* Stunden und Tage seines Lebens verbracht hatte. In dieser funktionalen Sterilität zwischen alten Wänden und neuen Möbeln waren Beamte die jederzeit auswechselbaren Zutaten. Der tote Amtschef war bereits abgeschrieben wie ein Schreibtischstuhl oder ein Aktenbock, dessen amtlich kalkulierte Nutzungszeit abgelaufen war.

Wernitz bemerkte das Zögern seines Besuchers und sagte zu ihm: »Kommen Sie, wir gehen in mein Büro. Es ist gleich nebenan. Diensträume ohne Menschen lassen Zweifel daran aufkommen, ob es so etwas wie den Staat überhaupt gibt. Kollege Klatte war bei uns noch nicht richtig warm geworden. Das braucht Jahre, nicht nur Wochen – und dann wird man versetzt oder pensioniert. Man fragt sich immer wieder, woraus so ein Staat eigentlich besteht – aus Bauten oder aus Menschen.«

»Staatsgebiet, Staatsvolk und Staatsgewalt, darüber in Glücksfällen die Soße der gemeinsamen Sprache. Wenn alles zusammenpappt, hält man das für einen Staat«, rekapitulierte Freiberg die reine Lehre, wohlwissend, daß er damit dem Empfinden seines Gastgebers nicht voll entsprach. »Gerechtigkeit und Demokratie sind im Denkmodell nicht vorgesehen.«

»Sind wir Behördenmenschen nun Volk oder Gewalt? – Ist mit unserem Amtschef Klatte vielleicht ein Stück Staat verunglückt?« überlegte Wernitz laut.

»Wir müssen anders fragen«, meinte Freiberg, »ob mit ihm vielleicht ein Stück Staat umgebracht worden ist.«

Wernitz fuhr herum. »Was sagen Sie – umgebracht? Das hatten Ihre beiden Kollegen bei ihrem ersten Besuch nicht erwähnt. Aber von wem?«

»Wir wissen jetzt, daß Klatte ermordet und in den Blauen See geworfen wurde. Von wem und warum ist noch völlig unklar. Wir sitzen ziemlich fest mit unseren Ermittlungen. Vielleicht können Sie uns weiterhelfen.«

»Jederzeit bereit – aber wie? Beim Zoll gibt es über dreißigtausend Beamte, die kassieren im Jahr reichliche hundert Milliarden harte D-Mark und jagen hinter Steuersündern her – aber nicht hinter Mördern. So ab und zu wird mal einer umgebracht, ein Klatte hier am sonnigen Rhein oder irgendein anderer Kollege nachts an der grünen Grenze. Ohne die Diensthunde sähe es noch übler aus – die bieten Schutz! Ich war auch mal als Hundeführer draußen«, erläuterte Wernitz. »Sie wissen doch, ein Hund ersetzt glatt einen Beamten. Er kann nur nicht ganz so gut schreiben und lesen.«

»Wer, der Beamte?« fragte Freiberg lachend und fuhr, ohne auf Antwort zu warten, fort: »Ich habe übrigens im Zusammenhang mit den Ermittlungen im Fall Klatte eine zünftige Hundegeschichte gehört.«

»Kein Zöllnerstammtisch ohne Bello-Stories«, warf Wernitz ein.

»Aber diese hat ihren besonderen Pfiff. Dem Fernfahrer Guido Siemann von der Spedimpex in Beuel hatte so ein trampender Strolch, der von Antwerpen bis Aachen mitgefahren war, die Brieftasche mit fünftausend Mark geklaut. Ein Zollhund hat Geld und Täter ganz fix zurückgeschafft. Den ›Hundefinderlohn‹ hat Siemann mit Bekannten in der ›Old-Sound-Disco‹ auf den Kopp gehaun, wie es in unseren Akten steht. Und nun raten Sie mal, wer in der Disco per Zufall dabei war.«

Wernitz hob die Schultern. »Sie werden es mir schon sagen.«

»Ihr Chef, der ermordete Zollamtmann Werner Klatte.«

»Das kann doch kein Zufall sein«, bemerkte Wernitz energisch.

»Sieht aber ganz danach aus.«

Wernitz überlegte: »Siemann sagten Sie? Ich bin ziemlich sicher, daß Klatte das INZOLL-Telex gelesen hat.«

»Nun orakeln Sie mal nicht so vor sich hin, lieber Kollege vom Bund. Was steckt dahinter?«

»Der Zollfahndungsdienst hat uns von seinem INZOLL-Computer einen Datensatz über Guido Siemann zugeleitet. Das Fachchinesisch klingt fürchterlich, aber die Informationen sind eindeutig.«

»Und...?«

»Bei der Rückholaktion ›Brieftasche‹ hat ein Rauschgiftspürhund im Fahrerhaus des Lkw eine Tasche gefunden, in der sich eine Thermosflasche voll Haschisch befand. Siemann und sein Mitfahrer haben beide ganz energisch bestritten, mit dem Stoff etwas zu tun zu haben. Jeder hat den anderen belastet. Die Sache war nicht aufzuklären. Dadurch sitzt Guido Siemann als Verdächtiger in der INZOLL-Elektronik fest. Vielleicht hat Klatte den Kontakt mit ihm gesucht, um herauszufinden, ob mehr dahintersteckt.«

»Das wäre ja ein ganz neuer Aspekt.«

»Warten Sie«, sagte Wernitz, »wir werden gleich klarer sehen. Wahrscheinlich hat Klatte das Fernschreiben als Eingang abgezeichnet.«

Wenige Minuten nach der telefonischen Rückfrage reichte der Registrator den Vorgang herein.

Wernitz zeigte mit dem Finger auf das Papier. »Sehen Sie hier! Die Paraphe bestätigt eindeutig meine Vermutung: Klatte hatte den Text gelesen und – wie ich ihn kenne – bestimmt sehr gründlich. Für Schmuggel- und Fahndungssachen scheint er einen sechsten Sinn gehabt zu haben. Wenn er so herumgebrütet hat, war er allerdings nicht sehr gesprächig.«

»Hat er keine Andeutungen gemacht?«

»Kein Wort.«

»Und sonst? Irgendwelche dienstlichen Maßnahmen, besondere Aufträge?«

Wernitz winkte ab. »Ich wüßte nicht. Alles Routinesachen. Klatte hatte sich die Überprüfung der Steuerlager für Mineralöl und Alkohol vorgenommen. Vor allem hat er sich mit dem Branntweinmonopol befaßt. Die Materie war neu für ihn. Ist ja auch ein kompliziertes Zeug, vor allem jetzt, wo die europäischen Technokraten dazwischenfunken. Klatte wollte auch ganz genau wissen, wie Alkohol destilliert und vermarktet wird. Er hat sich ein Lehrbuch über Trinkbranntwein und Liköre bestellt – auf eigene Kosten. Das können wir gleich zurückgehen lassen. Welcher andere Beamte bezahlt so etwas schon aus eigener Tasche.«

Kommissar Freiberg nickte, griff in die Jackentasche und zog einige Zettel heraus. »Diese Notizen haben meine Kollegen unter Klattes Schreibtischauflage gefunden. Wir werden nicht schlau daraus.«

»Sein altes Steckenpferd: Mineralölformeln, Gewicht- und Volumenverhältnisse, Steuersätze. Aber das hier?« Wernitz zögerte und drehte den anderen Zettel hin und her. »Ich hab's. Mischungsformeln für Alkohol und Wasser bei 20° Raumtemperatur. Hier noch die Umrechnung von Prozentsätzen. Danach sind knapp zweiunddreißig Gewichtsprozent Alkohol achtunddreißig Volumenprozente. Macht sich besser auf dem Etikett. – Ah ja, und dann der Steuersatz, der haut hin! Zweitausendfünfhundertfünfzig Mark für den Hektoliter Reinalkohol oder fünfundzwanzig und eine halbe Mark für den Liter.«

Kommissar Freiberg verzog das Gesicht. »Vater Staat sahnt aber ganz schön ab! Wer sich die Hochprozentigen hinter die Binde kippt, erlebt eine teure Ballonfüllung.«

»Dazu noch die Mehrwertsteuer«, bestätigte Wernitz. »Richtige Säufer können keine reichen Leute werden. Sie müßten es von zu Hause aus sein – oder ihre Leber in billigem Wermut auflösen. Alkohol im Wein ist ja steuerfrei.«

»Was kassiert nun der Fiskus bei einer Flasche Klarem ab? Wasser ist ja schließlich auch noch drin.«

»Weiß ich auf Anhieb nicht. Klatte hat hier einige Berechnungen versucht. So ungefähr werden die wohl stimmen. Die Steuern belasten mit sieben und einer halben Mark jede Flasche Achtunddreißig-Prozentigen. Mehr als die Hälfte des Preises verschwindet also in der Bundeskasse.«

»Prost! Auf die Gesundheit des Herrn Finanzministers«, sagte Freiberg. »Das muß ich meinem Kollegen Müller verklickern, damit der endlich mal merkt, wie sehr er sein Familieneinkommen reduziert, wenn er mir einen Erlenborn aufnötigt.«

»Die Firma ist mit einer klotzigen Werbung auf dem Markt«,

meinte Wernitz. »Die wollen wohl bei den klaren Schnäpsen das werden, was der Wolfenbüttler mit seinem Auszug edelster Kräuter geschafft hat.«

Freiberg erinnerte sich an die gefundenen Preislisten und fragte: »Können Sie sich erklären, warum Klatte Zeitungsanzeigen über das Warensortiment und die Preise in Supermärkten gesammelt hat? Wir haben bisher an den sparsamen Junggesellen beim Einkauf gedacht. Diese Erklärung erscheint mir jetzt aber zu dünn. Klatte hatte einige Spirituosenpreise unterstrichen und Ausrufungszeichen dahintergesetzt.«

»Der hat Preise verglichen, das stimmt«, bestätigte Wernitz. »Auf meine Frage, ob er für seine Verlobung einkaufen wolle, hat er nur gelacht und gemeint, ihn interessiere sehr, was ein Vollrausch günstigstenfalls kostet. Erlenborn scheine die Konkurrenz nicht nur mit der Werbung, sondern auch mit den Preisen an die Wand drücken zu wollen. Ich habe ihm noch gesagt, daß ein altes, solides Unternehmen es sich schon eine Zeitlang leisten könne, Kampfpreise für eine bestimmte Marke durchzuhalten. So zehn bis fünfzehn Prozent billiger, das würde wohl die anderen ganz schön in die Enge bringen.«

»Ist das eine neuere Entwicklung?«

»Scheint so, seit einigen Monaten jedenfalls. Früher war Erlenborn für seine elitären Hochpreise bekannt, vor allem beim Weinbrand. Echter Cognac lag nur wenig darüber. Das stimmt auch heute noch. Nur mit dem Doppelkorn scheint es anders auszusehen. Der ist ausgesprochen billig.«

Es klopfte an der Tür, und der Registrator schaute fragend herein. »Wir haben die alten Baupläne für Samsons Feindestille ausgegraben. Aber nach Herrn Klattes Tod werden die wohl nicht mehr benötigt. Das Lehrbuch ist auch geliefert worden.«

Wernitz winkte ab. »Kann alles zurück.«

»Halt, bitte«, schaltete sich Freiberg ein. »Können Sie mir die Unterlagen für eine Weile überlassen? Ich gebe Sie Ihnen mit den Steuerlagerakten zurück. Und das Lehrbuch werde ich der Zollverwaltung gern abkaufen.«

»Mir ist allerdings schleierhaft, was Sie daraus entnehmen wollen.«

»Mir auch, für den Augenblick jedenfalls. Aber das wird sich finden. Im Moment sind mir die Pläne wichtiger. Ich habe immer schon gern Bauzeichnungen studiert – und wann hat man schon mal Gelegenheit, die Strukturen einer alten Destille in der Blaupause zu sehen. Während meines Studiums waren Burgen und Befestigungsanlagen mein Steckenpferd. Nun kommt noch der Alkohol hinzu.«

Zolloberinspektor Wernitz dankte dem Registrator. »Lassen Sie alles hier. Der Kommissar wird uns den Empfang bestätigen, als Kriminalist natürlich und nicht als neugieriger Amateuralkoholiker.«

Freiberg erteilte eine Quittung in »Sachen Mordfall Werner Klatte«.

Ein Staubwölkchen puffte durch den Raum, als Wernitz ihm die Bauakten auf den Tisch legte.

»Darf ich mal kurz telefonieren? Ortsgespräch«, fragte Freiberg.

Wernitz schob ihm den Apparat zu.

Im Präsidium meldete sich Ahrens auf der Durchwahlnummer.

»Hör zu«, erklärte der Kommissar, »ich bin im Zollamt bei Klattes Stellvertreter, Zolloberinspektor Wernitz. Hier liegt eine Verdachtsmeldung gegen Guido Siemann wegen Rauschgiftschmuggels vor. Wir müssen uns den Knaben noch mal vornehmen. Wo steckt Lupus? – Was? – Beim Bezirks- und Ermittlungsbeamten wegen POLTRANSIT? Warum auch nicht. Die Uniformierten hören so manches im Revier. Schwing dich sofort in einen Streifenwagen und hol uns den Siemann ins Präsidium. – Nein, du mußt persönlich hin. Wir brauchen den Mann dringend. – Nein, keine Festnahme, der kommt schon freiwillig mit. Aber fahrt nicht gleich mit Blaulicht und Martinshorn auf den Speditionshof. Das sähe zu sehr nach Verhaftung aus. Ich bin in einer halben Stunde zurück. Die Crew soll auf alle Fälle warten. Alles klar?«

Wernitz hatte aufmerksam zugehört. »Sie fackeln aber auch nicht lange«, stellte er anerkennend fest.

»Was tut man nicht alles, um den Kollegen vom Zoll die Dealer und Killer vom Halse zu halten. Außerdem finde ich es ausgesprochen unfreundlich, einen Menschen diese gräßliche Steinbruchwand hinunterzustürzen. Darum werden wir alles daransetzen, den Täter aus seinem Loch zu holen.«

»Brauchen Sie Hunde – als Amtshilfe?« fragte Wernitz.

»Nein, danke«, antwortete Kommissar Freiberg. »Für diese Fälle halten wir uns in unserem Kommissariat einen Wolf.« Er sagte schnell auf Wiedersehen und ließ einen irritiert dreinschauenden Beamten in dessen Bundeskemenate zurück.

## Kapitel 15

Im Präsidium stand Fräulein Kuhnert am Fenster und spähte nach ihrem so dringend gesuchten Chef aus. Der hatte sich nach dem gelungenen Abgang im Zollamt ganz langsam auf den Weg gemacht und überdachte den Stand der Ermittlungen. Die Meldung aus dem INZOLL-Computer war beunruhigend. Gleichwohl paßte sie nicht recht ins Bild. Guido Siemann als Dealer – schwer vorstellbar. Die Gefahr, an der Grenze durch Rauschgiftspürhunde entdeckt zu werden, war zu groß, wie sich gezeigt hatte. Allerdings ließ sich luft- und wasserdicht verpackt manches in einem Tankfahrzeug unterbringen. Die Tasche war jedoch im Fahrerhaus gefunden worden. Wenn aber doch, dann würde es gewiefte Hintermänner und eine Organisation in Bonn geben, die Tarnung und Logistik beherrschten. Dazu mußte sofort das 2. Kommissariat befragt werden. Nichts deutete bisher darauf hin, daß Guido Siemann in der Rauschgiftszene zu Hause war. Doch ausgeschlossen war die Möglichkeit nicht – und dann wäre Klatte ein bedrohlicher Gegner gewesen. »Noch eine Theorie«, würde Lupus sagen. »Jetzt aber verhaften, oder wir werden selbst wegen krimineller Dummheit aus dem Verkehr gezogen.« Die Überlegung war zwingend.

Endlich sah Fräulein Kuhnert auf der Rampe der Konrad-Adenauer-Brücke den kleinen roten Wagen näher kommen. Als er sich langsam vor der britischen Botschaft in den fließenden Verkehr einfädelte, gab sie einige nutzlose Handzeichen. Freiberg hatte anderes zu tun, als die Blicke an der Fassade des Präsidiums entlangwandern zu lassen. Er mußte zwei Fahrspuren kreuzen, um sich – das Haus der CDU hart rechts – ganz links in Richtung SPD-Baracke einzuordnen. Nur nach einer 180°-Kurve konnte er auf die Gegenfahrbahn zum Präsidium gelangen. Es war beruhigend zu wissen, daß die so dicht beieinander errichteten Parteihauptquartiere durch die dazwischen liegende Zentrale des Deutschen Roten Kreuzes und die stark befahrene B 9 auf friedliche Distanz gehalten wurden.

Als Freiberg die Einfahrt zum Präsidium passiert hatte, quetschte er den R 4 zwischen zwei Dienstwagen, da sonst kein Parkplatz frei war. Der Pförtner rief ihm zu: »Dringende Nachrichten für Sie! Ihr Büro wartet auf Anruf.«

»Danke, ich bin gleich selbst oben.« Freiberg stürmte die Treppen hinauf und war schneller oben als der Aufzug.

Fräulein Kuhnert hatte die Tür geöffnet und trippelte aufgeregt auf der Stelle. »Wie lange dauert es nur, bis man Sie erwischt«, begrüßte sie den Chef. »Da kann das halbe Bonn ausgerottet werden, und die Kripo gondelt mit Kleinwagen durch die Gegend, als sei das Gehalt nur Urlaubsentgelt.«

»Wo brennt's denn, meine Dame?«

»Guido Siemann ist verschwunden! Ahrens trommelt wie verrückt nach Ihnen, Lupus ist noch nicht zurück, Peters und die anderen wissen nicht genau, was los ist – und ich kann die Fahndung ja wohl nicht auslösen!«

Freiberg nahm die überraschende Wendung gelassen auf. »Wo ist Ahrens?«

»Noch in der Nähe von Spedimpex in Beuel. Er wartet auf Ihre Weisung.«

»Die Zentrale soll durchschalten. Ich will mit ihm sprechen.«

Fräulein Kuhnert war in ihrem Element. Blitzschnell hatte sie die erforderlichen Verbindungen hergestellt.

Ahrens meldete sich und redete hastig: »Gott sei Dank, Chef, daß Sie sich melden. Guido Siemann hat sich verdrückt. Jede Minute kann kostbar sein. Wir müssen die Fahndung in Gang setzen.«

»Sachte, mein Junge. Erst das Gehirn einschalten, dann den Apparat. Nacheinander! Was ist gelaufen?«

Ahrens versuchte, Ruhe in seine Stimme zu bringen. »Guido Siemann hat heute morgen vor Arbeitsbeginn seiner Schwester Barbara gesagt, er müsse wegen seines Knies zum Arzt.«

»Knie? Wieso?«

»Angeblich ein unglücklicher Sprung aus dem Fahrerhaus beim Zollamt Aachen-Lichtenbusch.«

»Welcher Arzt?«

»Das weiß keiner. Seiner Schwester hat er nur etwas von Facharzt und eventuell Krankenhaus zugemurmelt. Es könne länger dauern. Dann ist er mit seinem schwarzen Audi-Quattro fort – und ward nicht mehr gesehen.«

»Wir müssen die Ärzte abfragen!«

»Schon geschehen, Chef«, rief Fräulein Kuhnert dazwischen. »Ich bin die Orthopäden durch. Kein Patient Guido Siemann erfaßt.«

»Ja, Chef«, meldete sich Ahrens wieder, »auch keine Bestätigung aus den Krankenhäusern und Kliniken bis hin zur Universitäts-Orthopädie auf dem Venusberg. Der Knabe ist futsch!«

*»Merde alors«,* fluchte Freiberg. »Ich lasse die Fahndung anlaufen, und du läßt dir von Barbara Siemann – diskret, wenn ich bitten darf – Fotos von Guido geben und alle relevanten Daten und Informationen. Einiges haben wir ja schon hier, und sie soll uns sofort anrufen, wenn sie etwas von ihm hört. Mit den Bildern sofort nach hier zurück. Ich schicke einen anderen Wagen zur verdeckten Observation in die Nähe der Firma. Auf geht's. – Jetzt wird zur Jagd geblasen.«

Minuten später lief die Fahndung an. Guido Siemanns Signalement ging über die Leitungen. In der Leitstelle wurde der Einsatz der Streifenwagen koordiniert. Landes- und Bundeskriminalamt wie auch die Zollfahndung erhielten die notwendigen Informationen. In den Computer-Systemen von Polizei, Bundesgrenzschutz und Zoll wurden die Fahndungsdaten aufbereitet. An Hunderten von Datensichtgeräten war Guido Siemann in wenigen Sekunden bundesweit elektronisch präsent. Das unsichtbare Netz war zum Fang ausgelegt. Die Ringfahndung versprach keinen Erfolg. Zuviel Zeit war verstrichen.

»Kuhnert, das Zweite K. bitte gleich!« rief Freiberg. Die launigen Begrüßungsworte des Kollegen für Rauschgift- und Sexualdelikte blieben unbeantwortet. Dafür war Freibergs Frage nach Guido Siemanns Part in der Bonner Rauschgiftszene knapp und genau.

Ohne zu zögern antwortete Hauptkommissar Handtke: »Nein – gegen den liegt nichts vor. Absolut nichts. Niemals in Erscheinung getreten.«

»Aber an der Grenze...«

»Das Problem ist bekannt. Wir haben die INZOLL-Meldung nachrichtlich erhalten und Siemann überprüft. Keine Erkenntnisse. Aber was nicht ist, kann ja noch werden«, fügte der Chef des 2. Kommissariats hinzu.

»Danke«, sagte Freiberg kurz. »Wir haben Druck. Der Mann ist getürmt. Mordverdacht! Fahndung läuft!«

»Petri Heil!« wünschte Handtke.

»Kuhnert!« ließ sich der Kommissar wieder mit voller Lautstärke vernehmen. »Firma Erlenborn, bitte!«

Die Verbindung war im Nu hergestellt.

Freiberg drückte auf den Knopf zum Mithören; damit war Fräulein Kuhnert im Vorzimmer zugeschaltet. Sie würde die wichtigsten Fakten stenografisch festhalten. Für die Aufnahme auf Band schien noch keine Notwendigkeit zu bestehen.

Auf der Durchwahlnummer meldete sich in der Firma Erlenborn eine fremde Stimme.

»Ich hätte gern Fräulein Richter gesprochen«, sagte Freiberg.

»Die ist nicht mehr hier«, kam die Antwort.

»Wann wird sie zurück sein?«

»Überhaupt nicht. Die arbeitet nicht mehr bei uns.«

»Was sagen Sie da?«

»Fräulein Richter ist ausgeschieden – im gegenseitigen Einvernehmen. Sie hat vor ein paar Stunden das Haus verlassen.«

Kommissar Freiberg zeigte Wirkung. Sein Solarplexus zog sich zusammen. Er fragte kurz und unhöflich: »Wo ist sie jetzt?«

»Hier hat sie nichts hinterlassen, und Herr Erlenborn hat geäußert, die Angelegenheit sei für ihn erledigt. Der ist auch außer Haus«, fügte die Dame hinzu, bevor Freiberg um eine Weitervermittlung des Gesprächs bitten konnte.

Mit einem »Verdammt – danke!« legte er den Hörer zurück.

Fast gleichzeitig traten Lupus und Fräulein Kuhnert ins Zimmer. Lupus setzte zu einem kurzen Bericht an: »POLTRANSIT scheint harmlos…«

Freiberg winkte ab. »Laß gut sein. Jetzt ist die Sau los. Guido Siemann ist auf und davon. Die Richter hat ihren Job geschmissen und scheint auch verduftet zu sein.«

»Halleluja«, tönte Lupus. »Wir haben zwar noch keinen Täter, aber Bewegung im Darm. Bald werden wir auch wissen, wo es stinkt!«

»Kuhnert!« rief Freiberg abermals.

Er hatte nicht gemerkt, daß sie seitlich von ihm im Raum stand und zuckte zusammen, als sie ebenso laut mit »hier« antwortete.

»Entschuldigung – ich wähnte Sie noch nebenan an der Strippe.

Jetzt bitte die Privatwohnung von Marianne Richter.«

Der Ruf ging ab, wurde aber am anderen Ende der Leitung nicht angenommen. Die Wildkatze meldete sich nicht.

»Jetzt reicht mir's aber«, wütete Freiberg. »Ich bin ein Hornochse!«

»Chef«, beruhigte Lupus, »laß den Tieren Gerechtigkeit widerfahren. Wir sind alle nur Menschen.«

»Wie bist du wieder edel, hilfreich und gut. Verdammt noch mal! Was wissen wir eigentlich von den Figuren, die in Klattes Umfeld auftauchen und verschwinden? Da muß es Zusammenhänge geben. Wir sind nur zu gutgläubig oder zu dämlich, um sie zu erkennen. Was wissen wir zum Beispiel von dieser Marianne Richter? He, was?«

»Sie kann Auto fahren, und häufig bumst es auch.«

»Du meinst, um es ganz fein und diskret auszudrücken, in ihr laufen vielleicht die Fäden zusammen?«

Lupus grinste. »Gewisse Fäden bestimmt. Das hat sie doch im Hinblick auf Klatte und Siemann eingeräumt. Den cleveren Erlenborn dürfen wir uns getrost hinzudenken.«

»*Tres faciunt collegium*«, überlegte Freiberg. »Aber die drei waren Konkurrenten – vielleicht auch ohne voneinander zu wissen. Entweder ist die Richter jetzt mit dem Guido davon, oder es hat bei Erlenborn den Urknall der Erkenntnis gegeben. Nur welche Erkenntnis? Diese Puppe sollten wir uns mal gründlich zur Brust nehmen.«

»Chef, Vorsicht, keine Intimitäten im Amt. Erst einmal hat sie sich nicht nur deinem Zugriff entzogen.«

»Dame Kuhnert!« schrie Freiberg unvermittelt, so daß Lupus sich die Ohren zuhielt.

»Hilfe!« tönte es aus dem Vorzimmer zurück.

»Liebes Fräulein Kuhnert, verbinden Sie mich bitte noch einmal mit dem Zweiten Kommissariat«, bat Freiberg mit moderater Stimme und schob Lupus die Mithörmuschel zu.

Hauptkommissar Handtke blieb keine Zeit, das Gespräch mit dem üblichen Scherz zu eröffnen. An ihn kam sofort die Frage: »Habt ihr Freunde von Rausch und Sex vielleicht Erkenntnisse über eine Marianne Richter vorliegen?«

»Richter, Marianne? Ich glaube, da war etwas. Ich sehe die Akten durch und rufe gleich zurück.«

Freiberg brauchte keine fünf Minuten zu warten, bis der Rückruf erfolgte. »Hier haben wir sie: Marianne Richter, sechsundzwanzig Jahre alt.«

»Was genau war los?«

»Seltsamer Fall! Vor einem halben Jahr etwa hat sich ein Knabe in einer Poppelsdorfer Wohngemeinschaft den goldenen Schuß verpaßt. Koma – Exitus. Die fünf anderen Typen hatten immerhin so viel Kokain vernascht, daß sie den Tod des Aussteigers erst am nächsten Morgen bemerkt haben.«

»Und die Richter?«

»War offensichtlich nur eine Randfigur. Sie hatte – das ist erwiesen – für einige Nächte Quartier gesucht und ist auch bald wieder ausgezogen. Sie kam von Aachen und wollte sich in Bonn ansiedeln. Ihre Wohnungssuche war wohl nicht so schnell erfolgreich. So kam der Ausflug in die Bonner Bohème gerade recht.«

»Und die anderen?«

»Aus den Typen war nichts herauszuholen. Der Stoff stammte angeblich von dem toten Fixer. Verführt fühlten sie sich von dem auch alle. Sie seien sonst brave Bürgerskinder, denen die Gefahren des Rauschgiftes durchaus bekannt seien. Sie wollten es auch nie wieder tun. Die haben eine richtige Geisterschau abgezogen.«

»Und wo stecken die jetzt?«

»Nach und nach hat sich der ganze Verein aufgelöst. So läuft das oft, und bei uns verstaubt der Fall in den Akten.«

»Nicht Hasch, sondern Kokain, sagst du?«

»Ja, Heroin für den goldenen Schuß und Koks für die verführten Kinder. Kokain ist im Kommen. Im letzten Jahr weit über hundert Kilogramm aus Südamerika. Weiß der Teufel, wie und von wem das Zeug über die Grenze geschafft wird. Wir haben jedenfalls noch keine Ahnung. Aber was hat die Mordkommission mit der Richter zu tun?«

»Wir starten gerade eine Fahndung. Dieser Guido Siemann, nach dem ich dich zuerst gefragt habe, fuhr regelmäßig in die Benelux-Länder. Zwischen ihm und der Richter bestehen – drücken wir es so aus – gewisse Beziehungen. Beide sind seit einigen Stunden verschwunden. Ob gemeinsam, wissen wir nicht.«

»Wenn ihr sie erwischt«, sagte Hauptkommissar Handtke, »denkt bitte auch an Rausch und Sex – aber nur, wenn wirklich was dahintersteckt. Hoffnungslose Staubfänger haben wir genug im Regal.«

Freiberg hatte noch nicht den Hörer aufgelegt, da sang Lupus schon im Falsett:

»Mutter, der Mann mit dem Koks ist da. – Junge sei stille, ich weiß es ja. – Du hast kein Geld, ich hab' kein Geld – wer hat den Mann mit dem Koks bestellt?«

Freiberg summte mit. »Deine Sangeskunst inspiriert. Unserem guten Jungen, dem Guido, scheint es an Geld jedenfalls nicht zu fehlen. Der schnelle Quattro, teure Lokale, Hundefinderlohn mit blauen Scheinen, die kostbare Dame Marianne! – So viel Kaminholz läßt sich im Siebengebirge gar nicht klauen, daß die Rechnung aufgehen könnte.«

»Hoher Chef, du darfst mich ruhig zitieren. Sagte ich bei der Vernehmung nicht schon, so ein harmloser Bubi sei das nicht? Nun frage ich nochmals: Wer hat den Mann mit dem Koks bestellt?«

»Wie sollen wir das vom Ersten K. herauskriegen, wenn die beim Zweiten K. nichts wissen und der Zoll möglicherweise auf einer falschen Fährte sitzt. Kleinmengen von Haschisch im Fahrerhaus des Lkw erscheint mir einfach zu primitiv für das ganz große Geschäft. Aber Kokshändler mit Tankfahrzeug – das wäre ein Hammer. Im Brennwein finden die besten Spürhunde nichts.«

»Puh«, stöhnte Lupus, »noch eine Theorie und schon die erste Leiche im kalten Wasser. Es wird böse enden.«

»Ich glaube, wir trampeln in einem Porzellanladen herum und wissen es nur noch nicht. Wir müssen den Siemann oder die Richter erwischen.«

»Und dann Daumenschrauben, Chef. Du wirst mich nicht bremsen. Ich drehe zu, bis sie reden – und sie werden reden, darauf kannst du dich verlassen. – Mord und Rauschgift, da hört meine Lieblichkeit aber ganz und gar auf!«

»Langsam, langsam. Jetzt keine spekulative Folter. Wir werden uns an den Mast der Kriminalistik klammern und den Sirenen der Illegalität widerstehen – also: Was sagen die Spuren? Was wollte Klatte? Diesen Fragen können wir nachgehen, ohne die Wunderkinder kassiert zu haben. Nun?«

»Die Spurensicherung hat praktisch nichts gebracht. Zerdrücktes Gras oberhalb des Steinbruchs. Ein paar Gramm Sand, Moos und Blätter in Plastiktütchen für den Fall, daß ein Täter so liebenswürdig ist und uns seine Kleidungsstücke für eine Laboruntersuchung zur Verfügung stellt, damit wir ihn überführen können. Irgendwo auf diesem Globus müßte es auch den Gegenstand geben, mit dem die Einwirkung der stumpfen Gewalt so wirksam vollzogen wurde. Bis jetzt hat man da oben nichts gefunden.«

»Lupus«, sagte Freiberg ganz leise, beschwörend fast. »Ich möchte wetten, der liegt im Blauen See.«

»Du magst recht haben, Chef. Den Corpus die Steilwand hinunter und das Dingsbums hinterher. Vielleicht ist es einer der vielen Knüppel, die im Wasser treiben, oder ein länglicher schöner Stein, der sich im Steinbruch zu Hause fühlt. Doch wohl ziemlich aussichtslos, diese Suche, wie mir scheint.«

»Nicht so kleingläubig. Hast du nicht selbst vom Schraubenschlüssel oder einer Eisenstange gesprochen?«

»Ich ahne schon, was da herausgeholt wird: Geklaute Fahrräder, Blechpötte und Gerümpel aller Art, sowie Waffen und Munition aus vergangenen Zeiten. Im März fünfundvierzig hat die Erste Amerikanische Armee nach der Kapitulation der Festung Bonn den zermürbten Verteidigern im Siebengebirge die Drachenzähne gezogen. Damals hat es mächtig gerumst, der Rhein war wochenlang Hauptkampflinie. Sogar Adenauer hat in seinem Rhöndorf die Granaten auf sich zufliegen sehen. In manchem Loch oder Tümpel findet sich immer noch Strandgut des Krieges.«

»Nun gut, dann wird eben demokratisch entrümpelt. Wenn nur unser Marschallstab dabei ist.«

Fräulein Kuhnert rief durch die Tür: »Was, die ganze Mordkommission will baden gehen? Von euch Froschmännern soll nur keiner glauben, er würde im Bett der Prinzessin wieder aufgewärmt.«

Lupus ermunterte sie: »Warum eigentlich nicht? Dann wird dein Ahrens ein Prinz!«

»Nicht nötig«, rief sie zurück. »Den habe ich schon geadelt. Aber für das Protokoll wäre ich gern dabei.«

»Geht klar«, bestätigte Freiberg. »Läßt sich das Ganze mit unseren Polizeitauchern durchführen, oder müssen wir uns an die Feuerwehr wenden, vielleicht auch an die Sporttaucher?«

»Chef, die Aktion müßte größer aufgezogen werden, ohne daß wir gleich als Veranlasser zu erkennen sind«, gab Lupus zu bedenken. »Da gibt es auch Haftungsfragen. Aber wenn wir die Kollegen vom Bundesgrenzschutz in Hangelar darum bitten, werden die uns im Rahmen der Amtshilfe einen Taucheinsatz zelebrieren, daß den Fischen die Schwänzchen senkrecht stehen.«

»Sehr gut, laß deine Beziehungen spielen und sieh zu, daß der Teich morgen geräumt wird. – Halt, warte! Ich bin noch beim Thema eins, ich meine die Spuren. Am Tatort war das wohl schon alles, aber laß uns nicht vergessen, daß Guido Siemann bei seiner Holzauktion einen Wanderer mit dunklem Anorak oder Parka gesehen haben will. Dann wäre außer ihm und dem abgestürzten Klatte noch einer vor Ort gewesen.«

»Der große Unbekannte. Wenn ich Siemann wäre, hätte ich den auch erfunden.«

Freiberg schüttelte leicht den Kopf. »Erinnere dich an die Vernehmungssituation. Ich glaube, das war nicht erfunden. Siemann war auf den Holzdiebstahl fixiert. Erst auf meine Frage hat er spontan geantwortet, er habe auf dem Parallelweg einen Wanderer gesehen und hinzugefügt: Der hat von meiner Aktion nichts bemerkt.«

»Au weia. Mensch mit dunklem Anorak. Den lassen wir am besten gleich von Eduard Zimmermann in Aktenzeichen XY ungelöst über das Fernsehen suchen.«

»Ich sehe, du schließt den geheimnisvollen Dritten jedenfalls nicht mehr aus.«

*»D'accord,* bis zum Beweis des Gegenteils«, stimmte Lupus zu. »Wenn überhaupt, dann kommen wir nur über die Öffentlichkeit weiter.«

»Richtig, jetzt brauchen wir die Hilfe der Presse. Der schnelle Mauser bekommt sein Futter. Er soll voll reingehen nach dem Motto: Sensationelle Wendung im Fall Klatte. Kein Unfall – Mord im Siebengebirge. Kripo sucht Unbekannten mit dunklem Anorak – und alles, was dazu gehört.«

»Und die Fahndung Siemann?«

»Laß den Namen noch draußen, aber teil Mauser diskret die bevorstehende Tauchaktion mit. Das wird sein Herz erfreuen. Nur vergiß die anderen Blätter nicht, sonst gibt's Ärger wegen der Gleichbehandlung. Laß das unsere Pressestelle erledigen – die können auch dpa und ddp informieren.«

»Damit wissen wir, was uns in den nächsten Tagen bevorsteht. Die Moralschreiber werden uns Löcher in den Bauch fragen: Wann endlich legt die Polizei den Mördern im Siebengebirge das Handwerk? Warum keine Festnahme? – Uns und den lieben Vorgesetzten werden die Ohren dröhnen.«

Freiberg nickte ergeben. »Unvermeidbar. Denk daran, nichts ist so erfolgreich wie der Erfolg. Nur dadurch kommen wir aus dem Schraubstock heraus. – Nun, so weit, so gut. Auf Thema eins folgt Thema zwei: Was hatte Klatte vor?«

Lupus zögerte nicht mit der Antwort. »Den Guido Siemann aufs Kreuz legen. Das Treffen in der ›Old-Sound-Disco‹ war kein Zufall. Denk an den INZOLL-Datensatz.«

»Siemann müßte in Klatte schon eine ganz große Gefahr gesehen haben. Gewiß nicht nur wegen Holz oder Liebe.«

»Du unterschätzt die Triebe.«

»Triebe treiben Träge nach Trakehnen«, murmelte Freiberg.

Lupus sah seinen Chef verständnislos an. »Hm?«

»Laß gut sein, das ist eine andere Welt. Aber Rauschgift via Amsterdam, Antwerpen nach Bonn, Kokain-Direktimport aus Südamerika oder Heroin aus der Türkei, erst unter Verschluß durch Deutschland hindurch nach Benelux und von dort in kleineren Portionen zurück zu uns. Das läuft. Denk an den Transit-Lkw in Bayern, der mit Motorschaden auf dem Parkplatz im Spessart liegengeblieben war. Mehr als dreißig Kilo Heroin, über eine Million Fixerportionen, haben unsere Kollegen aus dem Auflieger herausgeholt. Zöllnernasen in solchen Geschäften sind gefährdet, auch wenn das Schnüffelorgan einem Klatte in Bonn gehört. Aber warum finden wir nicht eine einzige Andeutung in seinen Aufzeichnungen?«

»Der war wohl noch nicht soweit.«

»Immerhin haben wir etwas gefunden: Notizen über Alkoholprozente, Mineralölfirmen und das Wort ›Umsatz‹ mit einem dicken Fragezeichen dahinter, außerdem Preislisten von Supermärkten.«

»Klattes Arbeitsalltag«, meinte Lupus. »Guido war vielleicht nur ein vager Verdacht, ein Hobby – allerdings mit tödlichem Ausgang.«

Freiberg strich mit den mittleren drei Fingern der linken Hand langsam über seine Stirn. »Okay, unsere Argumente sind ausgetauscht. Die Katze fängt an, sich in den Schwanz zu beißen. Ich werde mich mit der Staatsanwaltschaft kurzschließen, den Chefs berichten, Haftbefehl beantragen und so etwas wie Aktenstudium betreiben. Sag du dem Ahrens, er solle ab und zu mal nachschauen, ob die Richter vielleicht doch in ihrer Wohnung auftaucht. Wir haben leider nichts in der Hand, um sie in unsere Obhut zu nehmen. Und gib mir Nachricht, wann die Froschmänner kommen.«

## Kapitel 16

Um die Stunde, da Bonns fleißige Bürger bereits schliefen, einige Politiker in ihren Stammkneipen immer noch schwadronierten und brave Beamte sich zur Ruhe begaben, um von der Karriere zu träumen, herrschte im Präsidium eine nahezu unwirkliche Stille. Hin und wieder klappte fern eine Tür – jemand ging über den Flur. Das Vibrieren des Aufzugs kam aus einer fremden Welt. Bei »CEBI« in der Einsatzleitstelle zeigten die jungen Uniformierten noch nicht die beklemmende Anspannung im Kampf gegen die Morgenmüdigkeit. Die Nacht verlief ruhig. Doch jede Sekunde konnte über 110 ein Hilferuf die trügerische Idylle stören. Die leisen Gespräche drehten sich nicht um Beförderungen oder Urlaub, sondern um den Zustand der deutschen Fußballnationalelf. Nach Derwalls Abgang war die große Frage, ob Beckenbauer es schaffen würde, die reichen Lahmen wieder auf Trab zu bringen. Einige ließen sich ihren Zweifel nicht nehmen: »Kaiser Franz ist kein richtiger Trainer, der hat keinen einzigen Schein. Die Werbeträger haben zu viele Scheine und dabei ganz vergessen, daß der Ball rund ist und ein Spiel neunzig Minuten dauert. Mensch, der Herberger hätte denen Dampf gemacht!«

Freiberg hatte den Kriminalhauptkommissar vorübergehend abgelegt, den Bürostuhl gedreht und die Beine diagonal auf die Schreibtischkante gelegt. Mit der linken Hand hielt er ein Klemmbrett auf den Knien und versuchte, sich der jungfräulichen Königin zu nähern – Blatt für Blatt. Um sich nicht vom Fluß der Gedanken fortreißen zu lassen, folgte der Bleistift jeder Zeile, jedem einzelnen Wort und jedem Satzzeichen. Sabine Heyden ahnte nicht, welche Mühsal es für ihren Waldi bedeutete, Geschehnisse aus einer Welt zu korrigieren, in der er die Erfüllung seines Lebenswunsches gefunden hätte, die sich aber jetzt immer mehr vor ihm verschloß. Auch dort wäre er Mord und Totschlag, Rachsucht und Habgier begegnet, den Kräften, die der Menschheit wie der Teufel im Nacken sitzen. Doch die historischen Kausalketten hatten bereits ihre Ursachen offenbart, und die Geschichte hatte ihr Urteil gesprochen. Es harrte der Exegese und Interpretation. Lehren aus der Geschichte zu ziehen, erschien Freiberg allerdings ein vergebliches Unterfangen. Keine Generation wollte sich ihr Recht auf eigene Fehler und Dummheit nehmen lassen.– Vielleicht war das die Lehre der Geschichte.

Das Spiel der Queen mit den Männern königlichen Geblüts, vor allem mit den Söhnen der Katharina von Medici, hatte ihm die Zeit verrinnen lassen. *Ladicte dame, Elizabeth I.* vermochte mit ihren 31 Jahren noch heiratspolitisch zu erröten und die Contenance zu verlieren, als Frankreichs Botschafter Paul de Foix ihr 1565 das liebende Interesse Karls IX. bekundete. Noch keine 15 Jahre war das Karlchen alt, aber immerhin König von Frankreich, und wurde schon von Mutter Katharina und der jungfräulichen Königin auf dem europäischen Schachbrett hin und her geschoben. – Sabine hatte ihre Quellen auch mit dem Blick für das Anekdotische ausgewertet. Darum war es unmöglich, von ihr nicht gefesselt zu sein.

Freiberg wurde unruhig. In seinen Waden begann es zu kribbeln. Förderlich war die Haltung am Schreibtisch für seinen Blutkreislauf nicht. Außerdem begann der Magen zu rebellieren. Er stand auf. Ein paar Kniebeugen, einige Schritte zum Fenster – und die Lichterkette der Südbrücke zog das Auge in ihren Bann. Nur schwach hoben sich die Höhen des Siebengebirges vom Horizont ab. Nacht am Rhein. – Im kleinen Kühlschrank, durch aufgeklebte Folie dem Ton der Büromöbel angeglichen, fand sich noch ein Fruchtjoghurt und ein Stück Gouda-Käse in durchfettetem Papier. Er entschied sich für den Käse und nahm aus dem Aktenschrank die letzten zwei Scheiben Knäckebrot. Sie hatten alles Krosse und Frische verloren. Lustlos kaute Freiberg auf der mitternächtlichen Atzung herum. Die Mineralwasserflaschen waren leer. So nahm er ein Glas und holte Wasser aus der Leitung des Handwaschbeckens nebenan – lau und fade. Er würde Fräulein Kuhnert bitten, für einige Vorräte zu sorgen.

Eigentlich hatte er doch ein Aktenstudium vorgesehen und nicht den Ausflug in ein fernes Jahrhundert. Schließlich war ein Mord aufzuklären. Er setzte sich wieder an den Schreibtisch und sichtete noch einmal Klattes spärliche Notizen. Freibergs Blick ruhte lange auf dem Zettel mit dem einen Wort: »Umsatz?« – Dieses verdammte Fragezeichen. Stand vielleicht ein bestimmter Sachverhalt in einer

Relation zum Umsatz? Waren es womöglich Guidos Nebeneinkünfte – oder war das Wort ein Zufallsprodukt und hatte mit dem Fall gar nichts zu tun? Ein weißes Blatt, ein einziges Wort mit dem ganz großen Fragezeichen im Mordfall Klatte. Lag dort die Lösung?

Freiberg legte den Zettel in die Schreibtischschublade zurück. Um auf andere Gedanken zu kommen, zog er die vergilbte und verstaubte Akte zu sich heran, deren Blätter noch mit Fäden geheftet waren. Mit Freuden blätterte er in solch alten Archivalien.

Die Baupläne der ehemaligen Samson-Feindestille waren mehrfach kunstvoll geknickt, so daß sie sich dem Aktenbündel einpaßten, aber jederzeit schnell herausgefaltet werden konnten. Die ältesten Daten auf den Schriftstücken lagen über fünfzig Jahre zurück, die jüngsten auch schon zwölf. *»Quod non est in actis, non est in mundo«*, dachte Freiberg. »Nur durch staubige Akten besteht unsere Welt.«

Er hatte die schon etwas brüchigen Baupläne entfaltet und auf dem Schreibtisch ausgebreitet. Die Destille stand auf uralten Mauern. In mächtigen Kellergewölben konnte in großen Eichenfässern das Weinbranddestillat dem Konsum entgegenreifen. Das Faßlager war unter Zollverschluß. Damit ging der Schwund zu Lasten des Staats.

Nach Süden schloß sich der Arbeitskeller mit dem Flaschenlager an. Das Branntwein-Lager für den noch nicht versteuerten Alkohol im nördlichen Teil des Kellers war auf der Zeichnung farblich hervorgehoben. Hier standen drei Tanks mit je 25000 Liter Fassungsvermögen. Diesen Raum hatte man von dem Keller für die Lagerung des Brennweins durch eine feste Mauer ohne Tür abgeschottet. Die weiteren zehn Tanks – als Zisternen bezeichnet – waren nur mit leichten Strichen angedeutet, da sich die Zollbehörden damit nicht zu befassen hatten. In den Zisternen konnte ein kleines Vermögen unter der Erde ruhen, sicherlich 250000 Liter Brennwein. Freiberg wußte nicht, ob das schon einen großen Betrieb kennzeichnete. Ein Unternehmen mittlerer Güte war es sicherlich.

Aus einer Änderungszeichnung ging hervor, daß ein seitlich angeschlossenes Gewölbe während des Krieges als Luftschutzbunker gedient hatte. Wabenartig eingezogene Wände und zusätzliche Eisenträger sollten helfen, die Deckenlasten bei einem Bombentreffer abzufangen. So war unter der Erde ein verwirrendes Labyrinth entstanden – wie die Kasematten einer Festung.

Das Telefon läutete. Freiberg war schon zu müde, um sich darüber zu wundern. »Sie haben ihn«, war sein erster Gedanke.

Kriminalhauptmeister Müller meldete sich. »Dacht' ich mir's doch, Chef, du stocherst noch in den Akten herum.«

»Wieso bist du mir zu mitternächtlicher Stunde auf den Fersen?«

»Ich hab' es in deiner Wohnung versucht, wenn man die Bude so nennen darf. Aber dort gab es dich nicht. Dann sagte mir mein scharfer Verstand, seine studentische Hilfskraft hat ihn gestern betreut, da läuft heute nichts. Sauer ist er auch, weil Herr Siemann ihn im Stich gelassen hat. Die Nacht durchsumpfen wird er nicht, weil Klattes Seele noch spukt. Also, wo kann er sein? Wo er hingehört – im Präsidium und bei der Arbeit.«

»Richtig – und du?«

»Madame und ich waren ganz schlicht im Kino. Wiederauflage von Bonnie und Clyde. Jetzt hält sie uns für fragwürdige und schießwütige Polizeiganoven. Ich versuche gerade, ihr das bei einem Drink auszureden und habe dich als leuchtendes Beispiel hingestellt.«

»Au!«

»Ich wollte nicht versäumen, dir zu melden, Chef, daß morgen um zehn Uhr die BGS-Froschmänner von der dritten technischen Hundertschaft ihre Köpfchen ins Wasser stecken werden. Die ganze Tauchergruppe kommt. Sonst was Neues?«

»Nichts«, antwortete Freiberg. »Ich danke dir und nun schlaf dich aus – und grüß Madame von mir.«

Freiberg hörte, wie Lupus die Worte weitergab. Im Hintergrund war Gläserklirren. So etwas wie: »Auf das Wohl der Nachtarbeiter« war zu vernehmen.

»Madame dankt und wünscht dir was«, sagte Lupus. »Sie wird sich jetzt mit ihrem schießwütigen Ganoven ins Bett begeben.«

Als Freiberg aufgelegt hatte, ruhte seine Hand noch lange auf dem Telefonapparat. Er hatte den ganzen Tag nichts Richtiges gegessen, die Müdigkeit lähmte ihm Kopf und Hände. Dann faltete er die Baupläne zusammen und legte die Akte griffbereit auf die linke Schreibtischseite – nur eilige Vorgänge lagen rechts. Er schaltete die Lampe aus und fuhr mit dem Aufzug ins Erdgeschoß.

»Endlich Feierabend, Herr Freiberg?« fragte der Pförtner.

»Und müde – gute Nacht.«

Der rote R 4 fand den Heimweg allein. Wohnung oder Bude? Das Fragezeichen störte ihn nicht. Freiberg streifte sein Zeug ab, ließ es auf dem Boden liegen, wusch sich kurz und fiel ins Bett. Der Schlaf traf ihn wie ein K.-o.-Schlag im Ring.

Die Nacht hatte ihr Sternenlicht noch nicht eingebüßt, als eine Straßenbahn mit schrillem Geläut auf den Schläfer zurollte. Freiberg fuhr hoch. Ein Traum und eine Realität. Er hatte Mühe, sich zurechtzufinden. Das Telefon läutete. Der Radio-Wecker zeigte drei Uhr dreißig – eine unmögliche Zeit. »Nun haben sie ihn doch erwischt«, war der erste klare Gedanke. Die nächste Empfindung war der Zorn des Enttäuschten, als sich eine Frauenstimme vernehmen ließ: »Ich kann nicht schlafen und wollte noch einmal mit Ihnen sprechen. Dies ist keine Nacht, in der man allein sein sollte.«

»Wer scheucht denn anständige Menschen um diese Zeit hoch? Das geht entschieden zu weit«, knurrte Freiberg. Dann wurde er hellwach. »Marianne Richter?«

»Ja – ich bin's«, kam leise die Antwort. »Sie hatten mir Ihre Karte gegeben. Tut mir leid – die falsche Stunde. Da sollte man nicht einmal Tote wecken. Aber...«

»Ist alles in Ordnung mit Ihnen? Wo sind Sie?«

»Ja, doch, ja. Ich bin hier in Bonn. Haben Sie etwas anderes erwartet?«

»Aber nicht in der Hausdorfstraße!«

»So, das weiß die Kripo schon wieder. Dann lassen Sie mich wohl suchen?«

»Nein, wir fahnden nach Siemann. Aber sprechen möchte ich schon ganz gern mit Ihnen. Sie haben bei Erlenborn aufgehört?«

»Richtig – und nun ist die Polizei verwirrt?«

»Allerdings. Siemann ist von der Bildfläche verschwunden, und Sie waren plötzlich auch nicht mehr zu erreichen. Darüber haben wir uns natürlich Gedanken gemacht. Von wo aus sprechen Sie?«

»Ach – Nebensache. Ich habe mich von Erlenborn trennen müssen – rein privat. Selbstachtung würden andere das hochtrabend nennen. Sie wohl auch.«

»Und Sie haben Angst, sonst wären Sie doch in Ihrer Wohnung.«

»Ich habe gelernt, vorsichtig zu sein.«

»Das war wohl eine Trennung mit Blitz und Knall?«

»Ja, es war absolut zwingend.«

»Wollten Sie mit mir darüber sprechen?«

»Nein – eigentlich wollte ich..., aber jetzt... ich weiß nicht recht, jetzt, wo Guido sich verdrückt hat. Dabei hat er mir doch gesagt, er wolle nicht das Kaninchen sein, das von der Polizei gejagt wird. Besser halte ich mich da raus, so wie das jetzt läuft. – Fahndung sagten Sie? – Mordverdacht?«

»Ja!«

»Dann lege ich lieber...«

»Nein, ich bitte Sie! Bleiben Sie am Apparat«, drängte Freiberg beschwörend. »Wir müssen miteinander sprechen, das geht auch telefonisch. Wissen Sie, wo Guido steckt?«

»Nein, ich höre jetzt zum erstenmal von seinem Verschwinden. Das paßt nicht ins Bild. Der hat doch etwas anderes vor.«

»Wie kommen Sie darauf?« wunderte sich Freiberg. »Wenn Sie mehr wissen, dann müssen Sie reden. Vielleicht ist noch ein Mensch in Gefahr. Ein Mord zieht schnell einen anderen nach, Marianne.« Er nannte sie beim Vornamen, um die Distanz zu überbrücken. »Sie müssen reden, in Ihrem oder in Siemanns Interesse.«

Ein kurzes bedrücktes Auflachen. »Ich habe mit ihm nichts mehr zu tun.«

»Was hat er Ihnen getan?«

»Nichts – meine Gefühle sind ganz einfach verbraucht.«

»Was könnte Guido vorhaben, wenn er nicht auf der Flucht ist?«

»Er will den Mörder suchen und bei der Polizei abliefern. Himmel und Hölle will er in Bewegung setzen. Beim geringsten Verdacht schlägt der alles kurz und klein.«

»Und davor haben Sie Angst?«

»Ich? Nein –!«

»Mein Gott, sprechen Sie doch endlich! Was weiß Siemann? Was hat er Ihnen gesagt?«

»Das weiß die Kripo schon alles. Er hat am Sonnabend am Rheinhöhenweg einen Wanderer gesehen.«

»Den mit dem dunklen Anorak?« fragte Freiberg, um ihre Rede nicht verstummen zu lassen.

»Ja, den mit dem braunen Anorak. Der hatte bei der Wärme sogar die Kapuze auf.«

»Was sagen Sie? Kapuze auf und brauner Anorak? Das ist neu für mich. Dann glaubt Siemann also, daß dieser Mensch mit dem Mord zu tun haben könnte? Sie auch?«

»Wieso ich? Ich habe dazu keine Meinung. Aber Guido hat so etwas gesagt wie: Er wisse schon, wo er ansetzen müsse. Ich kann mir darauf keinen Vers machen.«

»Und keine weitere Andeutung, wen er gemeint haben könnte?«

»Nein, nichts. Der Guido kennt doch tausend Leute.«

»Hatte er vielleicht mit Rauschgift zu tun?«

»Worauf wollen Sie eigentlich hinaus? Ich sollte doch wohl lieber den Hörer...«

Freiberg sagte schnell: »Dann werden Sie mitschuldig sein, wenn etwas passiert. Bitte, Sie sind doch eine kluge Frau.«

»Wohl eher eine dumme, wenn ich mit Ihnen noch lange verbunden bleibe«, sagte sie verunsichert. »Haben Sie vielleicht eine Fangschaltung gelegt?«

»Totaler Unsinn. Das kann allenfalls unter Angabe von zwingenden Gründen beantragt werden. Für die Kripo wird keine Extrawurst gebraten, und für meine Privatnummer schon gar nicht.«

»Ich will's Ihnen glauben.«

»Und ich will Ihnen gegenüber offen sein, Marianne. Wir wissen von Ihrem Gastspiel in der Poppelsdorfer Wohngemeinschaft und vom Tod des Fixers.«

»Aha, daher weht der Wind. Sie halten mich für Guidos Dealermieze, die den Stoff absetzt. Da kann ich nur sagen, hier irrt die Polizei. Ich habe mit dem Dreckszeug nichts zu tun!«

Freiberg antwortete, wie sie es getan hatte: »Ich will's Ihnen glauben. Aber was zum Teufel geht in Guido Siemann vor?«

»Ich weiß es wirklich nicht.«

Ihre Antwort wirkte hilflos, klang aber überzeugend.

Freiberg war wütend: »Verdammt und zugenäht! Dieser falsche Ehrgeiz, selbst den Detektiv spielen zu wollen. Ohne den staatlichen Apparat im Rücken hat das schon manchen das Leben gekostet. Ich hoffe nur, daß wir nicht bald einen neuen Mord aufklären müssen.«

Marianne Richter war jetzt doch bestürzt. »So ernst sieht es aus?«

»Ja – und so traurig. Wir haben keinerlei Anhaltspunkte und müssen dem Schicksal seinen Lauf lassen. Vielleicht wissen wir morgen mehr. Ich bitte Sie dringend, morgen früh zum Präsidium zu kommen. Zwischen neun und zehn Uhr bin ich dort. Wenn Sie später kommen wollen, geht das auch. Nur kommen Sie bitte, oder rufen

Sie an! Die Zentrale weiß immer, wo ich zu erreichen bin. Marianne, ich habe Angst um Sie!«

Die Leitung blieb eine Weile stumm. Langsam und zögernd formulierte sie den Satz: »Ich will es mir überlegen.«

»Marianne«, drängte Freiberg noch einmal. »Ich weiß, Sie haben Angst. Sie fürchten sich vor etwas. Wollen Sie mir nicht sagen, wo Sie sind? Ich komme sofort.«

Wieder das lange Zögern. »Nein, besser nicht. Schlafen Sie weiter, Herr Kommissar.«

Sie hatte aufgelegt.

Freiberg sprang aus dem Bett und verhedderte sich in den Kleidungsstücken, die auf dem Boden lagen. Er stolperte gegen den Tisch und fluchte. Seine erste Reaktion war: anziehen und ab ins Präsidium. Doch wie sollte das weiterhelfen? Bonn schlief, und Marianne Richter hatte sich irgendwo zwischen den dreihunderttausend Menschen der Stadt versteckt, unter einem Dach, das er nicht kannte.

Sein nächster Gedanke war: Lupus. Sein Kollege und Freund hatte vielleicht eine Idee. Sinnloser Aktionismus war schließlich die richtige Überlegung. Freiberg fühlte sich dabei sogar erleichtert. Sollte der Lupus sich ausschlafen. Morgen ist vielleicht der Tag der Erkenntnis – morgen mußten alle ihren Verstand beisammen haben.

Damit legte er sich wieder ins Bett. Aber seine Gedanken schlugen Purzelbäume. Er warf die Decke zurück, knipste die Leselampe an und griff zum Telefon. Die Leitstelle meldete sich. Auf seine Frage, ob die Fahndung etwas erbracht habe, antwortete der Beamte vom Schichtdienst: »Nein, nichts. Wir haben eine immer noch ungewöhnlich ruhige Nacht.«

»So, so, also nichts! Na, dann müssen wir abwarten. Rufen Sie mich sofort an, wenn irgend etwas passiert, was mit dem Fall Klatte und unserer Fahndung nach Guido Siemann zu tun haben könnte, oder wenn mysteriöse Schlägereien oder Unfälle passieren. Auf alle Fälle gebt mir kurz nach sieben eine Zwischenmeldung, auch wenn sich nichts getan hat. Gute Nacht!«

Nun galt es, noch ein paar Stunden Schlaf zu finden. Vielleicht würde ihm, wie schon so oft, die PT-Atmung helfen: einatmen, verzögert ausatmen, Pause – einatmen, verzögert ausatmen, Pause. – Das fünf-, sechsmal, und seine Spannung baute sich ab. »Dieser

Dummkopf Siemann, wenn man den nur vor sich selbst schützen könnte«, war sein letzter Gedanke, bevor er einschlief.

Marianne Richter stand in der zweiten Etage des Hotel garni hinter der Gardine am Fenster und sah auf den Münsterplatz hinunter. Das bleiche Licht der kunstvoll geschmiedeten Kandelaber leuchtete die weite Fläche gerade noch aus. Am Rande der leeren Traurigkeit blickte der erzene Beethoven von seinem Sockel auf zwei späte Zecher, die in Richtung Bahnhof strebten. Ihr Gesang konnte seine tauben Ohren nicht kränken.

»Zu des Meisters Füßen wird sich morgen mein Schicksal entscheiden«, dachte Marianne. »Hier oben werde ich warten und sehen, wer kommt. Vielleicht läßt sich auch von hier aus erkennen, ob noch jemand in der Menge lauert, die dem Platz am Tage das Leben verleiht. – Dann werde ich hinuntergehen. Hoffentlich ist alles schnell erledigt. Zur Hauptpost sind es nur wenige Schritte. Wenn er sein Wort hält, werde ich es auch tun. – Ich wollte, ich wäre zwölf Stunden älter.«

Sie zog den Vorhang zu und legte sich in das schmale Bett und dachte nur noch: »Bei *dem* Geschäft kann mir der Kommissar wirklich nicht helfen.«

## Kapitel 17

Nach drei Minuten leiser Musik, die er nur im Unterbewußtsein wahrgenommen hatte, ließ ein Hupton Kommissar Freiberg hochfahren. Ihm war nicht bewußt, daß er den Radiowecker auf 7 Uhr eingestellt hatte. Seine Hand drückte den Knopf nieder, und der Ton verstummte. Nach einer Minute setzte das Geheul wieder ein. Jetzt streckte er energisch den Zeigefinger auf die Taste und drückte »Signal aus«. Die Weckautomaten mochten für Schwerhörige erfunden worden sein. Freiberg schwang die Füße über die Bettkante, stand kurz auf und holte das Telefon an der Viermeter-Schnur heran. Er wollte den Anruf der Einsatzleitstelle nicht abwarten und sofort wissen, ob die Nacht für CEBI neue Erkenntnisse gebracht hatte.

»Nein, für das Erste K. nichts«, sagte ein Beamter der Frühschicht. »Mehrere Unfälle, Spätheimkehrer verprügelt seine Frau, Autodiebstähle und ein paar Villenknacker in Bad Godesberg. Drei davon haben wir erwischt. Auf dem alten Friedhof hat sich ein halbes Dutzend Stadtstreicher erst besoffen und dann geprügelt. So richtig böse sind die Kerle meist nicht. Ein Streifenwagen hat genügt, den Frieden wiederherzustellen. Das umgeworfene Steinkreuz haben unsere Beamten pietätvoll auf das zertrampelte Grab gelegt. – Das wäre alles.«

»Danke«, sagte Freiberg. Er war wieder knapp mit der Zeit. Zwei Scheiben Brot mit Marmelade und eine halbe Flasche Mineralwasser durften sich Frühstück nennen. Der R 4 schnurrte ab, als wüßte er, daß es darauf ankam, rechtzeitig zur Frühbesprechung im Präsidium zu sein, zu Wenders unchristlicher Zeit, um genau sieben Uhr und dreißig Minuten.

Die Kommissariate der Kriminalgruppen waren bereits mit ihren Beamten im Besprechungsraum vertreten. Dr. Wenders, Leitender Kriminaldirektor, hatte schon die Kurzberichte vom 5. K. über die Autodiebstähle und vom 4. K. über die neue Serie von Einbrüchen gehört und nach den Chancen der Aufklärung gefragt. Dünn sah es aus, wie so oft. Etwa 25% Aufklärungsquote bei 21 000 Fällen im Jahr dürfte kein schlechtes Ergebnis im Landesvergleich sein. Befriedigend war das aber keineswegs. Seine Gruppe II – Eigentumsdelikte – mußte dringend verstärkt werden. Doch mit Bordmitteln war nichts mehr zu machen.

»Ich werde dem Innenminister abermals auf den Nerv treten. Wir brauchen mehr Leute«, sagte Dr. Wenders. »Die können uns hier in Bonn doch nicht im Regen stehenlassen.«

Kommissar Freiberg drückte sich leise durch die Tür auf den erstbesten freien Stuhl. Lupus, Ahrens und noch ein paar Leute nickten ihm zu.

»Spät nahet er, doch er ist immer willkommen, unser Mordsucher«, begrüßte ihn der Kriminaldirektor. »Arbeit adelt, aber sie entschuldigt nicht. – Nun, wie sieht's aus mit dem Toten vom Blauen See?«

»Fahndung Siemann läuft. Sonst keine neuen Erkenntnisse. Kollege Müller hat dafür gesorgt, daß die Tauchergruppe des BGS um zehn Uhr den See nach der Tatwaffe absucht. Vielleicht wissen wir dann mehr.« Den nächtlichen Anruf erwähnte Freiberg nicht.

»Na, immerhin Bewegung im Laden. Könnte auch durch die Presse breitgetreten werden.«

»Läuft bereits«, warf Lupus ein.

Dr. Wenders sah kurz über seine Mitarbeiter hin. »Weitere Bemerkungen? Noch Fragen? Nichts? Danke. – Ende der Vorstellung.«

Fräulein Kuhnert begrüßte ihre eintretenden und dabei heftig diskutierenden Mannen: »Guten Dienstag, meine Herren. Kaffee vor der Arbeit oder nachher?«

»Sofort!« sagte Freiberg. »Ich habe von der kalten Plörre schon Läuse im Bauch. Dann an die Fahrzeuge und ab geht die Post. Dame Kuhnert, Sie kommen mit und schreiben mir das erfolgreichste Protokoll Ihres Lebens! – Übrigens, mein Kühlschrank ist leer. Nachfüllung erbeten.« Freiberg gab ihr zwanzig Mark.

»Ich werde mich seines Innenlebens annehmen«, sagte sie und legte den Geldschein auf ihren Schreibtisch.

So ganz nebenbei landete Freiberg seine überraschende Bemerkung. »Das war wirklich eine verträumte Nacht. Ich habe mit einer reizenden Dame geplauscht.«

Die Gespräche verstummten. Alle Augen richteten sich auf ihn. »Fahrt ihr nur schon zur rituellen Fußwaschung. – Ich komme später nach. Vielleicht besucht mich meine nächtliche Anruferin hier.«

»Wo steckt denn die Wildkatze?« fragte Lupus spontan.

»Mann, warum rätst du nicht ein bißchen herum? Die ganze Spannung ist futsch. Du bist 'n richtiger Pointenkiller«, knurrte Freiberg. »Sie ist hier in Bonn.«

»Aber nicht in ihrem Apartment«, stellte Ahrens kategorisch fest. »Peters und ich haben abwechselnd die ganze Nacht observiert.«

»War zwar nicht angeordnet, aber es ist nützlich zu wissen, daß die Richter nicht zu Hause war. Ich muß euch doch tatsächlich loben.«

»Wer sollte es sonst auch tun«, meinte Lupus. »Also, zu Hause war sie nicht – wo dann, Chef? Wieder in so einer koksenden Wohngemeinschaft?«

»In Bonn will sie sein. Mehr hat sie nicht gesagt.« Freiberg berichtete über sein Gespräch. »Die hat Schiß, daß ihr einer an den Hals will. Aber meine Hilfe war ihr auch nicht willkommen.«

»Du hättest dich nicht als Polizist, sondern als Bulle andienen sollen – oder als schnurrender Wildkater.« Lupus genoß diese Vorstellung.

»Witzbold«, knurrte Freiberg. »Ob sie kommt?«

»Vergiß es! Die hat andere Sorgen als unser Glück. Uns bleibt die Angeltour am Blauen See nicht erspart. Wir zittern jetzt ab. Auf, satteln wir die Enten.«

Beamte der Schutzpolizei hatten am Rheinhöhenweg sowie um den Blauen See herum eine lockere Absperrung aufgebaut. Zuschauer mußten auf alle Fälle von der oberen Kante des Steinbruchs ferngehalten werden, zu ihrem eigenen Schutz und wegen der Gefahr, daß abgetretenes Geröll die Taucher im See treffen könnte.

Die untere Zufahrt über den Schotterweg war eng und unbequem. Hier hätten Neugierige die Aktion nur behindert. Der schnelle Reporter Mauser hatte die Lage richtig eingeschätzt und seinen Wagen vor der Autobahn-Fußgängerüberführung abgestellt. Die wenigen Meter bis zum Hohlweg war er zu Fuß gegangen. Er begrüßte Lupus und die anderen Mitarbeiter. »Danke für die Mitteilung aus Leserkreisen. Und nun bitte – bevor die Anfahrt beginnt – aufstellen zum Gruppenbild mit Dame.«

»Darum möchte ich auch sehr gebeten haben«, sagte Fräulein Kuhnert, »bitte *en face* und *en profil.*«

»Sehr gern. Die Presse liebt nun mal das Ungeheuer von Loch Ness«, stellte Mauser wohlwollend fest und schoß mit dem Winder – sst-klick, sst-klick – einige Aufnahmen für das Familienalbum.

Vom Dornhecken-See kam Motorengeräusch näher. Der Schotter knirschte. UNI 11/22 geleitete den Pol-Bus des Bundesgrenzschutzes und den noch ganz neu wirkenden Tauchereinsatzwagen zum Abstellplatz neben dem Hohlweg. Der Einsatzwagen, ein Mercedes 911 mit Kastenaufbau, enthielt die gesamte Ausrüstung und die stets mitgeführte Druckkammer, die schon bei manchem Tauchunfall lebensrettend gewirkt hatte. Der Chef der Tauchergruppe, Hauptmeister im BGS Berning, rief seinen Männern ohne aufdringlichen Befehlston zu: »Wartet noch. Der Kollege von der Kripo, Hauptmeister Müller, wird uns klarmachen, worum es geht. Dies ist keine reine Übung. Wir tauchen in erster Linie für die Bonner Mordkommission. – Lupus, fang an. Wir sind ganz Ohr.«

»Komischer Vorname«, sagte ein junger Oberwachtmeister zu einem älteren Kollegen. Der winkte ab. »Das ist ein Spitzname und lateinisch: Tiger, Panther oder so.«

»Quatsch – Wolf«, berichtigte ein anderer.

»Na ja, meine ich doch.«

Lupus ließ sich auf dem vorderen Sitz im Pol-Bus nieder, drehte sich um und sagte: »Ihr wißt aus der Zeitung vom Unfall des Zöllners hier am Blauen See.« Die Köpfe nickten. »Was ihr nicht wissen könnt – die Spekulation der Presse stimmt. Dieser Werner Klatte ist am Sonnabend morgen durch einen Schlag mit einem länglichen Gegenstand auf den Hals vom Leben zum Tode befördert worden. Spätestens dann, als ihn der Täter von da oben in den Blauen See expediert hat, war es aus mit ihm. Da zur Zeit bei uns kein Krieg stattfindet, nennen wir das Mord.«

»Die Gangster gehören aufgehängt, zweimal«, rief einer der Taucher.

»Ja – aber das dürfen wir nicht. Mein Kommissar läßt mir da keine freie Hand. Also, was gesucht wird, ist die Tatwaffe. Sie könnte, muß aber nicht, da unten irgendwo im Wasser liegen.«

»Und was für eine Waffe?« kam die Frage.

»Wenn wir das wüßten! Vielleicht irgend etwas Metallenes, Schraubenschlüssel, Eisenstange – weiß der Teufel. Ihr müßt da unten alles abkrabbeln und ans Ufer bringen.«

»Da liegen bestimmt noch Granaten im Schlamm. Ich habe hier schon mal getaucht, als wir mit dem Hubschrauber einen zerdötschten PKW samt Leiche aus dem Loch geholt haben. Zwei oder drei Jahre ist das her«, warf der Chef der Tauchergruppe ein.

»Um Himmels willen«, winkte Lupus ab. »Laßt das Zeug bloß liegen. Das hat unser Mörder bestimmt nicht benutzt. Der war ja nicht lebensmüde! Damit wir sehen, wie die Fallkurve läuft, wird mein Kollege Ahrens von der Kante dort oben einen Stein und dann ein rot-weiß umwickeltes Stück Moniereisen herunterwerfen. Vielleicht hilft's euch, den richtigen Punkt zu finden.«

Ahrens kletterte inzwischen den Hang zum Rauchlochweg hinauf und begrüßte einige Kollegen der Schutzpolizei, die das Gebiet absicherten. Dann setzte er sich auf dem Rastplatz an den Holztisch, wo er vor achtundvierzig Stunden noch versucht hatte, gemeinsam mit seiner Kommissarin im Ehrenamt den Ornithologen zu spielen und verrückte Neugierige zu fotografieren. Wegen der Absperrung würde er heute allein bleiben. So konnte er mit Fotoapparat und Telezoom gewiß einige besondere Vogelflugaufnahmen auf den Film bekommen. Er nahm das handliche Sprechfunkgerät aus der Tasche und schaltete auf den internen Kanal des 1. Kommissariats.

»Lupus! Ich bin oben – wann soll ich das Zeug runterwerfen?«

»Mach es dir bequem und warte ab. Die Frösche müssen erst ihre Montur anlegen und sich aufblasen. Bleib auf Empfang, ich melde mich.«

»Verstanden – Ende!«

BGS-Hauptmeister Berning ließ seine Leute aus dem Pol-Bus aussteigen. Die für den ersten Durchgang eingeteilten Taucher hatten ihre Uniform im Bus abgelegt und sprangen in Unterhosen, einige auch schon im übergestreiften Faserpelz oder Trainingsanzug aus der Tür.

»Heiliger Bimbam!« rief Oberwachtmeister Schmeding, der wenig mehr als nichts anhatte. »Haltet euch bedeckt, Männer, wir werden von einer Dame beobachtet.«

Lupus klärte auf: »Keine Angst, die guckt euch nichts weg, die läßt sich nicht einmal von Leichen abschrecken. Die Dame gehört zu uns und schreibt ins Protokoll, was ihr euch heute so leistet.«

»Macht nur weiter mit der Modenschau!« rief Fräulein Kuhnert herüber. »So viel Charme auf einem Haufen erlebt man selten.«

Die Männer gingen zum Einsatzwagen. Schmeding und ein Kollege zwängten sich in ihre schwarzen Tauchanzüge. Die Naßbiber saßen wie eine zweite Haut auf dem Körper. Das beim Tauchen eindringende Wasser würde vom Körper aufgewärmt werden und eine isolierende Schutzschicht unter dem Neoprenstoff bilden – wie bei den Surfanzügen.

Inzwischen unterhielt sich der Chef der Gruppe mit dem Taucherarztgehilfen, der seinen Instrumentenkoffer hervorgeholt hatte und ganz nebenbei mehreren Brötchen und einer halben Fleischwurst zu Leibe rückte. Er kaute mit vollen Backen. »War 'n bißchen knapp heute morgen – und wenn ich die Kerle im kalten Wasser verschwinden sehe, wird mir ganz flau im Magen.«

Hauptmeister Berning schaute auf die Wasserfläche und meinte: »Der Blaue See hat nur zehn Meter Wassertiefe. Auftauchprobleme dürften wir da keine haben. Deine Druckkammer hätte getrost in Hangelar bleiben können.«

»Meine Eiserne Minna ist immer dabei. Irgendwer hat doch bestimmt zu viel Stickstoff im Gehirn«, frotzelte der Arztgehilfe.

»Das kommt dann vom ausgiebigen Frühstück«, konterte Berning. »Aber iß nur – wir brauchen dich. Du warst schon einige Male unser Lebensretter.«

»Weißt du noch am Bigge-See, wo sich der Kröger am Autowrack verletzt hatte und aus fünfundzwanzig Meter wie der Deubel aus der Kiste hochgeschossen kam. Dem die Haube ab, Tauchkragen und Flossen weg und mit allen übrigen Klamotten, naß wie er war, rein in die Kammer. Den Druck runter auf dreißig Meter Wassertiefe und ab zur DFLR. Diese Fliegerforscher haben dem Burschen dann den Stickstoff ganz langsam aus dem Leib geholt.«

Berning schlug ihm auf die Schulter. »Mann, das lief! Der Kröger taucht heute übrigens im zweiten Durchgang.«

Inzwischen hatten drei weitere Männer die Tauchanzüge übergestreift, das Messer am Unterschenkel befestigt und den Tiefenmesser am Handgelenk überprüft. Die kombinierte Kragenweste mit der Preßluftnotflasche diente zugleich als Tarierweste, um den Körper entsprechend der Wassertiefe wie ein U-Boot im Schwebezustand zu halten.

»Es wird nicht ohne Rettungsleine getaucht!« rief Berning. »Vergeßt nicht die Unterwasserlampen!«

Die Rettungsleine war auch Signalleine, durch die ein Draht für das Körperschallmikrofon hindurchführte, so daß der Taucher unter Wasser mit seinem Einsatzleiter sprechen konnte.

Die nicht für den ersten Tauchgang vorgesehenen Männer hatten sich die Atemgeräte über die Schulter gehängt, um sie zum See zu tragen. Einer hatte vorsichtshalber noch eine Bergungsleine mit Karabinerhaken mitgenommen für den Fall, daß sperrige Gegenstände herausgeholt werden mußten. So ausgerüstet zwängte sich eine Menschentraube durch den Hohlweg, die für jeden Maskenball ein Höhepunkt gewesen wäre. Vorweg zwei uniformierte Polizisten, dann in loser Folge Kriminalbeamte, die Froschmänner mit roten und schwarzen Taucheranzügen, BGS-Männer in Uniform oder mit Badehose und T-Shirts, die gelben Preßluftflaschen im Tragegestell über der Schulter – Fräulein Kuhnert mit Stenoblock und Bleistift, Lupus mit dem Sprechfunkgerät und schließlich der Taucherarztgehilfe, der sein letztes Brötchen verdrückte.

An allen vorbei flitzte der Reporter Mauser nach vorn – die Nikon immer schußbereit.

»Platz für den Lügenoptiker!« rief Lupus. »Will noch jemand von der schreibenden Zunft vor uns ins Wasser stürmen?« Niemand meldete sich. Mauser konnte wieder exklusiv berichten.

Lupus stimmte die Polonaise von Blankenese an, und einige summten mit: »...dabei kommt Freude auf.« Er drückte auf die Sprechtaste: »Ahrens, Obacht, wir kommen!«

»Die können doch nicht jetzt schon besoffen sein«, dachte der und trat an die Abbruchkante der Steilwand. Er hielt sich am Geäst eines Baumes fest. »Aha, da nahen die Helden. Alles klar, die Tatwerkzeuge liegen bereit.«

Jetzt ging alles sehr schnell. Bei den Tauchern saß jeder Handgriff. Kein Befehl war erforderlich. Das Atemgerät PA 38/3600 mit den beiden Preßluftflaschen zu 300 bar Druck auf den Rücken schnallen, Reißverschlüsse zu, Halbmaske auf, Lungenautomat und Tarierweste anschließen, Druckminderer justieren, Flossen an die Füße, Leine einklinken, Mundstück zwischen die Zähne, Handschuhe an – und vorsichtig über das steinige Ufer ab ins Wasser.

»Wir machen erst ein kurzes Orientierungstauchen«, erklärte der Chef der Tauchergruppe. »Wenn die Leute zurück sind, können die Markierungen geworfen werden.«

Lupus gab die Information an Ahrens weiter.

Die Beobachter am Ufer sahen nur noch einen Wasserspiegel, der sich wieder glättete und die Steilwände des Basaltsteinbruchs zitternd reflektierte. In kurzen Abständen stiegen die Blasen der verbrauchten Atemluft hoch. – Schon nach wenigen Minuten kehrten die ersten Taucher zurück, schoben die Masken hoch und nahmen die Mundstücke heraus. »Ziemliche Brühe da unten. Zwei Fahrräder, ein leichtes Motorrad, versunkene Äste und Blechdosen.«

Etwas später kamen die beiden Taucher im Naßbiber an die Landzunge. Sie hatten sich in der tieferen Region umgesehen. »Zur Mitte hin geht's noch einmal steil abwärts. Seid vorsichtig. In dem Loch liegt haufenweise Stacheldraht.«

Hauptmeister Berning wandte sich an Lupus: »Von uns aus kann euer Mann da oben seine Bomben werfen.«

Ahrens nahm die Mitteilung über sein Sprechfunkgerät entgegen. »Verstanden – ich werde jetzt den Täter spielen.« Er ging einige Meter zurück und umfaßte den Stein. »Achtung! Tatwaffe Nummer eins kommt!«

Alle Augen hingen an der Abbruchkante. Ein fallender Punkt – platsch! Die aufspritzenden Tropfen fielen zurück, und die Wellenkreise verliefen sich bis zum Rand des kleinen Sees.

»Bestens!« rief Lupus über Funk. »Von deinem Standpunkt aus gesehen im ersten Drittel bis Mitte. – Jetzt das Moniereisen!«

Pressemann Mauser hatte die Kamera am Auge. Ahrens trat wieder zurück, holte weit aus und warf die »Tatwaffe zwei« im hohen Bogen über die Kante.

»Sehr gut!« ließ sich Lupus vernehmen. »Das war nur wenig kürzer. Es reicht. Nun spiel nicht auch noch das Opfer und komm brav zu Fuß zurück. – Lebend, wenn's geht!«

Fräulein Kuhnert hatte die Anfangszeit des Unternehmens und die ersten Maßnahmen bereits notiert. Mauser glaubte, den rot-weißen Eisenstab genau im Bruchteil der Sekunde vor dem Eintauchen in das Wasser mit der Kamera erwischt zu haben.

»Dann wollen wir mal«, sagte der Chef der Tauchergruppe und gab seinen Leuten das Zeichen für den Beginn der Suchaktion.

Kommissar Freiberg hatte im Präsidium vergeblich auf Marianne Richter gewartet. Auch das Telefon war stumm geblieben. Gegen 10.30 Uhr rechnete er nicht mehr damit, daß sie sich noch melden würde. Abermals vergewisserte er sich bei der Einsatzleitung, daß kein Hinweis auf Guido Siemann eingegangen war. Dieser war nunmehr seit über vierundzwanzig Stunden wie vom Erdboden verschwunden. Das sah gar nicht gut aus!

Weniger der Überlegung als dem Instinkt folgend, zog Freiberg die Schreibtischschublade auf und nahm das von Klatte geführte Ringbuch heraus. Er blätterte es ganz langsam durch. Sein Blick blieb an der Eintragung »Spedimpex Bonn-Beuel« haften. Nun zog er das Telefon näher und wählte die Nummer. Barbara Siemann meldete sich mit geschäftsmäßiger Stimme. Als Freiberg seinen Namen nannte, hörte er einen kurzen Laut des Erschreckens. »Was wollen Sie schon wieder? Es ist schon ein starkes Stück, meinen Bruder des Mordes zu verdächtigen. Alle Mitarbeiter sind empört und mein Vater liegt mit einem Herzanfall zu Hause.«

»Haben Sie von Ihrem Bruder eine Nachricht?« fragte Freiberg kurz und direkt.

Barbara gab keine Antwort.

»Wenn er gestern wirklich zum Arzt wollte und heute noch nicht zurückgekommen ist, dann ist etwas faul an der Sache, und die Polizei tut gut daran, ihn zu suchen. Warum ist er heute nicht zur Arbeit erschienen? Also noch einmal: Hat er Sie angerufen?«

»Vielleicht hat man ihn im Krankenhaus festgehalten«, versuchte Barbara abzulenken.

»Sicher, das wäre möglich, aber dann hätten Sie Bescheid bekommen. – Hat er Sie angerufen?«

»Hm.«

»Sie wissen, wo er steckt?«

»Nein – nein – nichts weiß ich – und für die Polizei schon gar nicht«, sagte sie wütend.

»Sie machen zwei Fehler!«

»Wieso zwei und warum? Was soll das Gerede?«

»Fehler eins, daß Sie mich für dumm verkaufen wollen, Fehler zwei, daß Sie Ihren Bruder in sein Unglück rennen lassen. Wir wissen, daß er auf eigene Faust den Mörder suchen will. Das ist kein Kinderspiel! Vielleicht ist er in ein paar Stunden tot – nicht der Täter, sondern Ihr Bruder Guido. So viel können Sie dann gar nicht weinen, daß Ihnen Ihre Mitschuld vergeben wird.«

»Ich habe der Polizei nichts zu sagen – ich denke gar nicht dran.«

»Verdammt noch mal, reden Sie! Meinen Sie vielleicht, wir spielen hier den Räuber Hotzenplotz? Haben Sie schon mal gesehen, wie ein Mensch aussieht, wenn er erschossen, erschlagen, erwürgt oder erstochen, vielleicht mit zerschmetterten Gliedmaßen vor Ihren Füßen liegt? Wenn es Ihre Unvernunft so will und Ihrem Bruder passiert etwas, werde ich Sie persönlich an seine Leiche führen und dafür sorgen, daß Sie das Bild niemals vergessen werden. Tag und Nacht wird es vor Ihren Augen sein!«

Freiberg hörte, daß Barbara weinte. Sie tat ihm leid, aber es gab keinen anderen Weg. Nur Einschüchterung konnte sie zum Reden bringen. »Verstehen Sie doch, wir müssen Guido helfen. Ich halte ihn nicht für einen so harmlosen Burschen, wie Sie ihn darstellen wollen. Mit seinem Nebenverdienst ist etwas oberfaul. Doch für einen Mörder halte ich ihn nicht.«

»Aber die Polizei fahndet nach ihm – das stimmt doch?«

»Zum Teufel, ja – auch zu seinem eigenen Schutz.«

»Helfen Sie ihm«, brach es aus ihr hervor. »Bitte, helfen Sie ihm! Er ist unvernünftig, aber nicht schlecht. Bitte!«

»Wo ist er?«

Sie weinte auf. »Ich weiß es doch nicht. Er hat mich in der Nacht angerufen und gesagt, daß er in Köln beim Arzt war, aber heute und vielleicht noch die nächsten Tage nicht zur Arbeit kommen könne. Erst müsse die andere Sache geregelt werden.«

»Das ist wenig genug. Weiß er von der Fahndung?«

»Ich habe ihm gesagt, daß er gesucht wird und daß die Polizei Fotos von ihm geholt hat. Er war ziemlich durcheinander. Dabei haben wir doch übermorgen die große Hundertjahrfeier. Da soll auch meine Verlobung mit Hartmut Erlenborn bekanntgemacht werden. Auch der Europaminister hat sein Erscheinen zugesagt. Für seine Schirmherrschaft über ein Naturschutzprojekt von Erlenborn habe ich schon achtzigtausend Mark in die Firma gesteckt. Die Sache wird ganz groß aufgezogen. Mein Bruder muß doch dabei sein. Aber wenn er kommt, wird er von der Polizei verhaftet. – Das ist ja alles so schrecklich!«

»Haben Sie mit ihm darüber gesprochen?«

»Ja, sicherlich.«

»Und seine Antwort?«

»Was kann man von ihm schon erwarten, wenn er vollkommen durchgedreht ist. ›Scheiß auf deinen Hartmut und den ganzen Schnapsladen!‹ Genau das hat er gesagt. Mein Gott, der ist völlig fertig.« Es hörte sich an, als wollte sie auflegen.

»Hallo – bitte –!«

»Ja?«

»Ich glaube Ihnen, aber dadurch sieht das alles auch nicht besser aus. Rufen Sie über hundertzehn sofort an, wenn Sie von Ihrem Bruder hören. Die Leitstelle kann mich überall erreichen. Ich muß jetzt raus zum Blauen See. BGS-Taucher sind dabei, nach der Tatwaffe zu suchen. Hoffen Sie mit mir, daß sie gefunden wird und wir dadurch ein Stück weiterkommen.«

Freiberg vernahm noch ein leises Ja, bevor sie auflegte.

Marianne Richter war spät aufgestanden. Sie fühlte sich wie zerschlagen und hatte nur wenig zum Frühstück zu sich genommen. Jetzt stand sie schon eine Viertelstunde hinter der Gardine ihres Hotelzimmers und beobachtete den Münsterplatz. Am Beethoven-Denkmal warteten offensichtlich zwei Männer und eine Frau. Sie schienen nicht zusammenzugehören.

»Der große Meister«, das war neben dem Alten Zoll am Rhein und dem Brunnen auf dem dreieckigen Marktplatz der markanteste Treffpunkt für Verliebte, einkaufende Hausfrauen und Studenten. Zu den Wartenden gehörten gewiß auch einige Gäste des Pavillons, die um diese Zeit ihren Milchshake oder Kaffee tranken. Kreuz und quer, scheinbar ziellos, eilten Menschen über den Platz. Einige kauften Blumen an den bunten Ständen. Kleine Kinder liefen jauchzend den Tauben nach, die das Spiel kannten und immer wieder das für sie hingeworfene Futter auf dem Boden fanden. Eilige Damen blieben mit ihren Absätzen zwischen den Pflastersteinen hängen. Eine große Blonde schwankte auf einem noch beschuhten Fuß und ruderte auf der Suche nach dem Gleichgewicht mit den Armen. Ihre Tasche sauste im hohen Bogen in einen Taubenpulk. Die Flüche über die frauenfeindliche Art der Platzbefestigung gingen in der Menge unter.

Vor dem Kaufhof hatten kahlgeschorene Demonstranten Plakate mit handgeschriebenem Text und Bilder aus fernen Welten aufgestellt. Sie boten gegen Unkostenbeteiligung Broschüren und Faltblätter an. Jede Not fand ihre Verkünder und manches Eigeninteresse seine Befriedigung. – Der Münsterplatz zeigte sein bewegtes und heiteres Alltagsgesicht.

Zwei oder drei Minuten waren es noch bis zum ultimativen Zeitpunkt. Marianne Richter sah den Fahrer eines Auslieferungswagens der Firma Erlenborn zu Fuß aus der Poststraße kommen. Er fuhr auch den Chef, wenn dieser nicht selbst am Steuer saß. Schmitz hieß er, wie so viele hier, und gehörte damit zum rheinischen Adel. Marianne Richter kannte ihn schon lange und hatte Vertrauen zu ihm. Er hielt, soweit sie es erkennen konnte, zwei Briefumschläge in der Hand: einen großen braunen und einen kleineren weißen.

Marianne ließ mit äußerster Konzentration noch einmal ihren Blick über den Münsterplatz gleiten. Kein anderes bekanntes Gesicht tauchte auf. Sie spürte, wie in der Anspannung ihr Kreislauf abgesackt war. Jetzt, durch die Aufregung, schoß ihr das Blut in den Kopf. Schmitz ging langsam auf das Beethoven-Denkmal zu und sah sich suchend um. Nachdem Marianne ihren Brief in die Jackentasche gesteckt hatte, hängte sie sich die Schultertasche über und eilte die

Treppen hinab. Die Rechnung war bereits bezahlt, und sie verließ das Hotel mit schnellen Schritten.

Die Vielfalt der Stimmen und Geräusche traf ihr Ohr. Die ersten Touristen fotografierten den Schöpfer der Neunten auf seinem Sokkel und das Bonner Münster. Von der Remigiusstraße her kam Blasmusik herüber – die Heilsarmee mit ihren Sammelbüchsen war unterwegs.

Fahrer Schmitz hob den Kopf und blickte suchend in Richtung Kaufhof. Als Marianne Richter ihm über seine Schulter hinweg »guten Morgen« wünschte, fuhr er erschreckt zusammen. »Ich habe Sie nicht bemerkt – Entschuldigung – guten Morgen«, stotterte er und sah sie bekümmert an. »Ein Wiedersehen auf diese Weise! Für uns waren Sie doch schon die künftige Chefin.«

Marianne winkte ab. »Der Junior hat nun mal andere Pläne.«

Schmitz schüttelte resigniert den Kopf und überreichte den weißen Briefumschlag. »Wenn das nur gutgeht mit der jungen Frau. Hier bitte, diesen Brief möchten Sie kurz lesen. Wenn Sie einverstanden sind, soll ich Ihnen auch den anderen Umschlag übergeben. 's ist ja alles etwas seltsam.«

»Hartmut... Herr Erlenborn und ich wollten uns nicht mehr begegnen, und alles sollte so schnell wie möglich abgewickelt werden«, erklärte sie und riß den Brief auf.

Briefkopf, Datum, Adresse, aber keine Anrede – dann der Text:

»Nach der einvernehmlichen Lösung des Arbeitsverhältnisses wird Ihnen zur Abgeltung aller arbeitsrechtlichen und privaten Ansprüche, wie auch für die Wahrung innerbetrieblicher Kenntnisse, eine einmalige Zahlung in Höhe eines vollen Jahresgehalts gewährt.

Der Betrag von 80000 DM vermindert sich um die Lohnsteuer, um den an die Sozialversicherung – wie besprochen – abzuführenden Beitragsanteil sowie um die Vorauszahlungszinsen. Wegen der von Ihnen geltend gemachten Dringlichkeit konnte eine genaue Abrechnung noch nicht erstellt werden. Daher erhalten Sie mit getrennter Post durch Boten eine Pauschalzahlung in Höhe von 60000 DM in bar.

Ein evtl. Ausgleich zu Ihren Gunsten erfolgt später. Auf die Rückforderung eines überbezahlten Betrages wird verzichtet.«

Stempel der Firma – gezeichnet Erlenborn – fast unleserlich.

Marianne Richter biß sich auf die Unterlippe und setzte an, den

Brief zu zerreißen.

»Stimmt etwas nicht?« fragte Schmitz besorgt.

Marianne verhielt einen Moment. Sie durfte jetzt keinen Fehler begehen, auch wenn sie durch die Art und Weise der Abrechnung gedemütigt werden sollte.

»Schon gut – alles in Ordnung«, sagte sie und faltete den Brief zusammen. »Sie können mir den anderen Umschlag geben.« Da sie nicht wußte, ob Schmitz die Übergabe nur Zug um Zug vornehmen durfte, zog sie ihren Brief aus der Jackentasche. Schmitz gab ihr ohne zu zögern den braunen Umschlag, ließ aber die Hand ausgestreckt, um ihren Brief für seinen Chef entgegenzunehmen.

»Tut mir leid«, erklärte Marianne. »Ein Briefaustausch war nicht vereinbart.«

Sein Erschrecken war unübersehbar. »Aber Sie können doch... Ich durfte doch den...«

»Kommen Sie, der Chef wird Ihnen keine Vorwürfe machen, wenn alles so geschieht, wie es abgesprochen worden ist. Wir gehen jetzt gemeinsam die paar Meter zur Hauptpost, und ich gebe meinen Brief dort auf. Das können Sie dann berichten.« Sie spürte, wie unangenehm ihm diese Entwicklung war, und drängte: »Kommen Sie, bringen wir es hinter uns.«

Der dicke braune Umschlag ruhte in ihrer Schultertasche. Sie wußte, daß Schmitz es nicht wagen würde, ihn mit Gewalt wieder an sich zu bringen.

An den Schaltern herrschte Betrieb. Während der Minuten des Wartens wollte kein Gespräch aufkommen. Schmitz sah genau zu, wie der Schalterbeamte die Sendung frankierte, abstempelte und in einen besonderen Korb warf.

»Sehen Sie«, sagte Marianne, »jetzt hat alles seine Ordnung. Der postlagernde Brief kann nur von Herrn Erlenborn persönlich abgeholt werden. Der kleinen Mühe muß er sich schon unterziehen.«

»Tja, wenn Sie meinen.«

»Sind Sie allein?« Es klang wie eine leicht hingeworfene Bemerkung.

»Ja sicher – warum?«

»Und der Chef?«

»Der war in der Firma, als ich mich kurz nach zehn auf den Weg gemacht habe. Man braucht schon einige Zeit bis in die Stadt, wegen der Parkplätze – wenn man pünktlich sein will.«

»Danke. Sie waren pünktlich. Und nun ist alles erledigt.« Marianne Richter hoffte es. Noch wußte sie nicht, was der braune Umschlag enthielt.

Beide wünschten sich ein kurzes »Auf Wiedersehen«, wobei jeder annahm, daß das unwahrscheinlich war.

Marianne ging bewußt im langsamen Schlenderschritt in das große Kaufhaus nebenan. Auf der Toilette öffnete sie den Umschlag. Das Geld war vorhanden. 55 Scheine à 1000 Mark und 10 Scheine à 500 Mark. Sie stopfte alles in das Reißverschlußfach ihrer Schultertasche. Den braunen Umschlag zerriß sie in kleine Fitzel und drückte den Spülknopf. – Abschied von Erlenborn.

In der Damenabteilung kaufte sie einen flotten Sportmantel und einen schicken Leinenhut. So kam eine fast andere Frau aus dem Hause – nicht ganz leicht wiederzuerkennen.

Eine Stunde später hatte sie es sich im Transeuropa-Express bequem gemacht. Bei den Eidgenossen würde sie sich ein paar Tage Urlaub am Zürcher See gönnen und dann versuchen, Körper und Kapital wieder gewinnbringend einzusetzen. Sie war zwölf Stunden älter geworden – und fühlte sich doch einige Jahre jünger.

## Kapitel 18

Im ständigen Kontakt der Einsatzleitstelle war Hauptkommissar Freiberg gemeinsam mit Kriminalobermeister Peters zum Blauen See gefahren, allerdings ohne Martinshorn und Blaulicht.

Die Taucher waren in vollem Einsatz. Beim ersten Durchgang war zwar das rot-weiße Moniereisen ohne Schwierigkeiten gefunden worden, doch nichts, was als Tatwaffe in Frage kommen konnte. Um eine Gefährdung bei der weiteren Suche auszuschalten, hatte man die verrosteten Fahrräder und das noch recht brauchbar erscheinende Motorrad mit der Bergungsleine ans Ufer gezogen. UNI 11/22 hatte das polizeiliche Kennzeichen und die Fahrgestellnummer an CEBI durchgegeben. Nach wenigen Minuten lag bereits die Bestätigung von INPOL vor, daß die Maschine vor drei Wochen als gestohlen gemeldet worden war.

Jetzt, beim zweiten Durchgang, war Hauptwachtmeister Kröger dabei, im tiefsten Teil des Sees die Stacheldrahtrollen an die Karabinerhaken der Suchleinen zu hängen. Er sprach über das Unterwassermikrofon mit seinem Einsatzleiter: »Langsam anziehen, das sitzt alles ineinander fest. – Dreckzeug verfluchtes! – Langsamer, verdammt noch mal, sonst habt ihr mich gleich auch am Haken!«

Der Schlamm wirbelte auf und ließ auch beim Schein der Unterwasser-Suchlampe nur eine Sicht von wenigen Handbreiten zu. Als die letzte Drahtrolle an der Landzunge lag, suchte Kröger den Grund Zentimeter für Zentimeter ab. Zwei Kollegen arbeiteten sich von der Steilwand her zu ihm heran. Einer hielt einen länglichen Metallgegenstand vor die Lampe. »Vielleicht haben wir hier etwas«, hörte Hauptmeister Berning über den Draht und winkte Lupus heran, der seinem eben angekommenen Kommissar ein Handzeichen gab.

»Scheint doch wohl nicht das Richtige zu sein – nur ein altes Seitengewehr.«

»Alles herbringen«, sagte Berning.

»Schon das nächste«, meldete sich Kröger wieder. »Jetzt haben wir zwei eiserne U-Haken, recht schwer, aber uralt – und hier noch etwas ziemlich Neues – ja, was ist denn das? Ein Zelthering, wohl vierzig Zentimeter lang.«

Berning gab die Information an Freiberg weiter. Fräulein Kuhnert hielt auch diesen Fund im Protokoll fest. Die anderen kamen, aufmerksam geworden, näher. Pressemann Mauser hatte schon ein Dutzend Aufnahmen geschossen und die Motorrad-Story notiert.

»Ein Zelthering? Warum liegt der auf dem Grund des Blauen Sees?« fragte jemand.

»Ein Hering, der nicht schwimmen kann, ist auch im Süßwasser zum Tode verurteilt«, stellte Lupus fest. »Vielleicht hat der schon die Tat bereut und Selbstmord begangen.«

Mauser vermerkte dieses Bonmot sofort in seinem Notizbuch. Er würde es schon verwerten können.

»Alles an Land bringen – aber weitersuchen«, sagte Freiberg zu Berning. »Wir müssen sicher sein, nichts übersehen zu haben.«

Kröger rief aufgeregt: »Vorsicht, Granaten! Zwei Zentimeter und drei-sieben, glaube ich.«

»Nicht anrühren, auf keinen Fall!« befahl der Chef der Tauchergruppe. »Damit soll sich die Kampfmittelbeseitigung befassen. Das ist jetzt nicht unser Bier – wir melden das weiter.«

Ein Taucher legte die Eisenhaken und den Zelthering am Ufer ab. Kommissar Freiberg kniete sich auf die Steine, um genauer hinsehen zu können. Spuren ließen sich nicht erkennen.

»Das geht sofort zur Untersuchung ins Präsidium – wenn nötig nach Köln«, ordnete Freiberg an. »Die Leitstelle soll noch einen Wagen herschicken.«

Lupus zog eine Kaufhof-Einkaufstasche hervor, streifte den Wegwerfhandschuh über und legte den Fund in die grün-weiße Plastiktüte. »Wieder zehn Pfennig geopfert«, kommentierte er. »Die amtlichen Klarsichttüten sind einfach zu mickrig.«

Ein Beamter von UNI 11/22 übernahm den Fund und fuhr damit ins Präsidium. – Mauser hatte die ganze Szene auf den Film gebannt.

»Vielleicht haben wir schon gefunden, was gesucht wird – jetzt wäre Zeit für eine verspätete Mittagspause«, sagte Freiberg zum Leiter der Tauchergruppe. »Aber dann müßt ihr noch einmal die Flossen anlegen. Dieser Hering will mir als Tatwaffe nicht so ganz gefallen. Der hat schon längere Zeit im Wasser gelegen.«

»Ich bin deiner Meinung«, bestätigte Lupus. »Der Fisch beginnt am Kopf zu stinken. Gesegnete Mahlzeit.«

Die BGS-Männer gingen zum Pol-Bus und holten sich ihre Kaltverpflegung.

»Und wer nährt uns?« wollte Freiberg wissen.

»Dein Wolf hat ein Häppchen übrig«, beruhigte ihn Lupus. »Wer mehr erwartet, muß in die Kommende essen gehen.«

Fräulein Kuhnert fand wie immer ein paar Riegel Schokolade in ihrer Tasche und teilte großzügig aus. Presse-Mauser nagte mal hier und mal dort. Für ihn dauerte ohnehin jede Pause zu lange. Die Aufnahmen waren zu entwickeln, und die Artikel mußten in variierten Fassungen für mehrere Blätter vor Redaktionsschluß abgesetzt sein.

Auf wundersame Weise stand eine Kiste Kölsch zwischen den Fahrzeugen, und einige Dosen Cola hatten schon ihre Abnehmer gefunden. Am Blauen See herrschte bald eine Stimmung wie auf einem Campingplatz.

Niemand merkte, daß Ahrens erst jetzt zur Gruppe stieß. Er hatte am Rastplatz noch einige interessante Vogelaufnahmen gemacht.

Nach einer halben Stunde wurde Freiberg unruhig. Er drängte auf den Fortgang der Suchaktion, obwohl die Aussichten auf weitere Funde gering waren.

Als erster tauchte Oberwachtmeister Schmeding wieder ins Wasser. Auch in diesem kleinen See war es ein Problem der Orientierung, wenn man die Suchfelder genau flächendeckend ansetzen wollte. Die Taucher hatten darin ihre besondere Erfahrung.

Nach einer Viertelstunde meldete Schmeding einen neuen Fund. »Ich habe hier ein Rohrstück – etwa so lang wie der Zelthering.«

Der Leiter der Tauchergruppe rief die Nachricht Freiberg zu. Der sprang wie elektrisiert hoch, vergaß sein Umweltbewußtsein und schleuderte die halbleere Cola-Dose in die Büsche. Lupus streifte seinen Handschuh über und wartete am Ufer auf den Fund. Obermeister Schmeding schwamm heran und reichte das Rohr hoch. Lupus griff zu und trat zu Freiberg, der das Stück in Augenschein nahm: ein Kupferrohr, gut 30 Zentimeter lang, mit einer aufgelöteten Muffe.

»Ihr Froschmänner seid Gold wert. Ich glaube, wir haben das Corpus delicti.« – Freiberg war begeistert. – »Ahrens!«

»Ja, Chef?«

»Du bleibst hier und vertrittst das Erste K. – Hauptmeister Berning, wenn es die Tauchzeiten noch hergeben, lassen Sie die Suche doch bitte fortsetzen. Wer weiß, was da unten noch liegt. Ich fahre mit dem Kollegen Müller und unserem Fund direkt zum Präsidium. Wir müssen schnellstens klären, ob die Spur heiß ist.«

Mausers Winder produzierte unentwegt sein »sst-klick, sst-klick«.

»Wann erhalte ich meine Informationen?«

»Noch vor uns, vermute ich«, rief Lupus ihm zu. »Wir lassen keinen Pressemann verhungern.«

UNI 81/10 mit Kriminalobermeister Peters stand bereit. Freiberg und Lupus sprangen hinein. »Jetzt aber ab mit Blaulicht und Musik!«

»Das soll mir nicht schwerfallen!« sagte Peters. Gang rein, Gashebel durchtreten und hochschalten dauerte Sekunden. Der Schotter flog zur Seite.

»Weißt du, woher das hier stammen könnte?« fragte Lupus und hielt den Fund hoch.

»O verdammt – mir geht ein Licht auf!« brummte Freiberg.

»Direkt zum Präsidium?« fragte Peters.

Freiberg winkte ab. »Das hat Zeit! Auf dem kürzesten Weg nach Kessenich – und volle Pulle, wenn ich bitten darf.« Er griff zum Mikrofon: »UNI für UNI einundachtzig/zehn. Wir fahren nach Kessenich. Drei Mann an Bord.« Er drehte sich zu Lupus um. »Hast du deinen Ballermann dabei?«

»Ja, Chef, gut eingeschossen und frisch geölt.«

Die Stimme des Kommissars klang entschlossen. »Jetzt wird es ernst. Wir müssen schneller sein als Guido Siemann.«

## Kapitel 19

Selten hatte ein Kripowagen den Rhein so schnell überquert. UNI 81/10 jagte seinem Heulton hinterher. Für die Bonner Urlauber im Freizeitpark Rheinaue, wo vor noch nicht langer Zeit die Bundesgartenschau für hohe Besucherzahlen und noch höhere Schulden gesorgt hatte, gehörte das Martinshorn zum Alltag. »Wieder so ein exotischer Staatsbesucher, der es eilig hat, bei uns die harten D-Mark zu kassieren«, dachten nicht wenige und ließen ihre Modellschiffchen schwimmen oder fütterten die Enten.

Ohne den Blick von der Strecke zu nehmen, fragte Peters: »Wohin in Kessenich?«

»Firma Erlenborn«, antwortete Freiberg und drückte den Info-Geber auf Status 3. Damit war bei CEBI der Einsatz erfaßt.

»Zum Doppelkorn – den Weg kenne ich. Keine Feier ohne Meier und seinen Behördenrabatt.«

»Dann tritt mal drauf«, ermunterte ihn Lupus. »Du fährst doch sonst wie 'ne Wildsau.«

»Gurte anlegen gilt auch für den hinteren Sitz. Festhalten! Und jetzt wart's ab«, raunzte Peters zurück.

Die rotweißen Schilder einer Baustelle auf der Brückenmitte flitzten vorbei. Hart griffen die Bremsen, um einem falsch ausscherenden PKW auszuweichen. Dann heulte der Motor wieder auf.

»Chef, du meinst, die beiden stecken unter einer Decke?«

»Lieber Himmel, wie sind wir doch im Porzellanladen herumgetrampelt!«

»Wieso?«

»Das Kupferrohr! Mensch, Lupus, überleg mal! Wo verwendet man solche Kupferrohre? In einer Schnapsdestille! Brennblasen, Kessel, Zwischensammler, dazu jede Menge Rohre. Kupfer noch und noch!«

»Und der Siemann geht dort ein und aus. Aber was gibt das für einen Sinn?«

»Dieser Klatte, dieser Zollmensch, der hatte den richtigen Riecher, sage ich dir.«

»Rauschgiftring? Dann kriegt der Siemann dieses Ding hier über die Rübe«, ereiferte sich Lupus und hielt das Kupferrohr hoch.

»Nein, o Mann, was waren wir doch für Stoffel! Alle Erkenntnisse von Klattes Tisch direkt auf meinen Tisch – alle Fakten vor Augen, und wir stochern mit langen Stangen im Nebel herum!«

»Chef, meine Stange ist noch zu kurz.«

»Dafür scheinst du 'ne lange Leitung zu haben.«

Brückenende! Peters stieg auf die Bremse und zog das Fahrzeug aus der Schleuderbewegung nach rechts auf die Friedrich-Ebert-Allee. 81/10 schoß auf die linke Fahrbahn. Die Insassen hingen in ihren Gurten.

»Wildsau! Wußt' ich's doch«, knurrte Lupus.

Freiberg ließ sich nicht beirren. »Umsatz, Lupus. Denk an das dicke Fragezeichen!«

»Chef, ich bin so eins. Nun klopf mich mal zum Ausrufungszeichen!«

»Hör zu! Unsere Leiche wollte herausfinden, ob der Erlenborn mit seinem Umsatz die Dumpingpreise durchhalten konnte.«

Lupus blies die Luft aus. »Mein lieber Mann, Fräulein! Und darum also die Preislisten.«

»Genau. Erlenborn lieferte den Doppelkorn zehn bis fünfzehn Prozent unter den billigsten Angeboten der Konkurrenz. Klatte hatte gespürt, daß da etwas nicht stimmen konnte. Es gibt so Kerle beim Zoll, die haben das einfach im Urin. Klatte hat uns die einzelnen Puzzlestücke direkt vor die Nase gelegt. Wir mußten sie nur noch zusammensetzen. Ich hätte früher darauf kommen müssen – viel früher!«

»Im Alkohol liegt Wahrheit«, zitierte Lupus. »Wir hätten mehr saufen sollen.«

»Wenn sich die Betriebskosten nicht mehr senken lassen, geht's beim Schnaps nur noch durch Steuerhinterziehung. Die Hälfte oder Dreiviertel des Preises sind Steuern. Laß die mal wegfallen, dann läufst du jeder Konkurrenz davon und verdienst dich immer noch dumm und dämlich!«

81/10 hatte an der Ampel kurz halten müssen und heulte jetzt die Ollenhauerstraße entlang. Am Südfriedhof scharfer Einschlag nach rechts. Die Reifen quietschten, als ob die Toten geweckt werden sollten.

»Willst du uns dorthin expedieren?« fragte Lupus etwas weniger forsch und zeigte mit dem Daumen nach links.

Freiberg hatte sich umgedreht und umklammerte die Rückenlehne. Er rechnete seinem Kollegen vor: 100 Liter Alkohol bedeuteten 2550 Mark Steuern, 1000 Liter 25500 Mark, 10000 Liter 255000 Mark. Bei 20000 Litern im Tankfahrzeug waren das über eine halbe Million Mark.

»Ich werd' verrückt. Guido schmuggelt den Saft mit gefälschten Papieren durch den Zoll, und Onkel Hartmut hat bei, na sagen wir, sechzigtausend Flaschen eine halbe Million gespart. Das darf doch nicht wahr sein!«

»Selbst wenn er in Antwerpen etwas teurer einkaufen muß, ist das noch ein Geschäft, bei dem sich die Dümmsten gesundstoßen. Das ein- oder zweimal im Jahr, und du kannst nur noch zuschlagen, wenn dir einer auf die Schliche kommt. Sonst bist du selbst erledigt.«

»Chef, das klingt makaber – keiner war besoffen, und doch ist es ein Alkoholdelikt.«

»Wie zu Amerikas besten Zeiten der Prohibition. Ein kleiner Al Capone am Rhein.«

Peters mußte das Tempo drosseln. Auf der Karl-Barth-Straße herrschte starker PKW-Verkehr. Links das Elly-Heuss-Knapp-Gymnasium, nach wenigen Metern rechts schon die Erich-Kästner-Schule. Durch die Lüftungsklappen kam der intensive Geruch von Lakritz in den Wagen – kurz vor dem Ziel die Duftnote Haribo.

»Blaulicht und Musike aus – Streifentempo!« rief Hauptkommissar Freiberg.

Von der Friedenskirche aus steuerte UNI 81/10 mit langsamer Fahrt auf das Verwaltungsgebäude mit den markanten Lettern ER-

LENBORN zu.

»Gibt es Nebeneingänge?«

»Ja, ich kenne den zum Fabrikationsgebäude«, sagte Peters. »Da sind auch die Lagerkeller.«

»Sehr gut – also dorthin!«

Verdutzt schaute der Pförtner auf, als UNI 81/10 auf den Destillenhof fuhr. Kein Arbeiter war zu sehen, und alle Fahrzeuge schienen mit ihren Ladungen unterwegs zu sein.

Freiberg hatte die Grundrisse der Bauzeichnung noch gut in Erinnerung. Im Keller des langgestreckten Gebäudes zur Linken befand sich zunächst das Lager für den unversteuerten Alkohol, dann die Zisternen für den Brennwein und schließlich das Faßlager für den Weinbrand. Ein kleiner Bürotrakt war nachträglich seitlich angebaut worden und durch das Schild »Branntweinlager-Zollüberwachung« gekennzeichnet.

Peters ließ den Wagen langsam weiterrollen. Etwas verdeckt durch den Anbau stand ein Personenwagen im Mauerwinkel. Lupus sah ihn zuerst: »Der schwarze Quattro! – Guido Siemann ist hier. Den müssen wir uns schnappen!«

»Halt!« rief Freiberg. »Verdammt, jetzt haben wir den Salat.« Er drückte den Info-Geber auf Status 4 – angekommen – und griff zum Peiker-Mikrofon: »UNI für UNI einundachtzig/zehn – Achtung! Betrifft Fahndung nach Guido Siemann. Gesuchte Person vermutlich in der Brennerei Erlenborn in Kessenich. UNI einundachtzig/zehn an Ort und Stelle. Lage unübersichtlich – brauche dringend Unterstützung für Durchsuchung des Gebäudes – Ende.«

»Verstanden – Verstärkung kommt – Ende!«

»Bleib am Gerät«, sagte Kommissar Freiberg zu Peters. »Weis die Verstärkung ein: Ausgänge blockieren, Chefbüro und Buchhaltung besetzen. Vor allem absperren, damit uns die Werktätigen nicht in die Quere kommen. Keiner darf den Bau verlassen. Auf, Lupus, wir müssen nachsehen, was da drinnen los ist. Hoffentlich kommen wir nicht zu spät!«

»Du meinst, die bringen sich gegenseitig um?«

»Jetzt ist alles möglich.«

Fast gleichzeitig hatten Freiberg und Lupus ihre 9-mm-Sig-Sauer in der Hand.

»Scheiß-Job«, sagte Lupus. »Ich wäre lieber beim Lanzenstechen.

Aber der Bursche soll sich vorsehen – du weißt, wie fies ich auf Mordbuben bin.«

»Los, wir fangen hier vorn an – Peters mit UNI einundachtzig/zehn deckt den Hof ab. Auf!«

Die beiden waren mit wenigen Sätzen am Anbau. Freiberg schob die Tür mit der Aufschrift »Branntweinlager« erst langsam und dann mit einem Stoß ganz auf. Lupus sicherte durch das Fenster. Der Raum war leer. Die zu den Tanks führende Tür an der Rückwand war mit einem schweren Vorhängeschloß gesichert.

»Nichts!« rief der Kommissar.

Aus der Tür des gegenüberliegenden Verwaltungsgebäudes hüpfte trällernd ein junges Mädchen, mit den Gedanken ganz weit weg. Unvermutet traf sie der Ruf des Beamten vom Kripowagen: »Stehenbleiben!«

Sie sah Freiberg und Lupus mit der Pistole in der Hand und schrie auf: »Hilfe – Überfall!«

»Dumme Gans!« brüllte Lupus sie an. »Wo ist der Chef?«

Sie verschluckte sich und stotterte: »Den su... den suche ich auch. Der muß... der muß bei der Produktion sein oder im Weinkeller.«

»Gut«, sagte Freiberg. »Und nun zurück in den Bau. Keiner soll sich draußen sehen lassen. Halten Sie die Tür geschlossen.«

»O ja – o nein – Hilfe – Gangster«, schrie sie hysterisch.

»Verdammt, die hat sogar recht«, Freiberg mußte grinsen. »Jetzt den Eingang da hinten! Das müßte das Flaschenlager sein«, rief er Lupus zu. »Danach in den Zisternenkeller und wenn nötig nach oben. Im Faßlager tut sich nichts – das liegt unter Zollverschluß. Also los!«

»Welch ein Segen ruht auf deiner Nachtarbeit«, ließ Lupus sich vernehmen. »Was Herr Kommissar so alles im Kopf haben.«

»Der eine hat's hier, der andere hat's da«, antwortete Freiberg und machte die Tür auf.

Im Lager wurde gearbeitet. Einige Frauen schrien auf. Klirrend zerplatzte eine Flasche auf dem Boden.

»Keine Angst – Polizei!« rief Freiberg. »Wo ist der Chef?«

»Nicht hier. – Woher sollen wir denn wissen, wo der steckt. – Was ist überhaupt los?« gingen die Stimmen aufgeregt durcheinander.

»Was los ist, wüßte ich auch ganz gern«, knurrte Freiberg. »Lupus, zurück an der Wand entlang zum Mitteleingang und in den

Hauptkeller. Da müssen zehn Zisternen sein – dahinter liegt noch ein alter Luftschutzbunker.«

Sie liefen an der Hauswand entlang. In der Ferne wimmerten Martinshörner. Der Ton kam näher. – In die riesige, zweiflügelige Metalltür war eine kleine Durchgangstür eingelassen. Sie war nur angelehnt. Freiberg zog sie vorsichtig auf. Dann hob er lauschend den Kopf und winkte Lupus mit der linken Hand heran. Die rechte mit der Waffe zeigte nach unten.

Der Widerhall von Stimmen war zu vernehmen, undeutliche Worte und wütendes Geschrei. Dann verständlicher: »Du Saukerl! Du verdammter Schweinehund!« Das war eindeutig Guido Siemann. »Du kindischer Dummkopf!« dröhnte es zurück. Das konnte nur Hartmut Erlenborn sein. Schnelle Schritte waren zu hören, die sich entfernten.

Freiberg huschte in den Keller. Lupus folgte und zog die Tür hinter sich zu, ohne sie einzuklinken. Jetzt waren die Worte klarer zu verstehen: »Du Schwein hast uns alle ruiniert. Du willst auch Barbara ins Unglück stürzen. Du hast den Zöllner umgebracht, und ich soll dafür büßen. Du entkommst mir nicht! Eher schlage ich dich tot!«

Es hörte sich an, als würde mit einem Sack oder einem nassen Stück Stoff zugeschlagen. Dann wieder Schritte. Eine Metalltür klappte zu. Plötzlich Guidos wütender Schrei: »Du Schweinehund! Komm da raus aus dem Bunker, oder ich hole dich stückweise.«

Einige Sekunden Stille. Die Brennweintanks standen wie drohende Ungeheuer in Reih und Glied. Acht zählte Freiberg nur. Wieder das Anschlagen einer Tür, dann Guidos erschreckter Ruf: »Nein – nein!« und in der gleichen Sekunde ein Schuß. Ein Aufschrei! Peitschend der Widerhall der Explosion im Gewölbe.

Freiberg und Lupus sprangen gleichzeitig vor, die Pistole im Anschlag. »Halt! Stehenbleiben! Polizei! Die Waffe weg!«

Eine huschende Gestalt. Wieder ein Schuß. Freiberg zog instinktiv den Kopf ein. Das Geschoß traf den stählernen Mantel einer Zisterne und sauste als Querschläger mit einem widerlich singenden Ton irgendwo in die Wand.

Freiberg sprang vor, um in Schußposition zu kommen. Lupus rannte in der gleichen Absicht um den Tank herum, hob die Waffe und schoß. Die Gestalt sprang in langen Sätzen davon.

»Verdammt – kein Büchsenlicht!«

Eine Eisentür knallte zu – dann das schrammende Geräusch eines Riegels – Stille.

Am Sockel des letzten Brennweintanks lag Guido Siemann. Blut drang durch den Stoff seines Hemdes. Er stöhnte und versuchte sich aufzurichten. Seine rechte Hand umklammerte einen Anorak, außen braun, innen beige: einen Wendeanorak. Siemann mußte ihn in einer Abwehrreaktion hochgerissen haben, als der Schuß fiel.

Freiberg beugte sich zu ihm nieder. »Ganz ruhig, wir holen Hilfe. – Lupus, kümmere dich um ihn.« Noch ein paar Schritte nach links. Dann die Stahltür zum Luftschutzbunker. Freiberg rüttelte vergeblich daran. »Verfluchte Zucht! Dieser Halunke hat sich eingeschlossen. Aber wir werden ihn kriegen!«

Die Metalltür zum Hof wurde aufgerissen. Zwei Polizisten der Verstärkung stürmten mit gezogener Waffe herein.

»Raus!« schrie Freiberg. »Tür frei! Draußen herum – der Kerl ist uns entwischt.« Ein Satz zu Peters am Wagen. »Gib durch: Sofort Notarzt und RTW, Siemann ist angeschossen. Hartmut Erlenborn des Mordes und Mordversuchs verdächtig – Täter bewaffnet – noch auf dem Gelände – versucht zu entkommen.«

Dann rief Freiberg den Polizisten zu: »Ihr sichert dort um den Bau herum, ich versuche es vorn. Aber Vorsicht, der Kerl will sich den Weg freischießen.«

Freiberg erreichte die Stirnseite des Gebäudes. In der gleichen Sekunde schoß der bordeauxrote Jaguar hinter der Hauswand hervor und verschwand mit aufheulendem Motor in Richtung Rheinweg. Der Spuk war im Augenblick vorbei.

Wütend steckte Freiberg die Sig-Sauer in das Holster zurück und war mit wenigen Schritten bei UNI 81/10.

Die Streifenwagen der Verstärkung hatten vor den Eingängen Position bezogen. UNI 11/22 am Tor zum Hof sah den roten Jaguar vorbeiflitzen und nahm sofort die Verfolgung auf.

In den Fenstern des Verwaltungsgebäudes verrenkten sich Erlenborn-Mitarbeiter ihre Hälse, um etwas von dem Schauspiel mitzukriegen. Wer auf den Hof treten wollte, wurde von den Uniformierten zurückgescheucht.

Freiberg sprang in den Wagen. Jetzt mußte einmal wieder die Technik beweisen, welchen Nutzen sie hat.

Ein Druck auf den Null-rot-Knopf des Info-Gebers und die Vorrangschaltung unterbrach den Sprechfunkverkehr des Präsidiums auf dem UNI-Kanal im 4-Meter-Band. Dann Freibergs Meldung an die Einsatzleitstelle: »UNI für UNI einundachtzig/zehn: Mordverdächtiger Erlenborn mit rotem Jaguar Richtung Rheinweg flüchtig. Kennzeichen BN – ERL vier-acht-eins-vier. UNI sofort kommen mit Ring zehn. Täter macht rücksichtslos von der Schußwaffe Gebrauch. UNI elf/zweiundzwanzig hat Verfolgung aufgenommen. UNI einundachtzig/zehn bleibt wegen erster Hilfe auf dem Fabrikhof Erlenborn.«

CEBIs Elektronengehirn berechnete und organisierte mit Lichtgeschwindigkeit den ersten Fahndungsring und spuckte die Werte aus. In wenigen Minuten würden mit allen verfügbaren Kräften im Umkreis von zehn Kilometern die Ausfallstraßen und Kreuzungen besetzt sein. Das Netz der Fahndung baute sich auf. Die Einsatzleitstelle übernahm die Führung. Der Staatsanwalt erhielt Nachricht.

UNI 11/22 preschte über den Moselweg dem Jaguar nach. Der schnelle Wagen konnte in der Stadt seine Geschwindigkeit nicht voll ausfahren. Das Schild »Einbahnstraße« hatte seine Bedeutung eingebüßt.

»Täter biegt nach rechts ab Richtung B neun. Haben Sichtverbindung.«

»Ist er allein?«

»Ja, die Person ist allein im Wagen.«

Die Leitstelle beorderte UNI 14/28 als Libero von der Hausdorfstraße in Richtung Reuterbrücke. Von der Beethoven-Halle wurde UNI 14/25 von der Aufnahme eines Verkehrsunfalls abgezogen und zur Kreuzung Bertha-von-Suttner-Platz geschickt.

»Achtung!« ließ sich wieder UNI 11/22 vernehmen. »Der sitzt in der Falle – die Bahnschranken kommen runter. Wir haben ihn gleich.«

Hartmut Erlenborn hatte sich hinter das Steuer geduckt. Er sah das rotweiße Verhängnis auf sich zukommen. Vor ihm hielten bereits einige Fahrzeuge an der rechten Straßenseite. Mit einem Tritt auf das Gaspedal zog er an ihnen vorbei. Die erste Schranke schaffte er gerade noch. Bei der zweiten donnerten die Fangstäbe auf das Dach des Wagens. Sein Kinn berührte das Steuerrad. Er war durch! Nach zweihundert Metern riß er den Wagen rechts herum. Wie in einem Sprung nahm der Jaguar bei Rot die Kreuzung Heuss-Allee. Jetzt war Erlenborn sicher, die Verfolger abgehängt zu haben. Er wußte aber auch, daß ihm bald die ganze heulende Meute im Nacken sitzen würde. Vielleicht konnte er sie noch einmal täuschen. Sein Blick fiel kurz nach rechts. Dort auf dem Beifahrersitz lag die alte Wehrmachtpistole Luger 08, die er seit Jahren im Winkel des Luftschutzkellers versteckt gehalten hatte. Nur zwei Schuß fehlten im Magazin.

UNI 11/22 hatte noch versucht, an den rechts wartenden Fahrzeugen vorbei über die Schienen hinweg zu kommen. Doch es war zu spät. Mit einer Vollbremsung kam das Fahrzeug nur wenige Zentimeter vor der wippenden Schranke zum Stehen. Die Uniformierten hingen wie die Puppen beim Crashtest in den Gurten und plumpsten auf die Sitze zurück. Ihre Köpfe prallten an die Stützen.

Obermeister Klimzik pustete erleichtert die Luft aus den Lungen. »Verdammt, das war knapp!« Er streckte seine Beine aus und griff zum Mikrofon: »UNI für UNI elf/zweiundzwanzig – der Jaguar ist in Richtung B neun entkommen. Wir sitzen vor der Schranke fest.« Sein weiterer Kommentar, »Verdammte Scheiße«, ging im Geräusch des vorbeidonnernden Intercity-Zuges unter.

Der Fahrer lauerte mit dem Fuß auf dem Gaspedal darauf, wieder durchstarten zu können, doch die Schranken blieben geschlossen. Ganz langsam rumpelte ein Güterzug in Richtung Bad Godesberg. Dann erst – ping – ping – ping – gaben die rotweißen Arme den Weg wieder frei.

In der Einsatzleitstelle haute ein Beamter vor Wut mit der Hand auf den empfindlichen Funktisch. Auf dem Destillenhof von Erlenborn hatten Hauptkommissar Freiberg und Obermeister Peters das dramatische Funkhörspiel über den Lautsprecher von UNI 81/10 verfolgt. »Verfluchter Hund!« rief Freiberg. »Aber du kommst nicht weit!«

Auch in der Hauptwache des Schutzbereichs 1 im Präsidium und in der Wache des Objektschutzdienstes gleich nebenan kam die Meldung über den Lautsprecher herein. Jeder wußte: Für den Fluchtwagen gab es nur zwei Möglichkeiten. Entweder auf der B 9 nach links Richtung Innenstadt und Kennedy-Brücke, oder nach rechts Richtung Bad Godesberg, mit der Auffahrt zur Konrad-Adenauer-Brücke direkt vor dem Präsidium. Hier konnte der Täter in den nächsten Sekunden auftauchen. Zwei Beamte des Objektschutzdienstes rissen die Heckler-&-Koch-Maschinenpistolen aus dem Waffenregal und sprinteten zur B 9 vor. Unter den Betonstelzen des Präsidiums hindurch zum Haupteingang rannte ein anderer. – Alle warteten!

Hartmut Erlenborn wußte, daß er keine Chance hatte, auf der B 9 zu entkommen. Aber er kannte Bonn. – Am Bundesvermögensamt tauchte er über die Rampe in die alte Unterführung zum Trajekt – hier war früher die Eisenbahn zum Rheinufer gedampft. Jetzt war die Charles-de-Gaulle-Straße der Zubringer zur Rheinaue.

Nach fünfhundert Metern zeigte die Ampel zur Ludwig-Erhard-Straße Grün. Noch war kein Polizei-Fahrzeug auf der Strecke zu sehen. Erlenborn atmete auf, normalisierte sein Tempo und fuhr nach Osten über die Rheinbrücke – raus aus der Rattenfalle von Straßen, Häusern, Autos und heulenden Martinshörnern.

In der Funkleitstelle gingen die Status-Meldungen der Streifenwagen und Kräder ein: Viktoriabrücke besetzt, Bertha-von-Suttner-Platz besetzt, Kennedy-Brücke besetzt, Eisenbahnunterführung B 9 Godesberg besetzt, UNI 12/18 vom Schutzbereich Bad Godesberg als Libero auf der Mittelstraße Richtung Ludwig-Erhard-Straße, auf der rechten Rheinseite im Schutzbereich Beuel alle Ausfallstraßen nach Osten abgeriegelt. – Überall Status 4. –

Am Blauen See ging der Tauchereinsatz ohne neue Erkenntnisse zu Ende. Die Kiste Kölsch war geleert. Kriminalobermeister Ahrens hörte die Fahndungsmeldung, als er sich beim BGS für die erfolgreiche Hilfe bedankte. Wie der Blitz sprang er zu den Uniformierten in den Streifenwagen. Presse-Mauser quetschte sich dazu. »Befehl vom Kommissar«, rief er. Niemand nahm sich die Zeit, ihn aus dem Fahrzeug zu expedieren. Nach drei oder vier Minuten meldete UNI 11/26 auch die Behelfsabfahrt der Konrad-Adenauer-Brücke am Ennert besetzt.

CEBI, das elektronische Computergehirn in der Funkleitstelle, nahm die automatisch eingegebenen Werte in seinen Verdauungstrakt auf und rechnete mit. Ring 10 war geworfen. Das Fluchtfahrzeug mußte sich in den nächsten Minuten im Netz festfahren.

Doch die Polizistennasen an den Standorten wurden lang und länger. Der Jaguar blieb verschwunden.

Die Bits und Bytes im Elektronengehirn kapierten das auch und vollführten ihre Tänze, um eine neue Weg-Zeit-Berechnung zu erstellen: Ringanschlußfahndung.

»EDWIN für UNI«, ging der Ruf an die überörtliche Leitstelle beim Regierungspräsidenten in Köln. Das CEBI-Gehirn gab seine vorliegenden Daten weiter. »EDWIN kommen mit Ring zwanzig!«

Die Einsatzsprache war zu gestanzten Wörtern verkürzt, fast so unmenschlich wie der technische Fortschritt selbst.

»Mit Ring zwanzig schaffen wir das vielleicht noch«, sagte Freiberg zu Peters.

In der Minute fuhren bei Erlenborn Notarzt und Rettungstransportwagen auf den Hof. Freiberg führte Arzt und Sanitäter in den Zisternenkeller zu Guido Siemann, wo Lupus versucht hatte, dessen Blutung zum Stillstand zu bringen.

»Jetzt ist er bewußtlos.«

»Dann tut's auch nicht mehr weh«, stellte der Arzt lakonisch fest. Kurze Untersuchung, Kompressionsverband, und Guido wurde auf der Trage in den RTW geschoben. Auf der Fahrt erfolgte die weitere ärztliche Versorgung.

Lupus warf den durchschossenen braunen Anorak nach hinten in das Fahrzeug. Seine erste Frage war: »Haben wir ihn?«

»Nein – er hat uns... auf der B neun entwischt.«

»Das gibt's doch nicht!«

»Ring zehn kam zu spät, über EDWIN läuft Ring zwanzig. Gott sei Dank – der Verletzte ist versorgt. Hoffentlich kommt er durch.«

»Scheiß-Geschäft!« fluchte Lupus. »Was nun? Zum Präsidium?«

»Nein«, sagte Freiberg entschlossen. »Jetzt gibt's Nägel mit Köppen. – Wo kann hier ein Hubschrauber runter?«

»Gleich hinter Erlenborn – Sportplatz Wasserland.«

Der Kommissar griff zum Mikrofon: »UNI für UNI einundachtzig/zehn – Hubschrauber anfordern. Ich fliege mit. Landeplatz Sportplatz Wasserland.«

Von der Leitstelle ging der Ruf sofort weiter: »EDWIN für UNI – dringend Hubschraubereinsatz. Fahndung nach Mordverdächtigem – flüchtig mit rotem Jaguar. Zwischenlandung in Bonn-Kessenich, Sportplatz Wasserland. Kripo steigt zu. Wir legen Landekreuz aus.«

EDWIN hatte HUMMEL 4 bei einer Verkehrskontrolle über dem Südverteiler Köln an der Funkleine.

»HUMMEL 4 von EDWIN. Achtung! Einsatz für Präsidium Bonn – Mordfahndung. Schalten Sie auf Kanal UNI.«

HUMMEL 4 schaltete um, meldete über Funk Status 3 ein und nahm mit knatternden Rotoren Kurs auf Bonn-Kessenich. Die zwanzig Kilometer bis zur Bundeshauptstadt waren keine Entfernung. Bald schon über Brühl mit Schloß Augustusburg. – Heute kein Staatsempfang! – Verdeckt in den Bäumen, aber aus der Höhe gut sichtbar, Jagdschloß Falkenlust. Nach Osten der Rhein, westlich die langgezogenen Höhen der Ville mit den zahllosen Obst- und Gemüseplantagen. Unten das Netz der Straßen und Autobahnen, die Bundesbahn mit ihren Abzweigungen, dann Bornheim, Alfter, auf der Hardthöhe deutlich sichtbar die Gebäude des Verteidigungsministeriums. Die Rotorblätter zerschnitten den Himmel und blitzten in den Strahlen der späten Sonne.

Mit Blaulicht und Martinshorn rasten drei Streifenwagen zum Sportplatz Wasserland, um das Landekreuz auszulegen und den Platz zu sichern. Peters brachte Kommissar Freiberg auf dem kürzesten Weg in die Arena. Die Polizisten waren noch dabei, die weißen Streifen geradezuziehen, als HUMMEL 4 von Poppelsdorf her zur Landung ansetzte. Der Schornstein des Heizkraftwerks Süd ragte in wenigen hundert Metern Entfernung wie ein drohender Finger in den Himmel. Der Landevorbereitungen hätte es nicht bedurft, denn der Pilot kannte sich hier aus. Es war der übliche Anflug zum Landeplatz des Polizeipräsidiums jenseits der Bundesbahn.

Die Rotorblätter drehten sich langsam weiter, als Freiberg gebückt über den Rasen lief und in den Hubschrauber kletterte. Zuvor hatte er Lupus und Peters noch zugerufen, sie sollten mit UNI 81/10 zum Endenicher Ei fahren. Von dort aus war jederzeit ein schneller Einsatz nach West, Nord oder Ost möglich. Freiberg rechnete nicht damit, daß Hartmut Erlenborn versuchen würde, nach Süden durchzubrechen. Dort würde er auf verstopften Straßen spätestens in Remagen oder Bad Breisig in dem von Koblenz gesteuerten überörtlichen Fahndungsring festsitzen. Die Flucht nach Osten ins Bergische Land oder in den Westerwald bot die bessere Möglichkeit des Entkommens.

»UNI an HUMMEL vier. Habe Kripo an Bord. Wir starten.«

Die Rotoren drehten hoch. Das Landekreuz blieb immer kleiner werdend zurück.

»HUMMEL vier von UNI – verstanden. Ring zwanzig läuft. Täter vermutlich über Konrad-Adenauer-Brücke entkommen. Flucht Richtung Ost oder Richtung Königswinter – Bad Honnef wahrscheinlich. – Ende.«

»UNI für HUMMEL vier – verstanden. Wir suchen.«

Hauptkommissar Freiberg schob sich im Sitz zurecht und zog die Gurte fest. Mit einem Klaps auf die Schulter des Piloten bedankte er sich für die schnelle Reise.

Zwei paar Augen senkten sich nach unten und suchten die Straßen ab. Endlose Lindwürmer von buntem Blech, sich dehnend und streckend, dann sich zusammenziehend und krümmend, glitten unter ihnen dahin. Auf dem Rhein Frachtschiffe, Tanker, Sportboote und die Ausflugsdampfer der Weißen Flotte.

Der Pilot legte den Knüppel nach rechts. Die B 42 am Rheinufer nach Süden war verstopft. Dann Königswinter – eine Zahnradbahn zockelte zum Drachenfels hinauf. Hinter den Felsen über Rhöndorf ein kurzer Blick auf Adenauers Haus am Hang. Der Arbeitspavillon und die ehemalige Boccia-Bahn lagen im Sonnenlicht.

Eine weite Linkskurve über das Siebengebirge und in Höhe des Großen Ölbergs ein Blick auf die Autobahn nach Frankfurt. – Doch das Fluchtfahrzeug war nicht zu sehen. Aus der Sicht von oben rollte die Landschaft mit ihrer Vielfalt wie ein Film vorbei.

»Beaulieu! – Beaulieu!« schrie Freiberg plötzlich. Aber es war nicht die Kameramarke, sondern ein Ort irgendwo im Argonnerwald, der sich über die Gedankenverbindung in sein Bewußtsein drängte.

»Achtung – Mikro her«, rief er. »UNI für HUMMEL vier – Kein Fluchtfahrzeug Richtung Ost oder Süd. – Achtung! Neue Erkenntnisse. Achtung! Ich führe Fahndung aus der Luft weiter. Wir nehmen Kurs West.«

Der Pilot sah ihn an und zuckte mit den Schultern.

»Erst Nordbrücke, dann volle Pulle Süd-West!« rief Freiberg ihm zu.

In der Leitstelle scheuchte die Meldung die Leute an den Funktischen hoch. Sie konnten ja nicht wissen, was Freiberg und Lupus bei der Vernehmung Guido Siemanns erfahren hatten, daß Erlenborns Ferienhaus in den Argonnen lag.

Auch CEBIs Elektronengehirn zuckte gekränkt zusammen. Dem

zuständigen Leitenden blieb keine andere Wahl, als das neue Spiel freizugeben. Dieser Kripo-Mensch am Himmel brachte alles durcheinander. Nur noch der Erfolg konnte ihm recht geben.

»HUMMEL vier von UNI. – Verstanden. Kriminalhauptkommissar Freiberg führt Fahndung aus der Luft.« Damit war für alle Fälle der Name des Luftchaoten auf den Revoxbändern dokumentiert.

Am Endenicher Ei hatten auch Lupus und Peters in UNI 81/10 die Durchsage gehört. »Los, Peters – ab nach Westen. Zeig, was du kannst!« Im 1. K. hatte es sich eingebürgert, daß die Kriminalobermeister Peters oder Ahrens am Steuer saßen, wenn die 81er Fahrzeuge unterwegs waren. Lupus fuhr ungern selbst. Bei den jüngeren Kollegen sah das anders aus.

»Wohin?«

»Go west, my boy – go Meckenheim. Wir reisen nach Frankreich«, sagte Lupus, lehnte sich im Beifahrersitz zurück und suchte summend nach der Melodie »Argonner Wald um Mitternacht«.

»UNI für HUMMEL vier«, quäkte es wieder aus der Luft. »Achtung, dringend! Autobahnkreuz Meckenheim und Ausfallstraßen dicht machen. Täter wird versuchen, nach Westen über die Grenze zu entkommen.«

»Was dieses Bürschchen von der Kripo alles von uns will«, dachte pikiert der leitende CEBI-Gehilfe. »Na, wir werden ihm beistehen.«

Die Bildschirme und Datensichtgeräte zeigten an, daß UNI 12/01 vom Schutzbereich Bad Godesberg in wenigen Minuten am Autobahnkreuz eintreffen mußte, ebenfalls der Kripowagen 81/10. EDWIN hatte die Polizei-Autobahnstation Heimerzheim alarmiert. Ihre schnellen Porsche fegten über die Piste. Auch die Koblenzer rückten an. Das Mögliche war getan.

HUMMEL 4 strich an den Stahlsaiten der »Rheinharfe« vorbei, die zwischen Siegniederung und Römerbad den Fluß überspannt. Bei dieser Flughöhe war auf der Autobahn jedes Fahrzeug zu erkennen. Aus einem Bus winkten Kinder herauf. Vom Verteilerkreis wurden die Fahrzeuge in alle Richtungen geschleudert. Wie üblich ein kleiner Rückstau im Trog am Endenicher Ei. Der Kompaß drehte auf 220 Grad.

Mit stechendem Blaulicht zog UNI 81/10 in Höhe des Wirtschaftsministeriums an einer Bundeswehrkolonne vorbei. Deutlich war zu sehen, wie Lupus durch das Fenster der Beifahrertür dem

Hubschrauber mit Handzeichen zu verstehen gab, daß der Einsatz lief.

Noch immer kein roter Jaguar, aber viel weiter konnte Hartmut Erlenborn es nicht geschafft haben – wenn Freibergs Überlegungen richtig waren. Jetzt stand HUMMEL 4 schwirrend über dem Autobahnkreuz Meckenheim. Deutlich war unten die polizeiliche Absicherung zu erkennen. UNI 12/01 hatte das Kleeblatt erreicht, ebenso die Wagen aus Heimerzheim. Auf der Bundesstraße 266 von Rheinbach nach Bad Neuenahr, parallel zur Nord-Süd-Autobahnlinie, waren die nach Westen kreuzenden Straßen besetzt. HUMMEL 4 ging in Richtung Ahrtal auf Höhe, um weitere Sicht zu gewinnen. Auch hier kein Fluchtfahrzeug!

»Zurück«, sagte Freiberg über die Bordverständigung. »So weit kann der nicht sein.«

»Vielleicht ist er runter von der Autobahn«, meinte der Pilot. »Richtung Rheinbach – Euskirchen.«

»Möglich«, antwortete Freiberg kurz.

HUMMEL 4 verhielt noch einmal über dem Autobahnkreuz und zog weiter nach Meckenheim.

»Da ist er ja!« rief Freiberg und zeigte schräg nach unten. »UNI für HUMMEL vier – Fluchtfahrzeug entdeckt. Durchquert Meckenheim Fahrtrichtung Süd-West – Wormersdorf!«

Während CEBI seinem Gehirn neue Impulse gab, rief Lupus: »Runter von der Autobahn!« In einem halsbrecherischen Manöver erwischte Peters die Abfahrt Meckenheim-Nord. Erschreckt duckten sich die in Reih und Glied am Straßenrand stehenden Gewächse der Baumschulen.

In der Funkleitstelle seufzte der Computer mehrmals erleichtert auf und warf alle nicht mehr benötigten Daten beiseite. CEBI hatte sich wieder im Griff. Auch für den Leitenden war die Welt wieder in Ordnung. Die ganze heulende Meute wurde nach Westen in Marsch gesetzt.

Hartmut Erlenborn hatte keine Chance, jetzt noch zu entkommen. Nur einige Minuten hatte er glauben können, durch seinen Schachzug, Bonn weiträumig von Ost über Nord nach West zu umfahren, dem Verhängnis zu entgehen und durch die Eifelwälder die Grenze zu erreichen. Jetzt fegte das Knattern des Hubschraubermotors seine Illusion hinweg. Untertauchen im Kottenforst war seine letzte unsinnige Hoffnung. Zwei, drei Kilometer offenes Feld lagen noch vor ihm. Im aufragenden Turm der Ruine Tomberg sah er das Zeichen der Rettung. Ein Schatten huschte über die Straße – dann kam HUMMEL 4 im Schräganflug auf ihn zu. Über den Luft-Boden-Lautsprecher tönte der Ruf: »Anhalten – Polizei!« – Er gab Gas und richtete seinen Blick nach vorn auf die Autobahnunterführung. Dort blitzte Blaulicht auf. Ein Polizeiwagen aus Rheinbach hatte bei Wormersdorf die B 266 verlassen und fuhr langsam Richtung Meckenheim. Hartmut Erlenborn trat auf die Bremse. Mit einem Steuereinschlag links stieß er den Wagen rückwärts in einen Feldweg, zog mit einer Rechtsdrehung wieder vor und raste auf der Straße nach Meckenheim zurück.

Lupus und Peters hatten mit dem Ruf »Geradeaus« den kürzesten Weg durch die Ortsmitte genommen.

»Lupus – Vorsicht! Er kommt zurück – direkt auf euch zu!« rief Freiberg in das Mikrofon, als UNI 81/10 die letzten Häuser des Ortes passierte und die Hochspannungsleitungen hinter sich ließ. Jetzt ging es um Sekunden.

»Halt! Quer die Karre und raus!« schrie Lupus. Peters zögerte nicht einmal den Bruchteil einer Sekunde. Vollbremsung, Lenkradeinschlag, Gurte auf, raus und die Sig-Sauer in die Hand.

Der Wagen bot keine Deckung, wenn Erlenborn so verrückt sein sollte hineinzurasen. Darum sausten Lupus und Peters in den Straßengraben neben einem riesigen Rosenfeld. Der leichte Westwind trug einen betörenden Duft herüber.

»Gleich gibt's die Mischung mit Pulverdampf«, rief Lupus.

Hartmut Erlenborn sah sein Spiel verloren. Er hatte nicht den Mut, in das Hindernis hineinzurasen, sondern trat die Bremse voll durch. Der Jaguar kam zwischen den Baumschulparzellen zum Stehen. Dann schlug die Fahrertür auf und Erlenborn sprang heraus. In einem letzten Aufbäumen aus Wut und Enttäuschung riß er mit beiden Händen die Luger hoch und feuerte auf den wieder anfliegenden Hubschrauber. In schneller Folge – sechsmal – verhallte der trokkene Knall in der Weite der Felder. HUMMEL 4 zeigte keine Wirkung und setzte neben den Rosen auf.

»Die Waffe weg!« hatten Lupus und Peters wie aus einem Munde gerufen. Peters Warnschuß peitschte in die Luft, Lupus traf in die Frontscheibe des Jaguar. Hauptkommissar Freiberg kletterte aus der

Maschine. Das Gelände bot keine Deckung.

Erlenborn schnellte mit einer halben Drehung herum, blickte noch einmal vom Hubschrauber zu Freiberg und zu dem jetzt mit voller Fahrt heranpreschenden Streifenwagen. Mit einer ruckartigen Bewegung setzte er die Luger an die Schläfe und drückte ab.

Seine Hand sank zurück. Ungläubig starrte er die Waffe an. Dann warf er sie fort und hob langsam die Hände. – Zwei Schuß zu wenig. Die Kugeln hatten im Zisternenkeller ihr Ziel gesucht.

Die drei Kriminalbeamten traten fast gleichzeitig auf Hartmut Erlenborn zu. Freiberg hatte keine Waffe in der Hand. »Sie sind vorläufig festgenommen«, sagte er kurz. »Peters, durchsuch ihn. Dann Handschellen an und ab ins Präsidium. – Ich komme mit.«

»Ich fahre«, warf Lupus seine Grundsätze über Bord. Das hieß, Peters mußte auf dem Weg nach Bonn neben Erlenborn sitzen. So gern hatte Peters das nicht – es gab nettere Nachbarn.

Lupus steckte seine Pistole zurück. Dann nahm er die Luger vorsichtig auf und zog eine der mickerigen Plastiktüten darüber. Ein weißes Papiertaschentuch mit einem Stein darauf kennzeichnete die Fundstelle. Mit einem schnellen Schritt trat er auf Erlenborn zu. Es sah aus, als wolle er ihm die Waffe an den Kopf schlagen, doch er sagte nur: »Sie... Ihr Kupferrohr aus dem Blauen See und den Anorak habe ich auch schon im Wagen. – Es reicht für Lebenslänglich!«

Hauptkommissar Freiberg ging zu den Schutzpolizisten des Streifenwagens. »Vielen Dank! Ohne euch wäre es nicht so gelaufen. Bitte übernehmt das hier. Wir schicken noch die Spurensicherung. Wie ich CEBI kenne, werden gleich noch ein paar Helfer anrollen.«

»Aber gewiß machen wir das«, sagte der Uniformierte. Er ging an Freiberg vorbei, bückte sich kurz und reichte ihm mehrere Patronenhülsen. »Die Zutaten nicht vergessen.«

Lupus hielt die Plastiktüte mit der Luger auf. »Hinein damit. – Brüder, schützt eure Umwelt. Es wird mir ein Vergnügen sein, die Beweismittel auf dem Tisch des Schwurgerichts wiederzusehen.«

Freiberg winkte zum Hubschrauber hinüber und machte ein Zeichen des Dankes. Der Pilot hob die Hand.

»UNI für HUMMEL vier – Täter auf der Straße Wormersdorf – Meckenheim gestellt und nach Schußwechsel festgenommen. Hauptkommissar Freiberg abgesetzt. UNI einundachtzig/zehn und Streifenwagen von Rheinbach am Ort. Keine Verletzten. – Ich starte und melde mich ab.«

»HUMMEL vier von UNI – wir danken für Ihre Hilfe. Schalten Sie zurück auf Kanal EDWIN – Ende.«

## Kapitel 20

»Nichts ist so dringend, daß es durch längeres Lagern nicht noch dringender werden könnte«, stellte der Europaminister an diesem fortgeschrittenen Abend fest und reichte seiner persönlichen Referentin Carola Steiner einen Stoß Akten mit dem Stempel VS-NfD. »Legen Sie das Zeug weit weg in den Safe. Jetzt wollen wir die Not von Volk und Staat ein wenig vergessen und unserem Kreislauf unter die Arme greifen. Wir haben es beide verdient.«

»Champagner und Sandwich?« fragte Carola. »Oder lieber Kaffee mit Lebkuchenherzen? Hedwig hat Ihre Kalorienspender heute morgen noch ergänzt.«

»Nehmen wir ›Mumm‹ mit einem kleinen Schuß Cassis. Die Herzen müssen noch etwas warten, haha. Diesen Lebkuchentick habe ich seit meiner Nürnberger Zeit.«

Der Minister hatte auf der Couch Platz genommen. Carola mixte die Drinks, schnitt die Sandwiches in Dreiecke und servierte auf einem Ebenholztablett – dem Geschenk eines dankbaren Besuchers.

»Machen wir es uns bequem und stoßen wir darauf an, daß die zwischenmenschlichen Beziehungen bei den Amtsgeschäften nicht zu kurz kommen. Zum Wohl, Carola!«

Sie setzte sich in den schwarzen Ledersessel, legte die Beine übereinander und schob mit der linken Hand andeutungsweise den Rock etwas vor. Mit der rechten hob sie das Glas. »Auf Ihr Wohl, Herr Minister.«

Die Gläser stießen leise an.

»Schön, wenn ein Tag so ausklingt«, sagte der Minister. »Schauen wir kurz, was uns das Fernsehen Neues bietet. Die Nacht ist ja noch jung.«

Ein Druck auf den Knopf der Infrarot-Fernschaltung. Bild und Ton kamen sofort: Im Libanon wurde wieder geschossen, in Paris waren vor israelischen Institutionen Bomben explodiert, Amerika hielt die europäischen Verteidigungsanstrengungen für zu gering, und die Sowjets beschworen den Frieden. Dann einige nachrangige Politikerköpfe mit ihren Sagte-meinte-dachte-Sprechblasen und dazu die wundervoll ausgewogenen Zwischenbemerkungen der am Proporz orientierten Redakteure. – Schließlich die letzte Meldung vor dem Wetterbericht:

»Der für seine aggressive Doppelkorn-Werbung bekannte Bonner Unternehmer Hartmut Erlenborn wurde heute nach einer Ringfahndung mit Hubschraubereinsatz in der Nähe von Meckenheim festgenommen. Er ist verdächtig, zur Verdeckung eines Großschmuggels mit Alkohol den Leiter des Zollamtes Bonn-Beuel getötet zu haben. Der Zollamtmann wurde im Siebengebirge mit einem Kupferrohr niedergeschlagen und in den See eines Basaltsteinbruchs gestürzt. Erlenborn hat seinen Schmuggelkomplizen heute bei einer Auseinandersetzung angeschossen und schwer verletzt. Der Täter wird zur Zeit im Polizeipräsidium vernommen. Kriminalpolizei und Zoll ermitteln noch in den Betriebsgebäuden.« Hinterlegt war die Meldung mit einem Standbild, welches einen BGS-Taucher zeigte, der das aus dem Blauen See geborgene Kupferrohr hochhielt.

Carola Steiner sah konsterniert ihren Dienstherrn an. Dieser leerte mit einem Zug sein Champagnerglas. »Verdammt!« sagte er nur.

»Oh, Herr Minister«, seufzte Carola auf, »übermorgen sollten Sie zur Hundertjahrfeier der Firma Erlenborn die Laudatio halten und die Schirmherrschaft für die Stiftung Biotopenschutz übernehmen.«

»Ist das schon an die Presse raus?«

»Nein, nur vorbereitet. Ich hatte für morgen zehn Uhr ein Treffen mit Herrn Erlenborn vereinbart, um die letzten Einzelheiten abzuklären.«

Der Minister hatte seinen Sarkasmus wiedergefunden. »Sie werden es sich wohl verkneifen müssen, unseren Mäzen im Gefängnis zu besuchen, haha. Holen läßt sich da ohnehin nichts mehr. Ist das Dispositionskonto schon eingerichtet?«

»Noch nicht. Das wäre morgen ebenfalls zur Sprache gekommen.«

»Irgend etwas Schriftliches?«

»Nein, nichts – wie Sie es gewünscht hatten.«

»Gut so! Sehen Sie, Carola, man kann in der Politik nicht vorsichtig genug sein.«

»Aber das Rahmenprogramm…«

»Keine Bange. Mit etwas mehr ›Mumm‹ werden wir das schon schaffen. Unser Kühlschrank läßt hoffen, haha. Bringen Sie gleich die Flasche mit, das erspart lästige Wege.«

»Gewiß, Herr Minister«, antwortete Carola Steiner erleichtert und ging in den Nebenraum. Sie lebte durch die Gelassenheit des Chefs wieder auf.

Als sie zurückkam, hatte er das Jackett abgelegt und zu einem Sandwich gegriffen. Carola schenkte den Sekt ein.

»Ex!« sagte der Minister. »Heute dürften wir einen guten Tropfen verdient haben. Diese Fernsehmeldung kam gerade noch früh genug.«

Carolas Augen begannen zu leuchten. Sie fühlte sich wissend und als Teil der Macht. »Aber«, warf sie ein, nachdem sie die Gläser wieder gefüllt hatte, »das Rahmenprogramm…«

»…gestalten wir heute abend erst einmal selber. Und dann habe ich da noch so eine Idee«, sagte der Minister mit einem Augenzwinkern. »So ein Schokoladen- und Pralinenfritze hat mich vor einiger Zeit um ein Patronat für seine Aktion ›Jugend wandert für den Frieden‹, oder so ähnlich, gebeten. Mit Etappenschokolade, großer Preisverteilung und anderem Firlefanz. Wir müssen mal ausloten, wie weit sein Interesse geht. Machen Sie doch mit dem Friedensapostel für die nächste Woche gleich einen Termin zum Frühstück aus.«

Carola sah ihren Chef voller Bewunderung an und nahm es als ein Zeichen vertrauensvoller Zusammenarbeit, als er – gewiß nur zur Förderung der zwischenmenschlichen Beziehungen – seine Hand auf ihr Knie legte.

# Kapitel 21

Um die Stunde, da sich im Ministerium die Kreislaufprobleme lösten, wurde im Polizeipräsidium das Protokoll der Vernehmung von Hartmut Erlenborn noch einmal durchgelesen, die Spurenakte ergänzt und die Begründung für den Antrag auf Erlaß eines Haftbefehls formuliert.

Ahrens war nach Abschluß der Fahndung von den Kollegen der Schutzpolizei zum Blauen See zurückgebracht worden, wo Fräulein Kuhnert bereits darauf wartete, auf dem schnellsten Wege an ihre Schreibmaschine im Präsidium zu kommen. Presse-Mauser, der nicht von Ahrens' Seite gewichen war, hatte Notizen auf jeden erreichbaren Fetzen Papier gekritzelt und sein Gehirn vollgepfropft mit ergänzenden Informationen. Bevor er die Fußgänger-Brücke im Laufschritt überquerte, um zu seinem Auto und damit in rasanter Fahrt in seine Redaktion zu kommen, hatte er noch gerufen: »Ich glaube, ich habe das meiste. Aber gebt mir auf alle Fälle Nachricht, wenn der Siemann das Zeitliche segnen sollte.« Mauser saß früher hinter seiner Schreibmaschine als Fräulein Kuhnert. Zwei Schwarzweißfilme steckten bereits im Schnellentwickler, und die Redaktionen hatten die telefonische Vorabmeldung über die Vorgänge in Sachen Erlenborn erhalten, so daß sie ihre Dispositionen für Satz und Umbruch treffen konnten. Die Meldung in den Abendnachrichten des Fernsehens bewies, wie gut der schnelle Mauser sein Handwerk verstand. Am Mittwoch würden seine Berichte der Aufmacher für viele Zeitungen sein.

Im 1. Kommissariat waren alle Mann an Deck. »Chef«, fragte Lupus, »hängt die Richter vielleicht doch mit drin? Mittäterschaft, Beihilfe oder Begünstigung? Sollen wir uns den Erlenborn noch mal vornehmen?«

Hauptkommissar Freiberg winkte ab. »Der sagt uns nichts mehr. Du hast doch gemerkt – als der erste Schreck vorbei war, wurde er immer zugeknöpfter und wollte nur noch in Gegenwart seines Anwalts reden. Das übliche Spiel. Na, soll sich der Staatsanwalt damit herumschlagen. Für uns reicht, was wir haben.«

»Daumenschrauben würden die Aussagefreudigkeit gewiß merklich erhöhen – aber du läßt mich ja nicht!«

Freiberg hatte sein Lächeln wiedergefunden. »Ich sagte schon mal: ›...den Sirenen der Illegalität widerstehen.‹«

»...und sich an einem starken Mast festhalten! – Ich weiß, Chef. Aber so gehen die Kapitäne auf wilder See mit ihren Staatsgaleeren unter. Vielleicht hätte ich im Rosenfeld ein paar Zentimeter mehr nach links halten sollen. Ich hatte ihn so schön im Visier.«

»Und?«

»Ach laß – er wirkte so hilflos. Aber verdient hat der Totmacher meine Milde nicht. Immerhin hat er sich bei der ersten Vernehmung selbst einen Strick gedreht – und daran wird er hängen. Symbolisch meine ich, ganz penibel rechtsstaatlich. Mit der Schutzbehauptung Totschlag oder Affekthandlung läuft nichts mehr.«

Freiberg nickte zustimmend. »Du meinst Motiv, Planung und Tatausführung? Die Trimmzeiten Klattes von der Richter so ganz nebenbei zu erfahren, war noch kein Kunststück.«

»Richtig, Chef. Vor allem aber hätte er uns nicht auf die Nase binden dürfen, daß er seine Wandertasche auf den Weg gelegt hat, um Klattes Aufmerksamkeit zu erregen. Daß der seinen Trimmtrab stoppen würde, um sich das Ding anzusehen, war ganz schön kalt vorausberechnet. Dann hinterrücks eins über den Schädel und kopfüber in den Blauen See. – Was haben wir nur für Zeitgenossen! Mord aus Heimtücke und zur Verdeckung einer anderen Straftat – vom Doppelkorn zur Doppeltat! Wir haben alles im Protokoll! Und wenn Erlenborn seine Aussage widerrufen sollte, sind wir zwei schwurfeste Zeugen. – Vielleicht wäre etwas mehr links im Rosenfeld doch richtig gewesen.«

Das Telefon klingelte.

»Schreiben Sie weiter!« rief Freiberg zu Fräulein Kuhnert hinüber. »Ich nehme selbst ab.«

Ein Anruf von der Zollfahndung, die um Mitternacht noch dabei war, den Betrieb Erlenborn auf den Kopf zu stellen: »Haben Sie eine Ahnung, wo wir eine Marianne Richter auftreiben können? Die war hier für den Einkauf zuständig«, wollte der Fahnder wissen.

Freiberg drückte den Lautsprecherknopf und sagte: »Meine Kollegen hören mit. Die Richter hat ihr Arbeitsverhältnis gelöst und sich von Erlenborn getrennt, weil er eine andere heiraten wollte. Wir wissen nicht, wo sie steckt.«

»So – na, die werden wir schon irgendwo auftreiben.«

Freiberg dachte, daß der Zoll dafür schon einen sehr langen Arm und sehr viel Glück haben müsse. Laut sagte er: »Da ich Sie schon mal an der Strippe habe – wo war der geschmuggelte Alkohol versteckt? So ganz einfach dürfte das in einem laufenden Betrieb dieser Größe nicht gerade sein.«

»Ganz raffiniert die Masche – und doch so einfach. Erlenborn hat vor den zwei letzten Zisternen des Brennlagers eine Trennwand hochmauern lassen und so getan, als ob das dahinter liegende Zoll-Lager um diese beiden Tanks erweitert werden sollte. Aber er hat die ursprüngliche Trennwand stehen lassen – und damit hatte er sein Versteck für den geschmuggelten Alkohol. Irgendwo im Labyrinth des alten Luftschutzbunkers hat er die beiden Tanks an das Leitungsnetz angeschlossen: Schieber nach rechts = legaler Alkohol von der Bundesmonopolverwaltung, Schieber nach links = Schmuggelware ohne Steuern und Abgaben. Die beiden illegalen Tanks fassen fünfzigtausend Liter Reinalkohol. Einer ist leer, in dem anderen sind noch runde zehntausend Liter.«

»Das ist wirklich genial«, sagte Freiberg. »Da wundert es mich nicht, daß ich nur acht Zisternen gezählt habe, obwohl in den alten Plänen zehn eingezeichnet waren.«

Lupus war beeindruckt. »Mann, zehntausend Liter, das macht dreißigtausend Püllekens. Der Stoff hat einen Schwarzmarktwert von über eine Viertelmillion Mark!«

»Meine Leute haben das Tankfahrzeug bei der Firma Spedimpex in Beuel beschlagnahmt«, erläuterte der Zollfahnder weiter. »In dem Laden herrscht vollständige Konfusion. Den Seniorchef hat ein Herzanfall außer Gefecht gesetzt, und die Tochter ist völlig aufgelöst.«

»Sie hat auch allen Grund dazu. Übermorgen, bei der Hundertjahr-Feier sollte ihre Verlobung mit Hartmut Erlenborn bekanntgegeben werden«, sagte Freiberg. »Aber – was wird nun mit dem Betrieb?«

»Der kann von uns aus weiterlaufen«, erklärte der Zöllner. »Die Destille gehört ohnehin nicht dem Erlenborn, sondern Barbara Siemann. Aber die wird es schwer haben, über die Runden zu kommen. Wir werden die Steuern bei der Firma nacherheben. Eine Million ist sicherlich fällig. Ich vermute, in ein paar Tagen ist der Name Erlenborn am Verwaltungsgebäude abmontiert und im Handelsregister gelöscht. Von der Verlobung und dem Betriebsjubiläum wird kein Mensch mehr reden wollen.«

»Nur mit dem Doppelkorn in den Verkaufsregalen dürfte es länger dauern«, warf Freiberg ein.

»Ach woher – das geht sehr schnell –, wie vor einer Preiserhöhung. So billigen Schnaps von einem Mörder, den gibt's nicht alle Tage. Wer läßt sich solch ein Schnäppchen schon entgehen? Da gruselt's einen richtig, wenn es durch die Kehle rinnt.«

Freiberg lachte laut. »Sie haben eine seltsame Art von Humor. – Was hat der Zoll sonst noch zu berichten?«

»Den Kasus-Knusus müssen wir gemeinsam mit der Kripo lösen, mit dem Dritten K. – Wirtschaftskriminalität. – Geklärt werden muß vor allem, ob bei Spedimpex Guido Siemann ›Alleinvertreter‹ in Sachen Schmuggel war. Das Tankfahrzeug wird sicherlich zugunsten der Staatskasse eingezogen, und der Siemann muß für die hinterzogenen Steuern mithaften – wenn er durchkommt. Haben Sie Nachrichten aus der Klinik?«

»Näheres noch nicht. Die Operation hat er erst einmal überstanden«, antwortete Freiberg. »Die Ärzte sind zuversichtlich, seine Bärennatur wird es hoffentlich schaffen.«

»Mein Gott«, sagte der Zollfahnder, »dieses arme Schwein ist ja eigentlich gestraft genug.«

»Wie ist so ein Schmuggel denn überhaupt möglich?« wollte Freiberg wissen.

»Manchmal läuft mit falsch deklarierter Ladung und gefälschten Papieren ein- oder zweimal alles glatt. Die Kontrollen an der Grenze beschränken sich auf Stichproben. Bald wächst der Leichtsinn oder die Großmannssucht und eine Schnüffelnase wie unser Klatte wird mißtrauisch. Dann ist es nur noch eine Frage der Zeit, bis der ganze Laden auffliegt.«

»Aber der Siemann mußte doch mit Kontrollen rechnen«, wunderte sich Freiberg. »Bei der ersten Stichprobe wäre er doch aufgefallen.«

»So dumm war er nicht! Der hat da, wo die Probeentnahmen erfolgen, einen kleinen Behälter eingebaut und mit ein paar Litern Brennwein gefüllt. Die ganze übrige Ladung bestand aus reinem Alkohol. Bei einer normalen Stichprobe war das kaum zu entdecken.

Auch an der Eichmarke im Dom des Tankfahrzeugs läßt sich diese Manipulation nicht erkennen.«

»Wir haben viel dazu gelernt und wissen jetzt, wie das große Geld zu machen ist«, bedankte sich Freiberg. »Aber laßt von dem Betrieb noch etwas übrig. Wenn Erlenborn getilgt ist, muß wenigstens Samsons Feindestille weiterleben – die hat schließlich Tradition in Bonn. Und der blonden Barbara wird es nicht schwerfallen, den richtigen Prinzgemahl dafür zu finden.«

»Mit Zöllnern und Sündern könnten wir da jederzeit dienen«, verabschiedete sich der Fahnder.

Hauptkommissar Freiberg legte den Hörer auf und strich langsam mit den mittleren drei Fingern der linken Hand über seine Stirn. Fräulein Kuhnert reichte ihm die letzten Blätter zur Unterschrift. Freiberg überflog den Text und zeichnete ab. Mit einem befreiten Aufatmen lehnte er sich zurück. »So – das war's! Ich danke euch allen. Jetzt hätten wir wohl einen Schluck verdient.«

Lupus verschwand aus dem Zimmer, kam zurück und hielt eine Flasche Erlenborn-Doppelkorn in der Hand. Er zeigte sie kurz herum. »Diesen Gruselfusel jedenfalls nicht«, stellte er fest und ging zum Handwaschbecken. Mit einem gluckernden Geräusch lief der Inhalt in die Kanalisation.

»Ich habe noch etwas Feines, um dieser Stunde gerecht zu werden«, lächelte Fräulein Kuhnert und huschte nach nebenan. Eine Schranktür klappte, Gläser klirrten. Dann stellte sie ein Tablett auf den Besuchertisch. Im Kreis der Cognac-Schwenker stand eine mattschwarze Flasche mit stilisiertem Etikett. Darauf in Goldbuchstaben:

Samson Weinbrand – Hundert Jahre Qualität.